KB040893

연어낚시통신

연어낚시통신

박상현 지음

샘터

2부 연어가 건네온 이야기

연어를 보면
사람이 보인다

    초여름의 캐나다 빅토리아 앞바다는 소란하다. 강에서 태평양으로 이어진 이곳 길목에, 방금 도착한 이들과 이제 막 길을 떠나려는 이들이 엉켜 있다. 반가워하며 격려하는 몸짓에 바닷물이 들끓는다. 설날에 붐비는 기차역 대합실이 따로 없다.

    베링 해에서 돌아온 어미들은 수면에 내려앉은 갈매기들을 밀어내며 멸치 떼를 사냥한다. 강을 오르기 전에 최대한 몸집을 불려야 한다. 3년 만의 귀향길이다. 곧 강 하구에 들어서면 더 이상 먹지 않고 참아야 한다. 배설을 중단해야 깨끗한 알을 낳을 수 있다. 하나의 기관을 두 가지 용도로 써야 하는 그들의 숙명이다.

    반대로, 며칠 전 바다로 나온 새끼들은 몸을 재게 흔들며 거대한 무리로 움직인다. 마치 쇳가루가 자석을 따라 움직이는 것 같다. 끊임없이 대오의 모양을 바꿔도 결코 흩어지는 법이 없다. 용감한 우두머리가 앞장서고 건장한 호위대가 무리를 에워싸고 있다. 수천만 년을 강과 바다를 오가며 종족을 유지한 지혜다.

어미들은 어린 연어들에게 고향의 사정을 묻는다. 강물의 수위는 헤엄쳐 오르기에 충분한지, 파헤쳐지거나 막힌 곳은 없는지, 궁금한 게 한두 가지가 아니다. 이제 바다를 향한 길고도 험난한 여행길에 오른 새끼들은 삼촌이고 고모인 이들에게 가야 할 곳이 어디인지, 무엇을 먹고 어디에서 쉬어야 하는지를 묻는다.

첨벙거리며 소통하는 이들의 머리 위로 저녁노을이 드리운다. 그제야 오르는 이들과 내려가는 이들이 갈라선다. 소란스러웠던 바다에 정적이 찾아온다.

고향을 찾는 연어들을 만나기 위해 자그마한 모터보트를 마련했다. 5년 전이다. 캐나다 밴쿠버 섬과 미국 워싱턴 주의 올림픽 반도를 갈라놓는 후안데푸카 해협Juan De Fuca Strait. 내가 연어낚시를 하기 위해 300번 남짓 출조해 누비고 다닌 바다다.

처음 몇 달 동안은 연전연패였다. 물길조차 분간을 못 하는 초보 낚시꾼은 한없이 어리석은 존재였고 대양의 북반구를 오르내리는 긴 여정 속에서 살아남은 연어들은 영리했다. 엔진 소리를 듣고 위험을 감지했고, 배에서 흘러나온 미세한 전류에도 몸을 피했다. 베링 해의 차가운 물살을 가르며 단련된 이들은 또 강인했다. 수면을 박차고 뛰어올라 공중제비로 입에 걸린 낚싯바늘을 빼냈다. 모처럼 만난 대물을 힘으로 제압하려 했지만 낚싯줄을 끊고 유유히 사라지기도 했다.

바다도 내 편이 아니었다. 무시무시한 삼각파도를 일으켜 연어를 쫓던 배를 가둬버렸다. 연어들이 한창 먹이 사냥에 나설 때 거센 물살을 토해 조그마한 보트를 밀쳐냈다. 난데없이 불어 닥치는 비바람, 한 치 앞도 분간할 수 없는 짙은 안개, 지뢰밭처럼 숨은 암초지대까지. 연어들이 사는 터전으로 들어간 무모한 초보 낚시꾼에게 하루해는 짧기만 했다.

고시공부하듯 책을 파고들었다. 연어의 생태적 특성을 알면 도움이 될 것 같았다. 낚시를 좋아하는 동료 정원사들을 괴롭히며 그들의 노하우를 얻었다. 낚시를 다녀올 때마다 기록한 일지가 쌓여갔다. 축적된 경험과 지식 그리고 자료는 좋은 조과로 이어졌다. 한국 자생종인 첨연어는 물론, 왕영언, 은연어, 곱사연어, 홍연어도 만나봤다. 16.3킬로그램의 대물과도 조우했고 한 번 출조에 11마리를 낚기도 했다. 자다가 벌떡 일어나 혼자 배시시 웃었다. 스스로 생각해도 놀라운 발전이었다.

시간이 지나면서 연어낚시광의 눈에 이 숭고한 생명체의 삶이 보이기 시작했다. 이들이 보여주는 지혜와 용기는 나를 전율케 했다.

계곡물을 따라 강으로 향하던 새끼 연어는 소용돌이를 만나면 몸을 돌려 위험을 피했다. 놀라운 본능이다. 강 하구에 도착하면 짠물에 적응하기 위해 매일 조금씩 바다에서 지내는 시간을 늘려간다. 게다가 새끼 연어라고 모두 바다로 나가는 것은 아니다. 바다에 뛰어들었다 해도 먼바다로 가지 않고 연안에서 지내다 고향으로 돌아오는 연어도 있다. 그뿐 아니다. 연어들의 최종 목적지인 베링 해에 한국, 중국, 일본, 미국, 캐나다의 계곡에서 나고 자란 연어들이 모두 모인다는 사실도 나를 흥분하게 했다.

연어를 잡으려고 좌충우돌하던 연어낚시꾼은 이제 연어를 조금 알게 되었고, 이 신비로운 생물의 일생을 빌려 사람이 사는 모습을 헤아려보기도 한다. 인공부화장에서 태어나 강으로 내몰리는 어린 연어를 보면 내 아들의 모습이 떠올랐다. 바다에 뛰어드는 용감한 연어의 모습에 겁 없이 서울 생활을 시작했던 내 젊은 시절이 비쳤다. 산란을 마치고 숨을 헐떡이는 애잔한 모습은 말년에 고향을 지키며 홀로 사는 고모님과 겹쳤다. 그러면서 부족한 대로, 내가 알고 느낀 것을 나누고 싶어졌다.

사는 나라가 바뀌었다고 돌아갈 고향마저 달라지지는 않는다. 오히려 더 간절한 향수鄕愁를 가슴에 묻고 살며 멀어진 귀향歸鄕에 더 애태운다. 이민자의 숙명이다. 새로운 세상을 찾아 나선 길에서 연어는 내 길동무였다. 연어를 만나 도전과 모험을 다시 겪었고, 팽팽

한 긴장감도 되찾을 수 있었다. 연어와 함께하는 내 여정에 관심과 애정을 쏟아준 김민기 차장님과 샘터사, 그리고 조언을 아끼지 않으신 김주경 선생님께 깊은 감사를 드린다.

1부

언 어 낚 시 꾼 의
탄   생

———

연어앓이가
시작되다

폐장 시간에 터진 잭팟

"이제 10분만 더 하고 돌아갈 겁니다. 아쉽지만 오늘은 연어를 만날 운이 아닌가 보네요."

장장 5시간이나 바다를 헤매고 다녔지만 아직 입질 한 번 없었다. 캐나다에 도착한 지 채 일주일이 안 돼서 경험한 첫 연어낚시가 이렇게 연어 얼굴도 못 본 채 마무리되는가 싶었다. 한국에서 온 손님들과 우리 부부가 함께 60여 만 원을 주고 나간 배낚시였다. 젊은 캐나다인 선장은 미끼를 바꿔보기도 하고, 자리를 옮겨 다시 낚싯대를 내리기도 하며 고군분투했지만 백약이 무효였다. 7, 8월이 연어낚시

15

하기에 가장 좋은 시기라는 말을 되풀이하며, 이미 9월 중순에 접어들어 낚시 해보겠다고 나온 이들을 안쓰러워하는 눈치였다.

"이렇게 나와서 캐나다 바닷바람을 쐬었으면 됐지, 더 바라면 욕심 아니겠어?"

초등학교 동창 녀석은 '그깟 연어' 하며 애써 아쉬움을 달랬다. 정작 돈을 지불한 그의 손위 동서는 본전 생각이 간절한지 아무 말 없었다.

동 트기 전 바다에 낚싯대를 내린 선장은 연어가 입질하면 누가 먼저 낚싯대를 건네받을지 정하라 했다. 당연히 연장자이자 물주인 친구의 동서가 1번, 친구가 2번, 내가 3번으로 나서기로 했다. 동행한 부인네들은 손사래를 쳐 4번은 다시 그 동서가 하기로 했다. 이때만 해도 해가 중천에 오를 때까지 입질 한 번 없으리라고는 상상을 못 했다.

연어낚시는 한국에서 해본 선상낚시와 전혀 달랐다. 배 좌우에 낚싯대를 걸쳐놓고 낚싯줄을 5킬로그램 정도의 무거운 봉돌에 연결해, 50미터 가까이 내린 뒤 배를 천천히 움직여가며 낚시를 했다. 연어가 다니는 길목을 찾고, 미끼를 달아 채비를 내리고, 배를 움직여 낚시하는 이 모든 과정을 선장이 혼자 했다. 그러다 보니 손님들은 할 일이 없었다. 아예 낚싯대 한 번 못 잡고 그냥 돈만 주고 올 상황이었다.

16

:: 연어낚시는 선체 양옆에 낚싯대를 매달고 배를 움직이며 하는 끌낚시이다.
그러니 입질이 올 때까지 낚싯대를 잡을 일이 없다.

아직 시차에 적응이 안 된 일행은 꾸벅꾸벅 졸았다. 그래도 미련이 남는 사람은 잔잔한 바다와 꼼짝달싹하지 않고 매달린 낚싯대를 번갈아볼 뿐이었다. 아무리 낚시가 기다림의 미학이라지만 마무리할 시간이 다 되어도 소식조차 없었다. 연어가 야속하기만 했다. 선장이 오던 길로 배를 돌리려는지, 선수가 왼쪽으로 90도 꺾였다. 선장이 선심 쓰듯 약속했던 10분의 추가 시간도 속절없이 흘렀고, 이제는 정말로 낚싯대를 거둬야 했다. 그때였다.

"피시 온Fish on!"

보트의 속도를 죽인 선장의 목소리가 거칠게 터져 나왔다.

상황 파악이 안 돼 어리둥절하고 있던 친구의 동서를 내가 밀치다시피 했다.

"형님! 물었대요. 1번 타자니 빨리 낚싯대 잡으세요."

선장에게 팽팽해진 낚싯대를 건네받은 그가 어찌할 바를 몰라 허둥댔다. 불안하게 지켜보던 선장이 다급하게 외쳤다.

"릴의 잠금 장치를 느슨하게 해요! 연어가 치고 나가면 억지로 감지 말고 놔둬요!"

정말 그랬다. 낚싯줄이 딸려나가며 릴에서 윙윙윙윙 하는 경쾌한 마찰음이 터져 나왔다.

"나가던 연어가 멈칫하는 순간 재빨리 감아요! 줄이 느슨해지면 연어가 바늘에서 빠져나가요!"

흥분한 선장은 마치 판돈이 바닥나기 직전에 잭팟을 터트린 도박

꾼 같았다.

"빅 피시, 빅 피시!"

줄이 끌려 나가는 소리와 거리, 그리고 낚싯대의 휘어진 모양새로 가늠했는지 선장이 연신 큰 연어가 틀림없다고 외쳤다. 잠이 확 달아난 부인들도 낚싯대를 컨트롤하고 있는 1번 타자에게 시선을 고정했다.

"낚싯대 끝을 아랫배에 붙이고 45도 이상 세워요! 잘못하면 연어가 달아난다니까!" 선장이 외쳤다.

5분이 지나고 10분이 지나도 연어를 매단 낚싯줄이 짧아지지 않고 오히려 멀어졌다. 5미터를 감아놓으면 10미터를 끌고 가기를 반복했다. 그러다 보니 처음보다 줄이 더 풀려나가 있었다. 조사釣士의 얼굴에서 핏기가 빠졌다. 힘이 부치는지 손도 조금씩 떨렸다.

"형님, 너무 힘드시면 얘기해요. 제가 도와드릴게."

2번 타자인 친구가 다급하게 얘기했지만, 형님은 괜찮다며 입술을 더욱 앙다물었다. 20여 분이 지나자 낚싯줄이 조금씩 끌려오기 시작했다. 그의 얼굴은 밀가루를 뒤집어쓴 듯 창백했다.

"잘하고 있어요. 아주 잘하고 있어요. 가까이 와서도 막판에 달아날 수 있으니 긴장을 늦추지 말아요."

낚싯대를 곧추세우고 계속 파이팅을 하는 그가 마음에 드는지, 선장은 그렇게만 하면 된다고 격려했다. 낚싯줄이 30여 미터쯤 남았을까? 바늘에 달린 물고기가 물 위로 스윽 떠오르는 게 보였다.

"홀리 크랩Holy crap!"

선장의 입에서 '이럴 수가!' 하는 속어가 자신도 모르게 튀어나왔다. 생각보다 훨씬 큰 놈이었던 모양이다. 어느새 커다란 뜰채를 쥔 선장은 연어가 움직이는 방향에 따라 뱃머리를 요리조리 잡아주며 덩달아 신나 있었다. 이제 불과 5미터도 남지 않았다. 딸려온 연어의 검푸른 등이 또렷이 보였다. 난생처음 보는 대물이었다. 선장이 뜰채를 내밀려는 찰나, 연어가 다시 바다 속으로 내달렸다. 낚싯줄을 끊어내려는 듯 거칠게 내달았다. 윙윙윙윙. 릴이 돌아가며 숨 가쁜 소리를 토해냈다.

"조금만 더, 조금만 더……."

선장은 아예 엔진을 꺼버리더니 뜰채를 들고 조심스럽게 다가섰다. 이제 사정거리 안이라고 느낀 순간 선장이 날렵하게 뜰채를 물 속으로 넣었다. 그물망 속에서 펄떡거리던 연어가 선장의 손에 이끌려 갑판 위에 모습을 드러냈다. 족히 1.5미터는 돼 보였다. 연어가 무사히 올라온 것을 본 형님은 그 자리에 털썩 주저앉았다. 다른 일행도 이 믿기지 않는 장면에 할 말을 잃고 감탄사만 쏟아냈다. 연어를 기절시키고 무게를 확인한 선장이 입을 다물지 못했다.

"오 마이 갓! 39.5파운드야! 아마 올해 빅토리아 근해에서 잡은 연어 중 제일 큰 것 같아."

대략 18킬로그램이다. 정육점에서 산 돼지고기로 치면 약 서른 근이다. 다시 시동을 건 선장이 어디론가 급히 무전을 날렸다. 올해 잡은 가장 큰 연어를 확인해보려는 모양이었다. 몇 군데 알아본 그가 환한 얼굴로 말했다.

"지금까지는 이 연어가 올해 최고기록이래요. 연말까지 석 달 남았지만 아마도 깨기 힘들 겁니다."

미련 없이 철수한 배가 빅토리아 내항에 들어서자 사람들이 몰려들었다. 무전으로 소식을 들은 동료 낚시꾼들이었다. 연어를 확인한 이들이 우리에게 엄지를 세워 보이며 '굿 잡!'을 연발했다. 집에 돌아온 일행은 아이들까지 다 모아 회를 뜨고 바비큐에 구워 성대한 만찬을 즐겼다. 열댓 명이 배부르게 먹고도 절반가량 남았다.

이렇듯 연어와 나의 첫 만남은 강렬했다. 비록 낚싯대 한 번 잡아보지 못했지만 그때의 짜릿한 기억이 선명하다. 마치 진흙탕 길에 난 마차바퀴 자국처럼 깊고 또렷했다.

닭 이 대 신 할 수 없 는 꿩

캐나다 이민 생활을 시작한 첫 6개월 정도는 할 일 없이 지냈다. 친구가 운영하는 유학원 일을 도와준다며 오가기는 했지만 대부분의 시간은 지친 몸과 마음을 추스르는 데 썼다. 한의사에게 꾸준히 치료를 받았고 집을 사서 이사도 했고, 가끔씩 이민자 지원센터에 가서 취업 상담을 받으며 지냈다. 심신을 추스르자 먹고사는 문제가 현실로 다가왔다. 우여곡절 끝에 세계적으로 아름답기로 소문난 정원, 부차트 가든에서 정원 일을 시작하게 되었다.

빅토리아의 여름은 청명하다. 한국처럼 장마나 태풍이 있는 것도 아니고 습하지도 않다. 거의 매일같이 쨍쨍 내리쬐는 상큼한 햇볕은 집에만 있기엔 좀이 쑤시게 만들었다. 두 아들과 같이 갈 요량으로 낚싯대 세 개를 샀다. 게를 잡을 수 있는 망도 생겼다. 그 뒤로는 틈만 나면 바닷가로 나갔다. 방파제로, 갯바위로, 부둣가로 시도 때도 없이 돌아다녔다. 주말은 물론 일이 끝난 오후 시간에도 종종 낚싯대를 챙겨 집을 나섰다. 가족이 함께 가기도 하고 혼자 가기도 했다.

수확도 괜찮았다. 낚시를 잘 아는 동료들이 튜브웜tube worm을 미끼로 써보라 했다. 고깃배들이 정박하는 잔교에 붙어 서식하는 갯지렁이인데 이걸 쓰면서 수확이 좋아졌다. 고무미끼를 사용하는 옆사람들이 입질도 못 받을 때 우리 낚싯대는 거푸 물고기를 건져 올렸다.

노래미와 우럭 따위는 물론 종종 넙치도 낚아 올렸다. 청출어람이라 했던가? 작은아들 현우의 조과는 언제나 돋보였다. 큼직한 넙치는 물론 1미터가량의 개상어까지 잡았다. 먹을 만한 물고기들은 회를 뜨고 탕을 끓였고 집에서 키우는 상추, 쑥갓이나 깻잎 따위를 숭숭 썰어 넣어 초무침을 만들었다. 더러는 구이나 어탕수로 식탁에 올랐다. 날씨가 쌀쌀해지면 굴과 홍합을 따 날랐다. 집에서 비린내가 가실 날이 없었다.

부지런히 바다를 오가며 짠 내를 마음껏 들이켜도 늘 마음이 허전했다. 연어 때문이었다. 한번은 방파제에서 낚시를 하는데 산책하던 노인이 말을 걸었다.

"뭐 좀 잡았어요?"

"네. 락피시rock fish 두 마리 잡았어요. 씨알도 좋고요."

"내가 어렸을 때 여기서 낚시하면 종종 연어도 잡혔는데, 이제는 배 타고 나가지 않으면 연어를 볼 수가 없게 됐지."

안 그래도 연어를 잡으러 나가는 배들을 보며 속이 상했는데, 노인이 불쑥 연어 얘기를 꺼냈다. 내 속을 모르는 그분은 한참 동안 떡 감고 연어 잡던 어릴 때 추억담을 들려줬다. 노인이 자리를 뜨자 연어와 처음 만났던 짜릿한 기억이 밀려왔다.

주말이 지나 월요일에 출근하면 동료들의 낚시 무용담을 들어야 하는 것도 곤욕이었다. 물론 그들은 배를 가지고 있었다. 20파운드 가까운 왕연어king salmon를 잡았다는 사람, 한 시간도 안 돼 허용된 마릿수를 다 채웠다는 사람, 범고래 떼가 몰려와 한바탕 연어 사냥을 벌이는 장관을 지척에서 보았다는 이들까지……. 여름이 가까워지면서 정원 여기저기서 낚시꾼들의 무용담이 쏟아지기 시작했다. 모두들 땅에서 꽃과 나무를 어루만지는 중에도 마음은 바다에서 연어를 낚고 있었다. 그럴수록 내 부러운 마음은 커져갔다.

그러던 차에 어머니께서 다니러 오셨다. 여름방학 중인 처남 아들 둘과 함께였다. 이때다 싶었다. 아내를 졸라 이들과 함께 연어낚시를 가겠노라고 했다. 부업 삼아 낚싯배를 부리고 있는 동료, 리키 Ricky G.와 함께 출조하기로 했다. 한나절에 500달러지만 '가족과 친구 특별 할인가' 350달러만 받겠다고 하니 금상첨화였다.

새벽 6시. 리키의 배가 정박해 있는 마리나에 도착했다. 우리 일행을 살갑게 맞아준 그는 전날 출조에서도 연어를 잡았다며 우리의 기대를 한껏 부풀렸다. 200마력짜리 엔진을 단 리키의 배가 새벽 공기를 가르며 내달리자 물보라가 하얗게 일며 따라왔다. 난생처음 배 타고 낚시를 나간 아이들은 신이 났다. 모처럼 호사를 즐기는 어머니도 흐뭇해 보였다.

잠시 멈춰 마리나 부근에 게 망 두 개를 내려놓고 큰 바다로 나갔다. 미국과 밴쿠버 섬 사이의 후안데푸카 해협으로 향했다. 10여 분을 달린 리키는 즐겨 찾는 포인트에 배를 세웠다. 곧이어 능숙하게 채비를 꾸려 낚싯대를 내리고 배를 서서히 움직이는 트롤링trolling을 했다. 그는 무전기를 켜고 주변 낚시꾼들이 나누는 대화를 유심히 들었다.

"아직 연어를 잡았다는 사람들이 없네. 오늘은 좀 늦게 오려나 봐."

조바심을 내는 나를 안심시키려는 듯 리키가 무전에서 들은 얘기를 알려줬다. 만약에 연어를 못 잡으면 지깅낚시를 해서 대구나 우럭 같은 걸 잡게 해주겠다는 말도 덧붙였다. 그렇게 시작된 연어낚시는 5시간 동안 딱 한 번의 입질로 끝났다. 이마저 내가 제대로 컨트롤하지 못하는 바람에 떨어져 나갔다. 30여 미터 거리에서 차고

:: 배를 사기 전에 아이들과 밤낮 없이 짠 내를 맡기 위해 다녔던 시드니 피어Sidney Pier.
망을 내려 게도 잡고 릴낚시로 노래미, 넙치 따위를 낚았다.

나갔다 끌려오길 반복하던 연어가 물 위로 한 번 솟구치더니 낚싯바늘을 빼고 유유히 달아났다.

돌아오는 길에 30분간 시도했던 지깅낚시도 허탕이었다. 마리나 인근에 내려놓았던 게 망도 꽝이었다. 뭐가 잘못됐는지 게 망 하나는 열려 있었고 다른 하나에는 커다란 불가사리가 똬리를 틀고 있었다. 말 그대로 빈손. 허탈했다.

"그 돈으로 시장에 갔으면 연어 아니라 연어 할아버지도 사다 먹었을 텐데."

돌아오는 차 안에서 어머니가 말씀하셨다. 얼굴이 화끈거려 뭐라 대꾸하지도 못했다. 꼬박 일 년간 기다린 연어낚시는 이렇듯 허무하게 막을 내렸다.

정종 마니아 루퍼트

가을로 접어들면서 동료들의 연어낚시 무용담도 수그러들었다. 10월 중순이 되자 비 오는 날이 잦아졌다. 여름내 말랐던 계곡과 강에 물이 불어났다. 바다에 진을 치고 고향으로 갈 날을 기다리던 연어들이 조금씩 강 하구로 몰려들었다. 소상遡上하는 연어를 보호하기 위해 낚시 금지 구역이 넓어졌다. 사실상 한 해의 연어낚시가 마감되는 시기가 가까워진 것이다.

"이번 주말에 낚시 갈래? 끝물이긴 한데, 잘하면 코호coho, 은연어 몇 마리 잡아 올 수 있을 거야."

정원에서 나무를 전문으로 다루는 아보리스트arborist, 루퍼트 Rupert E.가 말했다. 나보다 댓 살 많은 그는 영국 태생이다. '불감청고 소원不敢請固所願, 감히 청하지는 못하나 원래부터 바라는 바다.' 이럴 때 쓰라고 생겨난 말 같았다.

"물론이지. 그런데 만약 연어를 잡으면 우리 집에서 저녁 먹을래? 네가 좋아하는 초밥도 만들고 사케도 한잔하게."

그가 일본식 정종과 초밥을 좋아한다는 것을 기억해 제안했다. 혹여 생각이 바뀌지 않도록 쐐기를 박은 것이기도 했다. 3년 같은 사흘이 지나고 마침내 토요일. 새벽 5시에 그를 만나 마리나로 향했다. 루퍼트는 리키처럼 마리나에 보트를 정박해두지 않았다. 낚시를 갈 때마다 트럭에 매달고 갔다.

이날 나는 마리나에서 보트 내리는 걸 처음 경험했다. 나중에 배를 산다면 더없이 요긴할 생생한 실습이었다. 루퍼트는 바다로 이어진 길로 트럭을 후진시켰다. 트레일러가 반쯤 바닷물에 잠기자 멈췄다. 그러고는 일사천리였다. 트레일러와 연결된 쇠고리를 풀어 보트를 밀어 내리고, 트럭을 빼 주차하고, 배의 선수를 바다 쪽으로 돌리더니 훌쩍 보트에 올라 엔진을 물에 내리고 시동을 걸었다.

초가을의 쌀쌀한 날씨였지만 다행히 비는 오지 않았다. 우리를 태운 배가 쏜살처럼 바다를 내달았다. 한참을 달려 아직 동이 트지도 않은 바다 한가운데 멈춰 섰다. 그리고 낚시채비를 하며 이것저것 설명해줬다.

"이건 티저헤드teaser head라고 해. 멸치나 청어 같은 생미끼들이 쉽게 못쓰게 되는 걸 방지하기 위해 이 작은 플라스틱 조각 속에 머리를 끼워 단단히 고정하지."

"그런데 이 넓적한 플라스틱판은 뭐야?"

"플래셔flasher야. 바닷물 속에서 햇빛을 반사시켜 연어를 유인해. 낚싯바늘 40~50센티미터 위에 매달지."

채비를 달아 낚싯줄을 풀어 바닷속에 내린 그가 설명을 이었다.

"지금이라면 코호를 잡기 위해 수심 30미터 대를 공략해야 해. 해가 뜨면 연어들이 깊이 들어가니까 좀 더 내려야 하고."

배 한 척 장만해 연어낚시를 다니는 상상을 가끔 했었는데, 아뿔싸! 뭐가 이리도 복잡하단 말인가?

"어쨌든 첫 입질은 내가 컨트롤할게. 혹시 네가 하다 놓칠 수도 있으니까. 두 번째 연어는 무조건 네가 해."

오래지 않아 입질이 왔고, 루퍼트는 능숙한 솜씨로 제압했다. 갑판에 올라온 연어의 머리와 몸통 사이에 칼집을 내 피가 흘러나오도록 했다. 잠시 조용하더니 또 입질이 왔다. 루퍼트가 낚싯대를 홀더holder에서 빼 나에게 건넸다. 그리 크지 않은지 수월하게 따라왔다. 그가 그물망을 내려 건진 연어는 약 40센티미터. 마침내 내 손으로 직접 낚아 올린 첫 연어를 만난 순간이었다. 누가 먼저랄 것도 없이 하이파이브를 했다.

"고마워, 루퍼트! 내 생애 첫 연어야!"

더 이상 입질은 없었다. 점심나절이 되어 낚시가 끝났다. 루퍼트는 연어 두 마리를 모두 나에게 주며 저녁때 우리 집으로 오겠다 했다. 내가 약속했던 연어 초밥과 정종을 먹으러 온다는 얘기였다.

집에 돌아온 나는 마음이 바빴다. 연어는 포를 떠놓고 정종도 두 병 샀다. 하나는 차게, 하나는 따뜻하게 먹을 생각이었다. 저녁때가 되자 오토바이를 몰고 루퍼트가 나타났다. 그날 루퍼트는 태평관에 묵었던 명나라 사신 못지않은 융숭한 대접을 받고 기분 좋게 돌아갔다.

연어낚시꾼의 탄생

:: 빅토리아의 평화로운 바다 위로 해가 떠오른다. 인구 35만의 한적한 서부해안 도시에서 나와 내 가족의 캐나다 이민 생활이 시작됐다. 최소한 연어와 만나기 전까지 우리의 일상도 이곳의 분위기처럼 한가로웠다. 연어는 우리 삶에 커다란 변화를 몰고 왔다. 잔잔했던 바다에 해일이 밀려오듯 강렬했다.

배를
사고 말았다

마지막 수험생

"미스터 박! 다른 응시생들이 당신이 끝나기만 기다리고 있습니다. 아직 멀었나요?"

"아, 네…… 거의 다 됐습니다. 3분만 더 주세요."

갑작스런 시험 감독관의 말에 나는 적잖이 당황했다. 어떻게 내 이름을 알았지? 하긴 이 강의실 안에 동양인은 나와 아들뿐이니, 응시자 목록에서 내 이름을 찾기가 어렵지 않았을 것이다. 감독관의 물음에 더듬거리며 대답하고 실내를 빙 둘러봤다. 시험장에 가득 들어찬 쉰 명 남짓한 사람들의 시선이 일제히 나를 향하고 있었다. 나와 조금 떨어진 자리에서 친구와 나란히 앉아 시험을 치른 아들의 얼굴과 마주쳤다.

'적당히 좀 하시지. 다들 아빠만 쳐다보잖아?'

'알았어. 조금만 더 기다려.'

아들과 무언의 대화를 주고받은 내 이마에 송골송골 땀이 맺혔고 등에서는 식은땀이 흘렀다. 6월 초순 치고는 꽤 더웠던 초여름 날이었다.

사람들의 시선을 애써 외면한 나는 다시 고개를 숙여 시험지에 표시한 정답과 답지에 적은 내용이 일치하는지 마지막으로 검토했다. 학창 시절부터 몸에 밴 시험 마무리 습관이었다. 그리고 마감 5분 전. 자리에서 일어난 나는 답안지를 들고 감독관에게 갔다.

"늦어서 미안합니다. 당신들에겐 상식 수준의 시험이겠지만 저에겐 너무 어려워요."

"괜찮아요. 영어가 모국어가 아닌가 보죠?"

"네, 한국에서 온 이민자입니다."

감독관은 내가 끙끙댄 이유를 그제야 알겠다는 표정을 지었다. 채점이 끝나고 결과를 통보받기까지는 10분이 채 걸리지 않았다. 나를 제외한 대부분의 응시자들은 일찌감치 시험을 끝냈고, 답안이 제출되는 즉시 감독관들이 채점을 해두었기 때문이다.

보름쯤 전이었다. 고심 끝에 자그마한 모터보트를 사기로 결정했다. 이민 초기부터 시작된 '연어앓이'가 불치의 병으로 악화되는 걸 막을 수 있는 유일한 처방이었다. '연어를 내 손으로 직접 잡아보자, 까짓 거, 자그마한 배 한 척 사서 물어가며 하면 되겠지' 하는 생각이었다. 정원의 동료들에게 내 결심을 알리고 도움을 청하자 이구동성으로 돌아오는 말이 있었다.

"보트 면허 있어? 그거 없으면 배를 사도 헛일이야!"

아니, 이건 또 뭐지? 보트 운전자는 별도의 면허를 발급받아야 한다고? 레저를 목적으로 사용하는 모터 달린 선박을 운행하는 사람은 반드시 보트 운전자 카드Pleasure Craft Operator Card를 소지해야 한다는 것이었다. 보트를 안전하게 운전할 수 있는 능력을 갖췄다는 일종의 증명서다. 이 카드를 갖기 위해서는 교육을 받고 시험을 통과해야 한다. 그러나 공부해야 할 내용들이 만만치 않았다. 선박 상식과 해양 관련 법규를 비롯해 표지판과 부표 식별법, 안전장비 및 비상시 대처요령, 배의 운행 방향과 제한 규정 등이 포함돼 있었다.

인터넷으로 공부할 내용들을 찾아보니 더 난감했다. 한 문단만 봐도 처음 보는 단어들이 지뢰밭처럼 널려 있었다. 선뜻 혼자 해볼 자신이 나지 않았다. 한글로 공부하고 시험을 치른다 해도 결코 쉽지 않아 보였다. '마이보트족'의 꿈이 시작부터 난관에 봉착했다. 그런데 하늘이 무너져도 솟아날 구멍이 있다고 했던가?

지역 레크리에이션 센터에 관련 강좌가 있다는 것과 '8세 이상이면 누구나 응시할 수 있다'는 조항을 발견한 것이다.

막 열네 살에 접어든 큰아들을 꼬드겨 같이 한다면 해볼 만했다. 그러나 한창 사춘기에 접어든 아들이 순순히 응할지 지레 걱정이 됐다.

"재유야! 아빠랑 같이 보트 운전자 카드 따볼래?"

"그게 무슨 소리야? 보트 사게?"

"그럴까 해. 아빠가 수강료와 응시료를 대줄 테니 같이 하자. 한 번 따놓으면 평생 쓸 수 있어."

"그럴까? 그거 있으면 보트 몰아도 돼?"

"그럼. 너도 이제 캐나다 정부에서 발행한 면허증 하나 가질 나이가 됐지."

"그것도 괜찮겠네."

"두말하면 잔소리지. 아빠가 너랑 낚시 가서 시원한 맥주라도 한 잔하게 되면 네가 운전해서 돌아오면 좋잖아?"

"알았어. 그렇게 하지 뭐."

결국 온갖 사탕발림과 읍소 끝에 아들이 제안을 받아들였다. 우리는 이틀에 걸쳐 강의와 시험이 동시에 진행되는 레크리에이션 센터 강좌에 등록했다. 이틀간 강의를 들으며 공부하고, 둘째 날 강의가 끝나면 바로 시험을 보는 코스였다. 첫날, 강의실에 들어선 나는 눈을 의심했다. 너무도 다양한 사람들이 와 있었다. 내 아들보다 더 어린 아이부터 아주머니, 할아버지, 젊은 여성에 중년 남성……. 게다가 대부분 별일 아니라는 듯 표정이 밝아 보였다. 그들이 웃고 떠드

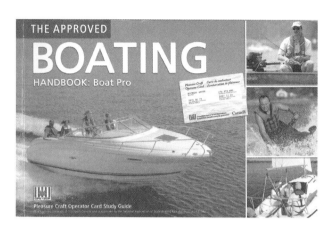

:: 모터가 달린 배를 운전하기 위해서는 반드시 보트 운전자 카드를 소지해야 한다.
이 카드를 얻기 위해서는 두툼한 교재로 공부해 시험을 통과해야 한다.

는 소리가 커질수록 나는 주눅이 들었다.

그러고 시작된 첫 강의. 아니나 다를까 난생처음 들어보는 단어들이 쏟아졌다. 나눠 준 책자를 열심히 읽으며 강의를 쫓아가려 했지만 도통 머리에 들어오지 않았다. 4시간의 강의가 끝났지만 머릿속은 온통 하얬다. 생소한 용어들이 난무하는 의학 드라마를 한 편 본 것 같았다.

집에 돌아온 나는 마음이 급했다. 점심을 먹는 둥 마는 둥 하고 아들을 붙들고 늘어졌다.

"재유야! 아빠하고 같이 교재로 공부 좀 하자. 책에 있는 예상문제도 풀어보면 도움이 많이 될 거야!"

"에이, 별로 어렵지 않던데. 나는 내일 강의 듣고 그냥 시험 볼래."

"그래도 되겠어? 자신 있어?"

"그렇다니까. 나는 약속이 있어서."

그러고는 훌쩍 친구를 만나러 간다며 나가버렸다. 혼자 덩그러니 남아 교재와 씨름했다. 야속한 아들을 탓하고만 있을 수 없었다. 모르는 단어를 사전에서 찾으며 공부하다 보니 좀처럼 책장이 넘어가지 않았다. 그날 배운 것을 복습하고 다음 날 배울 것까지 예습했다. 덧붙여 예상 문제까지 풀어보고 나니 날이 훤히 밝아왔다.

일찍 서둘러 아들과 함께 강의실에 도착했다. 그러고 진행된 두어 시간의 두 번째 강의. 미리 공부해둔 덕분인지 전날보다는 한결 수월했다. 강의가 끝나고 시험을 보기 전에 짧은 휴식 시간이 주어졌다. 이제 나보다는 아들이 더 걱정됐다. 50문제 중 40문제 이상을 맞혀야 합격인데, 집에서 책 한 장 읽어보지 않았으면서도 자신만만해하는 모습이 그리 미덥지 않았다. 아들이 진지하게 시험에 응하길 바라는 마음에 제안을 했다.

"아빠랑 내기할까?"

"뭔데?"

"점수가 적게 나온 사람이 점심 쏘기."

"하하하! 나야 좋지!"

여전히 의기양양한 재유는 '어떻게 아빠가 나를 이길 수 있겠어' 하는 표정으로 싱글댔다. 곧이어 시험이 시작됐다. 빨리 끝낸 사람들은 20, 30분 만에 답안지를 제출했고, 재유도 꽤 일찍 끝내고 친구와 잡담을 나누고 있었다. 주어진 한 시간을 거의 다 쓴 사람은 나뿐이었다. 감독관은 한 사람씩 앞으로 불러내 채점 결과를 알려줬다. 80점 이상을 받은 이들에게는 따로 종이로 된 임시면허증을 줬다.

"아빠도 합격했네! 하긴 밤을 새웠다면서?"

"됐고, 네 점수 먼저 까봐!"

"84점. 봐!"

아빠에게 점심을 얻어먹을 생각에 우쭐대기까지 하며 통지서를 펴 내 눈앞에 들이밀었다. 강의만 들었던 아들이 받아 든 성적 치고는 괜찮았다. 신기하고 대견했다. 그러나 이런 생각도 잠시.

"네가 밥을 사야겠다."

"정말? 몇 점인데?"

"짜잔! 86점. 내가 한 문제 더 맞혔어. 배고프다. 딤섬 사 주라!"

아들에게 얻어먹은 점심은 꿀맛이었다. 이렇게 나는 연어낚시를 하기 위해 넘어야 할 수많은 산 중 첫 봉우리를 넘었다.

환율이가 어떤 놈이래?

1997년 6월, 나는 영국으로 건너갔다. 5년 넘게 다니던 직장을 그만두고 공부를 해볼 요량이었다. 영어 공부를 하며 집을 구하고 난 뒤, 아내와 갓 한 돌 된 아들이 합류했다. 그때가 9월. 런던 남부의 해안도시 브라이튼의 가을은 맑고 따뜻했다.

영국의 가을은 대개 길지 않으며 쌀쌀한 가운데 비가 자주 내린다. 그러나 유독 그해에는 늦가을까지 좋은 날씨가 이어져 사람들이 인디언섬머가 찾아왔다고 했다. 덕분에 우리 가족은 결혼 후 처음 맛보는 단란함에 젖어 하루하루가 즐거웠다. 신접살림을 동생과 함께 시작했고 영국으로 갈 때까지 같이 살았으니 세 가족이 오붓하게 지내본 적이 없었던 탓이다.

그러나 이 즐겁고 행복했던 날들은 그리 오래지 않아 끝났다. 세상 물정에 어두웠던 나는 전세금을 빼서 마련한 유학 자금을 언제 얼마나 환전해 쓸 것인지 결정 못 하고 차일피일 미루고 있었다. 영

38

국 현지에서 만난 지인들은 대개 겨울이 되면 환율이 좋아지곤 했으니 그때 돈을 다 바꾸는 게 좋겠다는 의견이었다. 마침 처남댁이 은행에서 일하고 있어 통장을 맡기고 당분간 한 달에 100만 원씩 송금을 받기로 했었다.

10월 말을 지나 11월로 접어들자 심상찮은 분위기가 밀려왔다. 한국 돈의 가치가 떨어져 환율이 치솟고 있었던 것이다. 유학생들은 매일같이 삼삼오오 모여 걱정스런 얘기를 주고받았지만 뾰족한 답이 없었다. 우물쭈물하며 계속 환전할 시기를 놓치고 있었다. 다달이 송금 받던 돈은 처음 서너 달 동안은 700파운드가량 됐었는데 12월에는 300파운드를 겨우 넘길 정도로 줄어 있었다. 말 그대로 반 토막이 난 것이다. 월세를 내고 나면 남는 돈이 거의 없었다. 학교에 부탁해 새벽시간에 학교 건물을 청소하는 일자리를 구했다. 그렇게 돈을 조금 충당했지만 밑 빠진 독에 물 붓기가 따로 없었다.

밥상은 비싼 한국식 식단에서 점차 현지에서 싸게 살 수 있는 재료들로 차려졌다. 특히 실하고 값싼 영국산 감자는 대체 식단으로 그만이었다. 재킷포테이토, 피시앤칩스, 해시브라운, 매시드포테이토……. 그럴싸한 이름의 요리들이지만 어차피 통째로 굽거나, 잘라서 튀기고, 갈아서 부치고, 삶아서 으깬 감자들인 건 마찬가지다. 막 걸음마를 시작한 아들에게 참 미안한 일이었다.

환전할 시기는 이미 놓쳤고, 얼마나 더 버틸 수 있을지 알 수 없었다. 돌아가는 유학생들이 늘어갔다. 하루하루가 살얼음판 위를 걷는 기분이었다. 그러던 어느 날, 새벽녘에 전화벨이 요란스럽게 울어댔다. 잠을 자다 놀라서 깬 나는 눈을 반쯤 감고 수화기를 들었다. 건너편에서 들려온 목소리는 시차 같은 건 안중에 없는, 어머니셨다.

"테리비에서 유학 간 사람들이 다들 들어온다고 난리다. 너는 별일 없냐?"

"아직은 견딜 만해. 환율 때문에 좀 힘들긴 하지만 말이야."

"아니, 환율이가 누구래? 어떻게 생겨먹은 놈이간디 우리 아들을 못살게 군데?"

"엄마……."

평생 흙에서 살아오신 어머니는 다짜고짜 아들을 괴롭힌다는 환율이가 누구냐며 역정을 내셨다. 아마도 속으로는 '이놈, 나한테 걸리기만 해봐라! 다리몽둥이를 분질러놓을 거다!' 하셨을 게다.

한동안 잠잠했던 환율이는 캐나다로 이민 갈 때 다시 찾아왔다. 집을 사기로 계약하고 한국에 두고 온 돈을 바꿀 적당한 시기를 보고 있었다. 이번에는 당하지 않겠노라며 환율 예측 정보 따위를 뒤적이며 추이를 예의주시했다. 그러나 이번에도 속수무책이었다. 이민 준비를 하던 2006년에는 캐나다 1달러에 840원 정도이던 원화가 잔금을 치러야 할 날이 가까워진 2007년 11월, 급기야 1000원을 넘어섰다. 한국에서 살던 아파트를 판 돈 2억 원 정도를 환전해 받아보니 기가 막혔다. 1년 전과 비교하면 족히 4~5천만 원이 허공으로 사라진 것이다. 무심한 환율이었다.

보트를 사야겠다고 마음을 먹었던 2010년에는 1200원대를 찍었다. 거의 정점이었다. 이전에 다닌 직장에서 받았던 우리사주를 팔아 보트를 사기로 했으니, 다시 한 번 손해를 감당해야 했다. 2, 3천만 원을 훌쩍 넘는 새 보트를 산다는 것은 언감생심이었고 원하는 배의 크기와 품질은 점점 하향 조정됐다. 울며 겨자 먹기로 환전을 하고 보니 겨우 6500달러 정도 됐다. 10년도 더 된 자그마한 중고 보트나 겨우 살 정도였다.

그리고 5년이 지난 2015년. 겨울에 한국에 잠깐 들어올 계획을 세우고 다시 환율을 확인해보니 830원대로 떨어져 있었다. 정확히 10년 전 수준으로 돌아간 것이다. 그러나 어쩌랴? 이번에는 캐나다 돈을 바꿔 한국에서 써야 하는데. 하아! 엄마에게 또 얘기할 수도 없고, 한숨만 나왔다.

페더 베이에 울린 뱃고동

정원 동료들에게 보트 운전자 카드를 딴 소식을 알리자, 다들 엄지를 척! 하고 들어 보여줬다. 기분이 절로 좋았다. 보트를 살 때 고려해야 할 것들도 앞 다퉈 일러줬다. 그러나 기쁨도 잠시. 동료들의 조언이 하나둘 늘어날수록 머리가 더 복잡해졌다. 면허만 따면 더 이상 난관이 없을 줄 알았는데 오산이었다. 배를 만든 재질, 엔진의 종류와 무게, 선체를 점검하는 요령, 제조사에 따라 다르다는 배의 안정성, 연료 급유 방식 등등. 살펴봐야 할 것들이 어느 것 하나 쉬운 게 없었다.

선체 안에 탑재된 내장형 엔진inboard engine은 관리나 수리가 힘드니 가급적 선미에 엔진을 단 것outboard engine으로 알아보라는 조언을 들었다. 여기에 알루미늄 선체는 묵직해 안정적인 데다가 사용 후 손질이 쉽지만 가격이 비싸고, 강화플라스틱 재질의 배는 가벼우며 상대적으로 저렴하다는 정보도 얻었다. 또한 배에 따라 연료 공급 장치가 달라서 어떤 것은 기름통을 호스에 바로 연결해 쓰지만 내장된 연료탱크에 기름을 채워 쓰는 것도 있다고 했다. 밑이 둥그스름한 배는 안정감은 있으나 속도가 잘 나지 않고, 뾰족한 배는 그 반대라는 사실도 알게 됐다. 무엇보다 보트의 생명은 엔진이니, 구매 여부를 결정하기 전에 반드시 시운전을 해 상태를 점검하라는 충고도 들었다.

할 수 없었다. 중고 배를 파는 인터넷 사이트를 뒤져 예산에 비슷하게 맞는 후보들을 프린트한 뒤 회사로 가져갔다. 배를 가지고 있거나 잘 아는 동료들에게 보여주며, 이건 어떠냐, 저건 쓸 만한 거냐 하고 묻고 또 물었다. 이 배는 선체 크기에 비해 모터가 너무 무거워 보인다, 저것은 선체의 안정감이 떨어져 그다지 좋은 평을 받지 못하는 제조사의 제품이다, 다 좋은데 요즘 시세보다 좀 비싼 것 같다 등등의 조언들이 쏟아졌다.

제 일처럼 조언을 아끼지 않던 스코티Scotty G.가 결국 한번 같이 가서 보자고 할 때까지 좀처럼 진도가 나가지 못했다. 정원사가 되기 전 남편과 보트를 운반하는 일을 했던 그녀는, 배를 보는 눈이 남달랐다.

고르고 고른 뒤, 두 척의 배를 직접 살펴보기로 했다. 일과가 끝난 오후 시간에 스코티와 함께 배들을 만났다.

"이 배는 안 되겠어. 엔진에서 하얀 연기가 나와야 하는데 푸르스름하네. 뭔가 문제가 있다는 증거야."

스코티는 처음에 본 배를 보기 좋게 퇴짜 놨다. 그리고 향한 다른 집. 꽤 오래된 배였지만 어쩌나 깔끔하게 관리했는지 외관상 흠잡을 데가 거의 없었다. 누운 채로 배 아래쪽까지 기어들어가 선체를 살핀 그녀도 만족하는 눈치였다. 엔진 소리도 조용하고 배기가스 색깔도 떡방앗간에서 모락모락 피어나는 김처럼 하얬다. 배 주인 아저씨의 인상도 좋아 보였다. 60줄에 접어든 그는 20여 년을 아끼며 쓰던 배인데, 손녀가 10대가 되자 화장실이 없다는 이유로 타지 않겠다고 해 어쩔 수 없이 팔려고 내놓았다고 한다. 집 마당 한편에 세워진 큰 배를 가리키며 얼마 전에 구입한 것이라고 했다. 화장실이 있는 배였다.

마음에 들었지만 생각했던 예산 범위를 조금 넘었다. 결재권자인 아내의 동의가 필요했다. 집에 가서 아내와 상의하고 다시 연락을 주겠노라 하고 일단 물러났다. 다음 날. 아내와 함께 다시 찾아갔다. 보트를 둘러본 아내는 깨끗해서 좋다며 합격점을 줬다. 그리고 집에 돌아와 혹시 더 나은 배가 나왔나 마지막으로 인터넷 사이트를 뒤져보았지만 눈에 띄는 매물은 없었다. 그러고 사나흘이 지나 마침내 전화기를 들었다.

"지난번에 배를 봤던 사람인데요. 돈을 가지고 사러 가겠습니다. 아직 배를 파시진 않았죠?"

"아직 있어요. 오늘 아침에 보러 왔던 사람이 가격을 너무 깎아달라는 바람에 안 팔았어요. 주인이 따로 있었나 보네."

아저씨의 말이 사실인지, 아니면 내 조급증을 유발하기 위한 전략인지 알 수 없었다. 아니, 그런 생각을 할 겨를이 없었다. 지불할 수표를 챙기고 쏜살같이 차를 몰아 그 집에 도착했다.

"제가 처음 보트를 사는 거라 궁금한 게 많습니다."

"무엇이든 물어보세요."

"시운전을 좀 해보면 좋겠는데요."

"보트 운전자 카드는 있죠?"

"그럼요. 며칠 전에 따서 아직 따끈따끈합니다."

"좋습니다. 갑시다."

선착장까지는 채 10분도 안 되는 거리였다. 페더 베이Pedder Bay라고 불리는 꽤 알려진 마리나였다. 트럭에 달고 간 배가 경사진 선착장을 따라 바닷물에 부려졌다. 운전석에 앉은 아저씨는 보트 작동과 운전 요령을 꼼꼼히 설명해줬다. 그리고, 배가 움직이기 시작했다. 다른 배들이 오가는 혼잡한 지역을 벗어나자 아저씨가 엔진 출력을 높였다. 부우웅 하는 소리가 나는가 싶더니 뱃머리가 들리고 뒤에서

44

물보라가 일었다. 예쁘장하게 생긴 자그마한 배가 바다를 힘차게 가르며 쏜살처럼 내달았다.

"자! 운전 한번 해봐요."

갑자기 속도를 줄인 아저씨가 운전석을 권하며 일어섰다. 심호흡을 크게 하고 왼손으로 핸들을 잡고 오른손으로 엔진 속도를 제어하는 레버를 잡았다. 그리고 서서히 앞쪽으로 밀었다. 보트가 움직이기 시작했다. 더 속도를 내보라는 아저씨의 말에 자신 있게 오른손에 힘을 가했다. 아까처럼 선수가 들리며 뒤쪽에서 하얀 물보라가 일었다. 나도 모르게 야호! 하는 소리가 튀어나왔다. 핸들에 붙은 클랙슨 버튼을 눌러 빵빵! 하는 소리도 내봤다. 그 뱃고동 소리에 놀랐는지, 내 심장이 터질 듯 뛰었다.

:: 배를 사기 전에 시운전을 나갔던 페더 베이 마리나. 트럭에 달고 간 보트를 내릴 수 있는 시설이 있다. 낚싯배 대여도 하며 캠핑장도 갖춰져 있는 복합 레저타운 같은 곳이다.

:: 바다에도 길이 있다. 이 길을 잘 알지도 못하고 연어낚시를 시작한 초보 낚시꾼은 크고 작은 실수와 사고를 훈장처럼 달고 지냈다. 배를 바다에 띄우고, 낚시채비를 내리고, 입질이 온 연어와 사투를 벌이는 그 어떤 것도 만만하지 않았다. 연어가 다니는 길은 생각보다 훨씬 복잡했다. 미로처럼 바닷속 곳곳으로 나 있었고 계절에 따라, 날씨에 따라, 조수의 흐름에 따라 변화무상했다.

캐나다 사람들과
고사를 지내다

생각 따로, 몸 따로

길이: 약 5미터

폭: 약 2미터

승선 인원: 4명

선체: 강화플라스틱. 1994년 K&C에서 건조.

엔진: 주엔진─머큐리 60마력, 보조엔진─혼다 10마력

밥을 먹지 않아도 배가 고프지 않다는 말이 있다. 앞마당 주차장
에 세워놓은 보트를 바라보는 내 심경이 그랬다. 괜히 다가가서 여

기저기 만져보기도 하고, 주변을 빙빙 둘러보기도 했다. 예쁘장한 소녀 같았다. 그리 크지는 않았지만, 서너 명이 타고 연어낚시를 하기에 지장이 없어 보였다.

배를 샀다는 소식을 회사 동료들에게 알리자 이런저런 축하의 말들이 돌아왔다. 제조사는 어디이며, 모터엔진은 어떤 것인지 따위를 물어보는 이들도 있었다. 그중에서도 브라이언Brian G.의 반응이 아주 인상적이었다.

"서부해안의 삶에 들어온 걸 환영한다!Welcome to the west coast life!"

엄지손가락을 들어 보이며 그가 한 말을 지금도 잊을 수 없다. 자신도 광적인 연어낚시족인 브라이언은 이렇게 덧붙였다.

"캐나다에서는 남자가 중년이 되면 배나 오토바이를 사든지 그것도 아니면 아내를 바꾼다는 속설이 있어."

"재미있는 얘기네."

"너는 배를 샀으니 중년을 잘 지낼 수 있을 거야."

그러고는 한 가지 조언을 했다. 여름철에는 마리나에서 배를 내리려는 사람들이 많아 복잡하니, 당황하지 않으려면 배를 트럭에 매달고 후진 연습을 충분히 하라는 것이었다. 그것이 쉽지 않다는 걸 이미 경험한 바 있다. 집에 배를 가져온 날, 후진으로 주차장에 대놓으려다 애를 먹었었다. 트레일러 위에 올린 배가 보통 차를 후진할 때와 달리 반대로 움직였다. 오른쪽으로 핸들을 돌리면 왼쪽으로 가고 또 왼쪽으로 방향을 잡으면 오른쪽으로 틀어졌다. 머릿

:: 집 앞에 주차돼 있는 나의 사랑스런 보트.
어머니가 시루떡을 찌고 막걸리까지 직접 담가서 진수식을 겸한 고사를 지냈다.
참석해준 캐네디언 동료들을 배려해 고사상 위에 돼지머리 대신 돼지저금통을 올렸다.

속으로는 '반대로 핸들을 돌려야지' 하고 생각하면서도 손이 쉽게 말을 듣지 않았다.

후진 연습을 할 장소를 물색했다. 집 근처 큰 빌딩의 주차장이 눈에 들어왔다. 오후 6시가 되면 사람들이 다 퇴근해 텅 비는 곳이었다. 트럭에 보트를 매달고 그곳에 갔다. 아내가 뒤쪽을 봐주고 후진으로 원하는 자리에 주차하는 연습을 몇 번이고 반복했다. 마음 같지 않다는 표현은 이럴 때 쓰라는 말 같았다. 몸에 배지 않고 머리로만 해결하려드니 엉뚱한 방향으로 가기 일쑤였다.

며칠 더 연습한 뒤 비교적 한산한 마리나에서 실전 테스트를 하기로 했다. 집에서 20여 분 가면 닿을 수 있는 브렌트우드 베이 Brentwood Bay였다. 연어낚시가 거의 안 되는 지역이라 들고 나는 보트들이 드문 곳이었다. 가족들이 총출동했다. 배를 런칭하는 부두는 생각보다 좁고 가팔랐다. 트럭의 기어를 4륜으로 전환하고 천천히 후진을 시작했다. 그러나 핸들을 조금만 틀어도 트레일러는 급하게 방향이 바뀌며 엉뚱한 쪽으로 내달았다. 다시 앞으로 빼서 부두와 일직선을 만든 뒤 후진하기를 몇 번 반복했다. 30여 분이 훌쩍 지나갔다. 브라이언의 말대로, 만약 런칭하려는 배들이 줄지어 있는 마리나에서 이러고 있다면 낭패를 볼 게 분명했다. 머리카락이 쭈뼛 서고 등에서 식은땀이 흘렀다.

겨우 내린 배에 올라 시동을 걸었다. 그러나 이게 웬일이란 말인가? 시동이 걸리지 않았다. 몇 번 키를 돌려봤지만 엔진이 돌아가지 않았다. 산 넘어 산이었다. 급한 마음에 배를 팔았던 전 주인에게 전화를 걸었다.

"저, 배를 산 사람인데요. 시동이 안 걸리네요."

"미안하게 됐네요. 아마도 배터리가 방전돼서 그럴 거예요. 보트 수리하는 공장에 가서 물어봐요."

"아, 그런 문제라면 심각한 것은 아니네요. 지금 바로 가보겠습니다."

"내가 좀 더 신경을 써야 했는데. 배터리를 새로 갈게 되면 얘기해요. 비용을 드릴게요."

바다를 가르며 시원하게 달려보고자 했던 계획은 보기 좋게 어긋났다. 보트를 다시 트레일러에 올려 가져와야 했다. 그런데, 이게 더 문제였다. 보트가 없는 빈 트레일러는 너무 가벼워 트럭의 핸들을 조금만 돌려도 획획 돌아가 버리는 것이었다. 게다가 트럭에 앉아서 보이지 않으니 어느 방향으로 움직이는지도 알 수가 없었다. 앞으로 갔다 뒤로 가고, 트럭에서 내려 트레일러가 어디에 있는지 수도 없이 확인하다 보니 30여 분이 훌쩍 지나갔다. 배를 내리기 위해 한참을 기다리던 중년의 아저씨가 인내심이 다했는지 나에게 다가왔다. 쥐구멍이라도 있으면 숨고 싶었다.

"제가 처음이라서 그래요. 죄송합니다."

"트럭 화물칸의 뒷문을 내리세요. 그러면 트레일러가 보여 수월할 거예요."

:: 배를 바다에 띄우는 연습을 하기 위해 찾은 브렌트우드 베이.
배를 실은 트레일러가 자꾸 반대 방향으로 가는 바람에 애를 먹었다.

알고 나면 별것 아니어도 몰랐을 때는 정말 힘들 때가 있다. 딱 그런 경우였다. 뒷문이 젖혀지자 트레일러 뒤쪽이 반쯤 눈에 들어왔다. 눈으로 확인하며 후진을 하니, 조금 잘못 굴러가도 바로 방향을 바꿀 수 있었다.

집으로 돌아오는 길에 근처 공장에 배를 맡겼다. 작업이 밀려 있어 사나흘은 걸린다고 했다. 생각한 대로 일이 풀리지 않으니 답답했다. 마음 같아서는 벌써 연어를 만나러 가야 했는데, 하늘이 원망스러웠다. 이러다가는 연어낚시는커녕 바다에 나가기도 힘들어 보였다. 돼지머리를 구해서 용왕님께 고사라도 지내야 할 판이었다.

냉동선 진수식

캐나다에 가기 두어 해 전이었다. 목포에서 어선 여러 척을 부리며 새우나 병어, 황석어 따위를 잡는 친구 주헌이가 전화를 해 왔었다.

"김 선주! 오랜만이야! 무슨 일로 전화를 다 했어?"

"이번 주 토요일에 한번 내려와. 냉동선 건조가 다 끝나서 진수식을 하려고."

"축하해! 꼭 갈게."

"애들이랑 집사람도 같이 와. 그 배 타고 한 바퀴 돌게."

몇 해 전부터 생선이 많이 잡힐 때는 가격이 싸서 돈이 별로 안 된다고 푸념하던 그였다. 냉동선 같은 저장시설이 있으면 값이 좋을 때까지 출하를 미루며 어느 정도 버틸 수 있을 텐데 그게 안 된다는 것이었다. 결국 적지 않은 돈을 들여 냉동선을 짓기로 한 것이었다.

배는 목포의 북항 인근에 있는 조선소에 묶여 있었다. 친구의 소망을 안고 서 있는 배는 위풍당당해 보였다. 갑판 위에는 알록달록한 깃발들이 바람에 나부껴 먼발치에서도 금세 눈에 띄었다. 적지 않은 하객들이 배 위에 가득 차 있었다. 가까이 다가서 보니 무녀가 한창 굿을 하는 중이었다. 돼지머리가 놓인 제단을 돌며 요란한 꽹과리와 장구 소리에 맞춰 방울을 흔들어대고 있었다. 우리 가족도 배 위로 올라가 구석구석을 돌아봤다. 친구의 얼굴은 발갛게 상기돼 있었다.

한 시간 남짓한 무녀의 해신굿이 끝나자 하객들이 돼지머리에 절하며 축의금을 내놓았다. 돼지머리의 코 속에도, 입과 귓구멍에도 시퍼런 만 원짜리가 꽂혔다. 떡과 홍어회, 생선쩜과 나물들이 오른 상이 차려지고 술을 곁들인 잔치가 시작됐다. 배불리 음식을 먹은 나는 배를 한번 둘러볼 요량으로 밑으로 내려갔다. 배 밑바닥은 기차 레일처럼 생긴 선로 위에 올려져 있었다. 어느 틈에 따라왔는지 김 선주가 옆에 있었다.

"고생 많았다. 이제는 제값 톡톡히 받고 생선을 팔 수 있겠네."

"그럴 거야. 45톤짜리 배야. 새우젓 350드럼은 문제없이 보관할 수 있어. 여기 시세가 맞지 않으면 인천까지 직접 싣고 가서 팔 생각이야."

연어낚시꾼의 탄생

잔치가 막바지에 이르자 대부분의 하객들이 돌아갔다. 친지와 우리 가족 등 여남은 명이 배 위에 남아 있었다. 원래 진수식에는 여자들을 태우지 않는다고 알고 있었지만 김 선주는 괘념치 않았다. 그리고 카운트다운이 시작됐다. 셋, 둘, 하나…….

묶여 있던 배가 선로를 따라 움직이는가 싶더니 곧 바다 위에 떴다. 선장실에 들어가 있던 친구가 시동을 걸었다. 부릉, 부르릉 하는 소리를 내며 엔진이 돌더니 스크루가 힘차게 돌며 바닷물을 하얗게 부셔댔다. 엔진 소리는 낮고 우렁찼다. 사람들의 환성이 여기저기서 터져 나왔다. 김 선주가 속도를 내보려는지 엔진 소리가 높아졌다. 선수가 살짝 들린 배가 저녁노을이 깔린 목포 앞바다를 힘차게 내달았다. 쾌속으로 달리는 여객선 못지않은 속도였다. 같이 있던 두 아들도 신이 나서 소리를 질러댔다.

용왕님에게 안전한 운행을 기원한 덕인지 친구의 사업은 승승장구했다. 생선이 잡혔을 때가 아니라 시세가 좋을 때 팔 수 있으니 당연히 수익성도 좋아졌을 터였다. 그리고 서너 해 뒤. 냉동선 한 척으로는 성이 차지 않았던지 아예 도시 외곽에 냉동 창고를 지었다. 새우젓이나 황석어젓을 수백 드럼씩 저장할 수 있는 엄청난 규모였다. 어릴 적 시골에서 끼니 걱정을 하며 살던 친구였기에 그가 스스로 일궈가는 삶이 더욱 아름다워 보였다.

56

배를 맡긴 공장에서 연락이 왔다. 새 배터리가 연결된 엔진이 아무 문제없이 작동된다는 것이었다. 공장으로 달려가 시운전을 해보니 거짓말처럼 엔진이 돌아갔다. 보트를 트럭에 매달아 집으로 데려온 나는 가족들에게 명명식을 겸한 고사를 지내겠다는 뜻을 밝혔다. 목포에서 봤던 친구의 냉동선 진수식을 기억해낸 덕이었다. 마침 어머니께서 우리 집에 와 계셔서 고사상을 준비하는 데도 문제가 없어 보였다.

누룩을 구해 쌀 막걸리를 담그고 자그마한 시루떡을 찌는 일은 어머니 차지가 됐다. 이런 계획을 동료들에게 알리고 돼지머리를 구할 수 있는 도축장을 수소문했다. 집에서 30여 분 거리에 있는 한 식육점에서 직접 도축을 하니 거기를 찾아가 보라고 했다. 초대할 사람들을 추렸다. 배를 사는 데 큰 도움을 줬던 스코티와 그녀의 남자 친구 라이언Ryan G., 부차트 가든 내 선큰 가든의 동료 정원사 제이미, 방학을 이용해 정원에서 일하는 메간과 카일리 자매를 부르기로 했다.

그러나 문제가 생겼다. 파티에 초대하며 이들에게 돼지머리를 올려놓고 절할 것이라 했더니 표정들이 일그러졌다. 한국에서는 그렇게 고사를 지낸다고 설명해도 상상이 잘 가지 않는 모양이었다. 기분 좋게 참석한 잔치에서 흉측한 돼지머리를 보고 기겁할 이들의 얼굴이 떠올랐다. 취지는 살리되 뭔가 다른 방법이 필요했다. 일주일에 한 번씩 밴쿠버로 장을 보러 나가는 한인마트에 전화를 걸었다.

"형님! 고사를 지내려는데 돼지저금통 하나만 사다 주실 수 있어요?"

"그걸 어디에 쓰게요?"

"아, 고사상 위에 돼지머리 대신 올려놓게요. 이왕이면 황금색이면 좋겠고, 제일 큰 것으로 부탁해요."

호주 유학 시절 낚시에 푹 빠졌던 그를 나는 '니모 형님'이라는 애칭으로 불렀다. 캐나다로 이민 온 뒤에도 바다낚시는 물론 민물낚시도 줄기차게 다녔던 낚시광이었다. 배를 샀다는 소식에 반색하며 자신이 쓰던 낚싯대 몇 개와 릴 따위를 선뜻 선물로 줬던 이였다.

"그게 있을지 모르겠네. 아무튼 찾아볼게요."

"고맙습니다. 꼭 좀 부탁합니다."

다행히 어린아이 머리통만 한 황금색 돼지저금통이 배달됐다. 쌀막걸리도 적당히 익어 제법 마실 만했다. 2010년 6월 11일, 금요일 퇴근 후였다. 초대한 손님들도 모두 도착했다. 배 앞에 돗자리를 깔고 상을 차렸다. 사과, 배, 바나나 같은 과일들과 먹음직스런 시루떡이 올랐다. 엄마가 무친 나물과 제주로 쓸 막걸리도 준비됐다. 그리고 상 한가운데에 귀여운 돼지저금통이 떡하니 자리를 잡았다.

내가 먼저 절하고 저금통에 100달러짜리 지폐를 한 장 넣었다. 아무 사고 없이, 연어를 많이 잡을 수 있도록 해달라고 빌었다. 뒤이어 아내와 아이들이 절했다. 우리가 하는 모습을 지켜보던 손님들도 흔쾌히 따라 했다. 무릎 꿇고 절하는 것이 난생처음이라고들 했다. 더러는 두 손을 기도하듯 모으기도 했고 절한 뒤 이렇게 하면 되냐고 묻듯이 나를 쳐다보는 이도 있었다.

고사가 끝나고 집 안으로 자리를 옮겼다. 다들 좋아하는 김밥 재료를 준비해두고 직접 말아보라고 권했다. 고사상에 올라 있던 음식들도 가져와 식탁에 올리고 막걸리도 한 잔씩 돌렸다. 왁자지껄한 뒤풀이가 시작된 것이다.

"그런데 말이야, 저 배에 이름을 붙이고 싶은데. 좋은 게 없을까?"

"에게리아Egeria 어때? 로마신화에 나오는 물의 요정인데, 이름이 예쁘지 않아?"

김밥을 볼이 미어지도록 먹던 카일리였다. 다른 동료들도 좋은 이름이라고 거들었다. 망설일 필요가 없었다.

"좋아. 에게리아라고 부르자. 고마워 카일리!"

그렇게 나의 연인이 돼 바다를 함께 누빌 에게리아가 탄생했다. 그때만 해도 에게리아는 자신이 어떤 운명 앞에 놓였는지 몰랐을 것이다. 시도 때도 없이 발동하는 나의 낚시 열병을 온전히 감당해야 할 숙명을 말이다.

높은 파도를 뒤집어쓰는 것은 예사였다. 거센 바람에 밀려 수초더미에 엉켜야 했고, 한 치 앞도 보이지 않는 안개 속을 헤치며 앞으로 나아가야 했다. 비가 와도 눈이 와도 내 손에 이끌려 바다를 누벼야

59

했고, 소용돌이치는 물살을 거스르며 연어와 씨름해야 했다. 내 가족들도 실어 날라야 했고, 친구들과 다른 손님들도 태워야 했다. 낚싯줄에 걸려 올라오는 것이 연어든 우럭이든 대구든 아무 말 없이 품어줘야 했다. 그날 이후로 5년 남짓, 한마디 불평 없이 내가 하자는 대로 늘 함께했던 그녀였다.

:: 진수식을 마치고 브렌트우드 베이에서 첫 런칭에 성공한 나의 연인 '에게리아'. 동료 정원사 카일리가 지어준 이름으로 로마신화에 등장하는 '물의 요정'이다.

홍연어 떼가
바다를 뒤덮다

100년 만의 풍어

날씨가 무더워지던 7월 하순의 어느 날이었다. 정원에서 마주친 브라이언이 나를 불러 세우더니 눈을 동그랗게 뜨고 말했다.

"지금 빅토리아 앞바다가 난리가 났어. 밀려오는 홍연어 떼가 어마어마해."

"그렇게 많아?"

"그렇다니까. 어제 출조 나갔는데 허용되는 네 마리를 한 시간 만에 모두 잡고 돌아왔어. 너는 뭐하고 있어? 배 끌고 한번 나가봐!"

"글쎄. 난 좀 더 연습하고 자신이 생길 때 가볼게. 잘못하다 다른 사람들에게 폐 끼칠 것 같아서 말이야."

비단 그뿐이 아니었다. 지난 주말에 리키와 낚시를 다녀왔다는 장미정원 슈퍼바이저 존Jhon H.도 그랬다. 언제까지 배를 집에 모셔둘 거냐며 일단 나가서 해보라고 권했다. 8월에 들어서자 TV나 신문에서도 매일같이 홍연어 풍어豊漁를 대서특필했다. 무려 3000만 마리의 홍연어가 BC브리티시컬럼비아 주의 고향으로 향하고 있다는 것이었다. 1913년에 기록된 3800만 마리 회귀 이래 처음이라고 했다. 리키의 얘기를 듣고 나니 더욱 실감이 났다.

"지난 3년간 홍연어를 잡을 수가 없었어. 정부에서 금지했거든. 심지어 상업적으로 어업에 종사하는 이들도 마찬가지였어."

"그렇게 귀한 연어야?"

"아마 올해 이렇게 많은 홍연어가 돌아오지 않았다면 낚싯배 사업을 접었을 거야. 손님들을 모시고 나가도 허탕 치는 일이 다반사였거든."

사실 그때만 해도 홍연어가 어떤 물고기인지, 왜 사람들이 저렇게 흥분해 있는지 이해하기 힘들었다. 빅토리아 인근에서 잡히는 다섯 종류 연어 중 그 맛이 으뜸이라는 사실도 나중에야 알았다. 직접 잡아 불그레한 속살을 먹어보니 차진 인절미처럼 쫄깃하고 담백해 뒷맛이 오래도록 남았다. 과연 이제까지 먹어본 횟감 생선 중 최고라 할 만했다. 마트에서 파는 연어 중에서 가장 비싼 몸값을 자랑하는 이유를 알 것 같았다.

이런 홍연어가 이전 해에는 150만 마리밖에 돌아오지 않았다. 백년 만의 풍어라고 술렁이던 것과 비교하면 5퍼센트에 불과하다. 회귀하는 홍연어의 숫자는 지난 20여 년간 꾸준히 감소했다고 한다.

홍연어의 회귀율이 줄어들자 정부와 과학자들이 원인 파악에 나섰다. 하지만 딱히 이거다 싶은 답을 찾지는 못했다. 지구온난화로 바닷물 수온이 상승해 홍연어가 좋아하는 먹잇감이 줄었다는 이들이 있었다. 한 환경단체는 빅토리아가 있는 밴쿠버 섬과 육지 사이 해협에 늘어서 있는 연어 양식장들이 주범이라는 의견을 내놓았다. 양식 연어를 숙주로 삼던 병충들이 강에서 막 나온 어린 홍연어에 옮겨 붙어 엄청난 피해가 발생했다는 것이다. 비단 홍연어만이 아니라 은연어, 왕연어들도 희생이 불가피했다고 주장했다.

다시 3000만 마리에 달하는 홍연어가 돌아왔다니, 그 자체로 미스터리였다. 속 시원하게 설명해주는 이가 없었다. '연어와 같이 헤엄쳐 다녀보지 않고서는 모를 일'이라며 자조 섞인 논평을 하던 해양학자도 있었다.

어쨌든 엄청난 홍연어 귀환으로 낚시꾼들이 제철을 만났다. 그러나 나는 아직 배를 끌고 나갈 자신이 없었다. 고사를 지낸 뒤 브랜트우드 베이에서 런칭에 성공했고, 틈만 나면 다시 그곳을 찾아 실전 연습을 계속했다. 여전히 후진으로 배를 내리는 데에 적지 않은 시간이 걸렸다. 30여 분이 걸렸던 첫날보다는 나아졌지만 여전히 2, 3분 안에 배를 부리기에는 부족했다. 한 번에 쭉 내려가서 배를 띄울

:: 모처럼 나타난 홍연어 떼로 빅토리아 앞바다가 들끓었지만 나는 아직 준비가 되지 않았다.
　배와 바다에 익숙해지려고 한동안 집과 가까운 한적한 바다를 찾았다.
　그곳에서 아들들과 우럭낚시를 했다.

수 있지 않고는 그 전장에 나갈 자신이 없었다.

그렇게 7월 한 달이 무심히 지나갔다. 바다를 더 잘 알아야 했고 배와도 더 친해져야 했다. 아이들과 나가 물살에 떠다니며 지깅낚시로 우럭 따위를 잡는 것으로 만족해야 했다.

리키의 연어낚시 특강

8월 중순 어느 주말. 리키와 주말근무를 같이하게 된 것은 천운이었다. 화단에 물을 주고, 시든 꽃을 좀 따준 뒤 둘이서 선큰 가든 사무실에 틀어박혔다. 슈퍼바이저가 허락한 땡땡이니 누구의 눈치를 볼 일도 없었다.

"어디서부터 시작할까?"

"낚시채비를 어떻게 할 것인지 먼저 알려줘. 아직 어떤 낚싯바늘을 사용해야 하는지, 또 어떻게 묶는지도 몰라."

"그건 여기서는 안 되겠고 근무시간 끝나면 우리 집으로 가서 알려줄게."

"그럼, 연어 종류별로 낚시하는 요령을 좀 설명해줘. 빅토리아 앞바다에서 잡히는 연어가 다섯 종이나 된다던데."

이렇게 시작된 연어낚시 강의가 서너 시간 계속됐다. 리키는 우선 종류별로 주로 활동하는 수심대가 다르다고 알려줬다. 왕연어는 해

65

안 가까운 곳 30~100미터 수심대에서 잡히고 은연어는 100~300미터 수심의 조수선 근처에서 먹이 활동을 활발히 한다고 했다. 조수선이라는 것은 나가는 물과 들어오는 물이 만나 해초나 나무토막 같은 부유물들이 길게 띠처럼 늘어선 곳인데, 해안가부터 제1조수선, 제2조수선 하는 식으로 불렀다. 은연어는 주로 제3조수선과 제4조수선 근처에서 잡는다고 했다. 초여름에 돌아오는 곱사연어는 대개 수심 300미터 이상 되는 깊은 지역에 모여 있다고 했다. 듣고 있던 나는 아예 일어서서 리키의 얘기를 보드에 표로 정리하기 시작했다.

〈리키 고든의 연어낚시 핵심정리〉

연어 종류	왕연어		홍연어	은연어	곱사연어 /첨연어
	여름	겨울			
분포 수심(m)	30~100	20~80	70~150	100~300	50~300
공략 수심(m)	25~60	바닥층	30~50	30~70	30~50
공략 포인트	물살이 센 곳	모래 바닥층	제2~3조수선 근처	제3~4조수선 근처	고루 분포
낚시 적기	6~9월	12~1월	7~8월	9~10월	7~8월
미끼 선택	생미끼/루어	생미끼/루어	분홍색 루어	생미끼/루어/스푼	생미끼/루어
트롤링 속도	보통	보통	느리게	빨리	보통
목줄 길이(m)	1.2~1.8	0.5~1	0.3~0.5	0.4~0.7	0.3~0.5

"그럼 홍연어는 어디서 잡을 수 있어?"

내 궁금증은 당장 바다에 나가면 만날 수 있다는 홍연어로 향했다. 리키는 해 뜨기 전에는 40~50미터 수심대에서도 잡히지만 날이 밝으면 깊은 바다로 나가버린다고 했다. 홍연어 낚시에는 몇 가지 주의할 할 점도 있었다.

"배를 아주 천천히 움직여야 돼. 가능한 한 최저속도로 트롤링해야 입질을 받을 수 있거든. 그리고 핑크색이 들어간 플래셔와 핑크색 후치라는, 꼴뚜기처럼 생긴 고무미끼를 연결해 쓰면 잘 먹혀."

연어낚시는 이제까지 내가 알던 지식이나 경험들과 전혀 딴판이었다. 다운리거라는 장비에 감겨 있는 철사줄에 5킬로그램 정도 되는 둥그런 납덩이를 달고 거기에 낚싯줄을 매달아 원하는 수심만큼 내려서 낚시를 한다. 배를 한자리에 세워두고 하는 지깅낚시가 아니라 끊임없이 배를 움직이며 연어를 유인해야 한다. 배로 낚시를 한다고 해도 과언이 아니다.

미끼도 여러 가지다. 멸치나 청어 같은 생미끼를 티저헤드teaser head라는 플라스틱 홀더에 끼우기도 하고 주꾸미처럼 생긴 고무 미끼를 쓰기도 한다. 간혹 스푼이라 불리는 납작한 쇠로 만든 루어에 바늘이 달린 것을 쓰기도 한다. 언뜻 보면 간단해 보이지만 그렇지 않다. 티저헤드만 해도 수십 종이다. 물 속에서 반짝이는 것, 그냥 투명한 것, 앞쪽에 빨간 줄이 있는 블러디노즈bloody nose, 군청색의 아미트럭army truck, 보랏빛이 도는 퍼플헤이즈purple haze, 초록색의 스플래터그린splatter green······.

여기에 연어를 유인하기 위해 사용하는 손바닥만 한 플라스틱 도

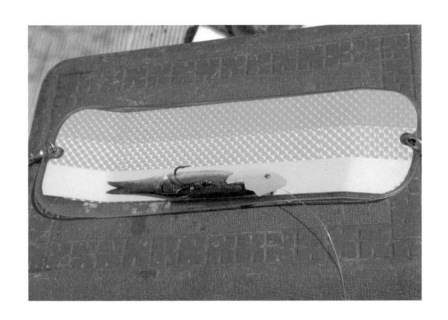

:: 연어낚시 채비. 멸치나 청어 같은 생미끼를 티저헤드라는 플라스틱 홀더에 끼워 고정하고,
목줄을 달아 플래셔라는 유인용 플라스틱 판에 매단다.

구가 있는 것도 다른 낚시와 다른 점이다. 플래셔flasher라 부르는 이것들 역시 수십 가지다. 초록, 보라, 빨강, 분홍 등 그 색깔도 다양하지만, 테두리에만 색을 입힌 것도 있고, 중간에 특정한 색으로 길게 줄을 그어놓은 것도 있다. 그냥 반짝거리기만 하는 것도 있고, 심지어 쇠로 만들거나 바람개비처럼 돌 수 있도록 돌기가 달린 것도 있다.

이런 도구들을 연어 종류나 날씨 상황에 따라 끊임없이 바꿔가며 사용하지 않으면 조과를 장담할 수 없다는 게 리키의 조언이었다. 20, 30분에 한 번씩 반드시 낚싯바늘을 꺼내 확인하라는 말도 덧붙였다. 낚싯줄에 해초 따위가 감기기도 하고 작은 물고기들이 걸리기도 한다고 했다. 40년이 넘는 그의 낚시 공력이 고스란히 녹아 있는 금쪽같은 얘기들이었다.

연어보다 꽃상추?

퇴근 뒤 리키는 곧장 집으로 향했고 나는 와인을 한 병 사 들고 뒤따랐다. 별것 아니었지만 어떤 식으로든 고마움을 표현하고 싶었다. 리키는 낚시를 갈 때 들고 다니는 연장통을 꺼내놓고 거실에서 나를 맞았다. 일 년에 두어 번씩 여는 직원파티 때마다 찾던 집이지만 이날은 강의실이 됐다. 먼저 다양한 크기와 모양의 낚싯바늘들이 눈에 들어왔다.

"이건 왜 홑겹이고 저건 왜 바늘 세 개가 같이 달려 있어?"

"하나짜리는 메탈이나 고무로 만든 루어에 주로 달아 쓰고 세 개짜리는 생미끼에 끼우는 거야. 그런데 잘 봐봐."

"무엇을 보라고? 그냥 낚싯바늘들이잖아?"

"그렇긴 하지. 그런데 보통 바늘들과는 달리 미늘이 없어. 연어낚시를 할 땐 이렇게 미늘이 없는 걸 써야 해."

그의 말을 듣고 보니 정말 아예 미늘이 없는 상태로 만들어지거나 미늘이 달려 나온 것들은 펜치로 눌러버렸는지 납작하게 붙어 있었다. 이런 바늘을 쓰는 이유가 궁금했다.

"낚시를 하다 보면 놓아줘야 할 연어들이 많아. 그런 연어들이 가능한 상처를 적게 입도록 하자는 거지. 미늘이 있는 바늘은 살 속에 파고들어가 뺄 때 살갗이 찢길 수밖에 없어. 그렇게 상처가 나서 피를 많이 흘리면 바다로 돌아가도 살아남기 힘들거든."

그 뒤에 확인한 것들이었지만 연어에 대한 정부의 규제는 까다롭기 그지없었다. 시시때때로 바뀌는 규정은 잡을 수 있는 연어의 종류와 크기, 그리고 마릿수까지 꼼꼼하게 정해두고 있었다. 심지어 인공부화인지 자연부화인지 따져 잡을 수 있는 여부를 결정하기도 했다.

가져올 수 있는 연어의 숫자는 시기나 종류에 따라 한 마리나 두 마리 또는 네 마리로 제각각이었다. 정부의 연구 선박이 먼바다에 나가 회귀하는 연어의 숫자를 사전에 파악한 뒤 규정을 정한다고 했다. 사실상 일 년 내내 잡히는 왕연어는 지역에 따라 한 해 동안 잡을 수 있는 마릿수가 다른데, 대개 20~30마리 정도가 허용된다. 또한 어느 시기에는 너무 크거나 작은 것들은 아예 잡지 못하게 했고, 특정 연어는 일 년 내내 금지하기도 했다. 예를 들어 홍연어가 잡혀 올라왔지만 허용이 안 되는 시기라면 무조건 놔줘야 한다. 예고 없이 진행되는 단속에 걸리면 벌금은 물론 심할 경우 낚시도구와 배까지 압류된다.

나 역시 이제까지 세 번이나 단속반과 마주쳤다. 한 번은 낚시 중이던 바다에서 해경을 만났고 또 한 번은 마리나에 배를 막 대고 나자 해양수산부 직원들이 나타났다. 세 번째는 마리나에 내려서 연어를 꺼내 손질하려던 참에 트럭 안에 잠복하던 이들을 만나기도 했다. 단속 나온 이들은 보트 등록증, 운전자 카드, 낚시 면허증과 같은 서류들은 물론 구명조끼나 소화기 같은 안전장비 비치 여부까지 꼼꼼히 확인했다. 물론 무슨 물고기를 몇 마리나 잡았는지도 점검했다. 다행히 투철한 '준법정신' 덕분에 아무 일 없었지만 괜스레 심장이 쿵쾅거렸다.

상황이 이러다 보니 미늘 없는 낚싯바늘은 반드시 지켜야 할 규정 중 첫손에 꼽혔다. 미늘이 없는 바늘은 말이 바늘이지 사실상 둥그스름하게 구부려놓은 매끈한 철사 조각이나 다름없다. 입질이 온 연어와 씨름하다 조금만 삐끗해도 빠져나가기 일쑤였다. 오죽했으면 야구선수처럼 열 번 입질에 세 번만 무사히 올려도, 그러니까 3할대

타자만 돼도 훌륭한 낚시꾼이라 할까?

리키의 강의가 계속됐다.

"낚싯바늘 묶는 법 좀 알려줘."

"그래. 이게 목줄이고 티저헤드와 바늘이야."

그러고는 찬찬히 줄을 돌려가며 바늘을 묶어냈다. 간편하면서도 튼튼해 보이는 방법이었다. 몇 번의 실습을 하고 나니 제법 잘 묶어 냈다.

"그런데 티저헤드나 플래셔 들이 왜 이렇게 색깔이 다 달라?"

"빛의 색에 따라 바닷속을 투과하는 정도가 다르기 때문이지. 무지개의 일곱 색처럼 빨간색과 주황색은 아주 얕은 곳만 투과하고 파란색이나 보라색 계통은 좀 더 깊이 들어가."

그래서 새벽인지, 한낮인지, 흐린 날인지, 맑은 날인지를 감안해 플래셔를 바꿔가며 낚시를 하면 효과가 더 좋다고 했다. 두어 시간 계속됐던 강의와 실습이 마무리되자 리키는 서재로 가 양손 가득 뭔가를 들고 왔다. 책 몇 권과 비디오테이프 들이었다. '대물 연어', '전문가들의 연어낚시 테크닉' 같은 제목들이 눈에 들어왔다.

"오래전에 내가 공부했던 것들이야. 나는 이제 없어도 되니 가져가. 돌려주지 않아도 돼."

이게 웬 횡재냐 싶었다. 리키의 손때가 묻은 책과 테이프 들을 차에 옮겨 싣고 가겠노라고 인사를 하러 다시 왔다.

"잠깐만 기다려봐. 네가 쓸 만한 낚시도구들이 있나 보게."

마당 한편에 있는 헛간 문을 연 리키가 무언가를 주섬주섬 챙기더니 밖으로 꺼내놓았다. 연어낚시 전용 릴, 낚싯대 두어 개에 간단한 낚시도구들을 담아둘 수 있는 상자tackle box까지. 성한 것들도 있었고 조금만 손보면 쓸 수 있는 물건들도 있었다. 수리가 필요한 것들은 어디어디를 어떻게 하면 괜찮을 거라고 자세히 알려줬다.

"처음부터 비싼 장비 사서 낚시한다고 연어가 잘 잡히는 건 아냐. 이것들로 먼저 해보고 익숙해진 뒤에 네가 원하는 것들로 바꾸면 돼."

그러면서 어군탐지 기능이 있는 초음파측심장치depth sounder는 꼭 하나 사라고 당부했다. 수심을 알려주고 물고기 떼가 지나가면 화면에 표시되기도 하는 기계장치였다. 그래서 어군탐지기fish finder라고 부르는 이들도 있었다. 이 장치가 있어야 효과적이고 또한 안전한 낚시가 가능하다고 했다. 조만간 바다에서 만나자고 인사를 건네고 집으로 돌아왔다.

집에 오자마자 가족이 모여 앉아 비디오테이프를 보기 시작했다. 채비 내리는 법, 입질이 왔을 때 대처하는 방법, 그물망으로 연어를 들어 올릴 때 주의해야 할 것 등등 상세한 내용들이 담겨 있었다. 비디오를 보고 나니 당장이라도 배를 몰고 바다로 나가고 싶었다.

참 고마운 사람이다. 자신의 낚시 노하우를 아낌없이 알려주고 그것도 모자라 낚시도구들과 공부할 교재들도 챙겨줬으니 말이다. 리키가 없었다면 여전히 브랜트우드 베이를 오가며 우럭 낚시나 하고 있을 게 분명했다. 설령 나갔다 한들 제대로 연어를 낚았을지도 의

문이었다. 어디로 가야 하는지, 무슨 채비를 얼마나 내려야 하는지, 입질이 오면 어떻게 해야 하는지도 모른 채 수많은 시행착오를 겪어야 했을 것이다. 그를 만난 것이 천운이라고 느낀 게 결코 과장이 아니었다.

다음 날 출근길에 우리 집 텃밭에서 딴 꽃상추를 좀 가져다줬다. 며칠 뒤 리키가 말했다.

"이제까지 먹어본 상추 중에서 최고였어. 고기를 구워 샐러드로 곁들여 먹었는데 아삭아삭한 식감이 최고였어. 오늘은 그걸로 샌드위치도 싸 왔어. 그런데 그 상추 씨앗을 어디서 샀어?"

"아, 그거는 어머니께서 한국에서 가져온 거야. 끝내주지?"

"그랬구나. 내년에 나도 텃밭을 좀 만들려고 하는데 씨앗 남는 게 있으면 좀 주라."

나는 웃으며 그러겠노라고 했다. 그에게 뭔가를 나눠 줄 수 있다는 게 고마울 뿐이었다.

초보 낚시꾼에게
연어는 오지 않았다

석기시대 초보 낚시꾼

그날이 왔다. 8월이 막바지로 접어들던 어느 날 새벽 5시. 드디어 배를 끌고 나섰다. 행선지는 리키가 배를 정박한 치아누 마리나 Cheanuh Marina. 바다 건너 미국의 만년설이 내다보이는 남쪽 바다이다. 집에서 겨우 30여 분 거리에 있는 곳이다. 가족 네 명이 모두 나섰다. 잠이 덜 깬 작은아들은 이불로 둘둘 말다시피 해 트럭에 태웠다. 뱃멀미가 있다는 아내는 귀 밑에 멀미약을 붙이고 따라 나섰다.

도착한 마리나에는 이미 내리려는 배들로 장사진을 이루고 있었다. 사무실에 들러 런칭비를 지불하고 차례를 기다렸다. 대부분의

75

연어낚시꾼의 탄생

:: 에게리아와 함께 첫 연어낚시를 나갔던 치아누 마리나.
  이곳 태평양 언저리를 함께 누비고 다니는 이 배들은 경쟁자이자 동료이다.

트럭은 한두 번 오르내리다 곧장 배를 바다에 부렸다. 채 2, 3분이 안 걸렸다. 드디어 내 순서가 왔다. 아내가 내려 뒤를 봐주고 나는 후진을 시작했다. 앞서 본 사람들보다는 훨씬 늦은 속도였지만 다행히 배는 반듯이 내려갔다. 배를 부리고 트럭을 주차한 뒤 다시 돌아왔다.

배의 방향을 돌려 선수가 앞을 향하게 하고 엔진을 내려 시동을 걸었다. 여기까지도 일사천리였다. 누구도 처음 나온 사람이라고 짐작하지 못할 정도였다. 아직 어둠이 채 가시지 않은 바다를 향해 천천히 나아갔다. 마리나를 막 빠져나오자 속도를 냈다. 선미에서 물보라가 이는가 싶더니 배가 쏜살처럼 공기를 갈랐다. 목표 지점은 역시 리키가 알려준 비치 헤드Beachy Head. 홍연어가 진을 치고 있다는 곳이었다.

그러나 이미 그곳은 스무 척 넘는 배들로 만원이었다. 다른 배들과 조금 떨어져 자리를 잡고서, 가운데에 분홍색줄이 들어간 플래셔에 분홍색 후치를 매달아 채비를 마쳤다. 홍연어가 유독 좋아한다는 것들이었다. 그러나 이 채비들을 원하는 수심대로 내려주는 필수 장비인 다운리거를 아직 장만하지 못했다. 배 양쪽에 각 하나씩, 모두 두 개를 달아야 하는데 전기로 작동되는 것 하나 값이 500달러 정도니 꽤 비쌌다. 수동으로 감고 내릴 수 있는 것은 그 절반 가격. 나중에 여유가 생기면 전동으로 장만하겠다는 생각으로 미뤄두고 있었다. 대신 500그램 정도 되는 반달 모양의 봉돌을 낚싯줄에 직접 매달았다. 원래 다운리거에는 투포환처럼 생긴 5~6킬로그램의 아주 무거운 납덩이가 연결된다.

그리고 나서 배를 천천히 움직이는 트롤링을 시작했다. 바닷물이 들어오는 방향을 거스르며 앞으로 나아갔다. 물살이 흘러가는 속도가 생각보다 빨랐다.

"아빠! 낚싯바늘이 수면으로 떠올라 버린 것 같은데."

아들의 말에 배를 멈추고 보니 배에서 수직으로 바닷물에 잠겨 있어야 할 낚싯줄이 길게 늘어져 매달려 있었다. 홍연어들은 수심 40~50미터 대에 모여 있다는데 낭패였다. 자그마한 납덩어리로는 유속을 이겨내고 원하는 지점까지 바늘을 끌고 내려갈 수 없는 모양이었다. 낚싯줄을 더 풀어봤지만 상황은 비슷했다. 원하는 수심대로 가라앉기는커녕 자꾸 위로 올라와 뒤에 쫓아오는 다른 배들과 엉키지 않을까 걱정되었다.

여기저기서 야호! 하는 소리가 들려왔다. 연어를 낚아 올리는 배들이었다. 그러나 우리는 아무런 소득 없이 두어 시간을 헤매고 다녔다. 그사이 바다는 백여 척의 배들로 가득 찼다. 흡사 명량대첩을 방불케 하는 광경이었다. 나의 에게리아보다 더 작은 배도 보이고 족히 여남은 명은 탈 수 있을 법한 큰 배들도 합류했다. 심지어 돛을 단 요트까지 가세해 백 년 만의 풍어를 즐기고 있었다.

늘어진 낚싯줄에서는 아무런 반응이 없었다. 따분한 낚시에 끊임없이 움직이는 작은 배를 견디지 못하고 큰아들이 멀미를 시작했다.

작은아들도 지쳐 언제 돌아갈 거냐며 칭얼댔다.

"애들을 마리나에 내려주고 다시 오면 어때?"

좀처럼 연어를 만날 가능성이 없다고 판단했는지, 아내는 장기전을 위해 힘들어 하는 아이들을 피신시키는 게 낫다고 생각한 모양이다. 대신 자기는 남아서 계속 도와주겠다고 했다. 마리나로 왔다 갔다 할 시간조차 아까웠지만 하는 수 없었다. 아이들을 마리나에 남겨두고 다시 낚시를 시작했다. 이번에는 배들이 거의 보이지 않는 베드포드Bedford 섬 쪽으로 갔다. 수많은 배들 틈에서 낚싯줄을 길게 늘어트리고 낚시를 하다가는 사고라도 날 것 같아서였다. 두어 시간을 그렇게 더 헤매고 다녔다. 조수의 방향을 거슬러보기도 하고 따라 내려가 보기도 하면서 열심히 트롤링을 해봤지만 여전히 낚싯대는 조용했다.

아내도 멀미약 기운이 떨어졌는지 구토를 시작했다. 엔진에서 나오는 배기가스에 내가 긴장을 달랜다며 피워대는 담배 때문에 속이 뒤집어진 모양이었다. 서너 번 바다에 토사물을 쏟아낸 아내가 이제 더 넘어올 것도 없는 모양이라며 그만 철수하자고 애원하다시피 했다.

"어떻게 나온 낚시인데 한 마리도 못 잡고 돌아가? 조금만 더 참아봐."

"오늘만 날이 아니잖아. 앞으로 원 없이 하고 오늘은 그만 가자. 애들도 기다리고."

꾸물꾸물하던 날씨가 개자 중천에 뜬 해가 드러났다. 비치 헤드 쪽에서 낚시하던 배들 중 여러 척이 마리나를 향해 들어가기 시작했다. 아마도 허용된 마릿수를 다 채운 모양이었다. 한 사람당 홍연어 네 마리까지 잡을 수 있으니 둘이 나갔다면 여덟 마리, 넷이 간 사람들은 열여섯 마리는 잡았을 터였다.

"한 시간만 더 해보자. 그래도 안 잡히면 가자."

탈진 직전의 아내는 원망스런 눈으로 나를 쳐다봤다. 참 지독한 사람도 다 있다는 표정이었다. 선선히 물러나고 싶지 않았다. 연어 앓이를 하며 지난 3년을 지냈고, 날밤 새워 공부를 해 보트 운전자 카드도 받았다. 적지 않은 돈으로 보트를 사고, 동료들을 불러 그럴싸한 고사도 지내고 두 달 남짓의 실전 준비를 거쳐 겨우 바다에 나온 게 아닌가? 그냥 돌아갈 수 없었다. 이런 채비로는 눈먼 홍연어가 아니라면 입질할 턱이 없어 보였지만 포기할 수 없었다. 약속한 한 시간이 속절없이 흘렀다.

그때였다. 낚싯대 하나가 심하게 움직였다.

"입질이다!"

보트 운전석을 아내에게 맡기고 파이팅을 시작했다. 뭔가 묵직한 게 틀림없이 연어였다. 서너 차례 밀고 당기기를 반복하자 물 위로 솟구치는 은빛 연어가 보였다.

"천천히 천천히. 낚싯대는 45도 이상으로 세우고. 차고 나가면 릴이 풀리도록 느슨하게 해주고……."

:: 변변찮은 장비도 없이 나선 첫 출조. 주변의 배들은 쉽게 만선을 하고 돌아갔다.
하지만 나는 하루 종일 헤매고 다닌 끝에 겨우 만난 홍연어 한 마리에 만족해야 했다.

혼자서 주문처럼 동료들이 알려줬던 파이팅 요령을 되뇌며 릴을 감았다. 연어가 가까이 오자 아내가 그물망을 들었다.

"비디오에서 본 것처럼 늘어진 망을 한 손으로 잡고 들어 올릴 땐 수직으로 세워서 끌어 올려야 해."

아내가 뜰채로 연어를 건져 올렸다. 비늘이 유달리 큼직하고 등이 푸르스름한 게 틀림없이 책에서 봤던 홍연어였다. 그렇게 용왕님은 내 첫 출조에 연어 한 마리를 선물로 주셨다.

마리나에 돌아와 다시 배를 트레일러에 올려서 끌어내고 생선을 손질하는 곳으로 갔다. 기다란 도마 위에 대여섯 마리씩 올려놓고 연어를 손질하는 이들로 북적였다. 달랑 한 마리를 들고 간 내가 초라해 보이긴 했지만, 이게 어딘가? 내 배를 타고 나가 내 손으로 직접 잡은 첫 연어가 아닌가?

니모 형님의 헌신

그날 저녁, 시내에서 한인 마트를 하고 있는 니모 형님을 찾아갔다. 고사를 지낼 때 사다 준 돼지저금통을 잘 썼다 얘기도 하고 첫 출조의 무용담을 들려줬다. 사실은 다른 속내가 있었다. 아내가 더 이상 낚시를 따라 다니지 못하겠다면서 니모 형님과 같이 가면 어떻겠냐고 제안했던 것이다. 워낙 낚시를 좋아하는 분인 줄 알고 있었지만 선뜻 따라나서 주실지는 의문이었다.

"그런데 형님! 내일 한번 같이 나가보실래요? 혼자서는 도저히 엄두가 안 나는데, 식구들이 멀미를 심하게 하네요."

잠시 생각하던 그가 일어서서 창고를 뒤지기 시작했다. 튼튼해 보이는 낚싯대 두어 개와 여러 가지 릴들을 꺼내왔다.

"그럼, 이것들을 한번 써볼까요?"

리키가 나에게 준 것들보다 훨씬 쓸 만한 것들이었다.

"몇 시까지 가면 돼요?"

"사람들이 되게 일찍 나와요. 집에서 5시에 출발했는데도 포인트 지점에 도착하니 벌써 배들로 가득 차 있더라고요."

"그럼, 4시쯤 나가봅시다."

다음 날 아침, 니모 형님은 제시간에 도착했다. 할 일이 있어서 한숨도 자지 못하고 왔다고 했다. 사방이 깜깜한 꼭두새벽이었다. 낚시장비들을 배에 싣고 출발했다. 든든한 후원군이 동행한 덕분인지 배를 내리는 데도 한결 수월했다. 배에 달린 헤드라이트를 켜고 칠흑같이 어두운 바다 위로 조심스럽게 나아갔다. 그런데 우리보다 뒤에 배를 내린 이들이 우리 배를 쏜살같이 지나쳐 내달았다.

"GPS 없어요?"

"그게 뭔데요?"

"바다낚시에 쓰는 내비게이션이 따로 있다던데?"

나중에야 알았다. GPS를 단 배들은 어두운 바다에서도 문제없이

제 속력을 내며 갈 수 있었다. 하나 사서 달면 좋으련만, 값이 만만치 않았다. 쓸 만한 게 1000달러 안팎이고 좀 좋은 것은 2000달러가 넘었다. 제대로 장비를 갖추려면 배 값의 절반 정도를 따로 마련해야 하는데, 환율이에게 얻어맞은 터라 달리 여력이 없었다. 눈 뜬 봉사나 다름없으니 다른 배들이 가는 방향으로 뒤쫓아 천천히 움직여 나갔다.

다시 찾아간 비치 헤드는 전날보다 훨씬 한산했다. 조금 일찍 나오길 잘했다 싶었다. 채비를 내리고 트롤링을 시작했다.

"아니, 낚싯바늘이 저렇게 떠올라 있는데 연어가 물겠어?"

"아, 네. 그게 다운리거라는 게 있어야 하는데 아직 장만을 못했어요."

니모 형님은 너털웃음을 터트리고 말았다. 기본적인 장비도 제대로 갖추지 않고 어떻게 연어낚시를 하자는 것인지 이해가 안 가는 모양이었다.

"형님! 훌륭한 목수는 연장을 가리지 않습니다. 두고 보세요."

큰소리치긴 했지만 여전히 불안했다. 벌써 다른 배들은 연어를 낚아 올리고 있었다. 우리 배 옆을 지나던 이들이 길게 늘어져 떠 있는 낚싯줄을 의아한 눈으로 힐끔거렸다. 연어들이 모여든다는 조수선 근처를 오르내렸다. 30여 분이 지났을까? 첫 입질이 왔다.

"형님께서 한번 해보세요."

오랜 조력으로 단련된 그는 무리 없이 연어를 제압해 끌어왔다.

내가 뜰채를 집어넣어 연어를 건져 올렸다. 어제 보았던 홍연어였다. 신이 난 둘은 하이파이브를 하며 갑판 위에서 퍼덕대는 연어를 보며 한동안 흥분을 가라앉히지 못했다.

"저 건너 배 좀 봐봐. 우리에게 엄지를 들어 보여주네!"

"이렇게 형편없는 장비로 연어를 낚아 올린 게 신기한 모양이죠. 하하하!"

그러고 나서도 거푸 네 마리를 더 낚아 올렸다. 둘이 번갈아가며 파이팅을 했는데, 입질이 오면 놓치지 않고 다 건져냈다. 정말 '물 반 고기 반'이 아니라면 불가능한 상황이었다. 전날보다 조금 서둘러 나온 것도 주효해 보였다. 얼마 되지 않아 배들이 서로 비켜 다니기도 힘들 만큼 들어찼다.

"갈까요? 다섯 마리면 충분하지 않겠어요?"

잠을 못 자 피곤이 몰려오는지 니모 형님이 철수하자고 했다. 내 생각도 그랬다. 뒤 늦게 나온 배들에게 자리를 내주어도 괜찮을 것 같았다. 괜히 더 욕심을 내다 다른 배 스크루에 낚싯줄이라도 걸리면 좋을 게 없었다.

집에 돌아온 우리는 개선장군이 따로 없었다. 묵직한 쿨러cooler를 부엌 바닥에 부려놓고 가족을 불러 모았다.

"짜잔! 다섯 마리!"

아내도 아이들도 입을 다물지 못했다. 니모 형님도 기분이 좋은지 싱글벙글했다. 두어 마리 가져가시라 했지만 한 마리만 달라고 했다. 원체 흰 살 생선만 먹어 버릇해 살이 붉은 연어는 별로 좋아하지 않는다고 했다. 다른 한 마리는 앞집에 사시던 테드 아저씨께 보냈다. 남은 세 마리를 어찌할까 고민하는데 니모 형님이 나섰다.

"가게에 잘 안 쓰는 진공 포장기가 있어요. 지금 같이 가서 가져다 쓰세요."

그 길로 따라가 포장기를 가져왔다. 뼈를 빼고 껍질을 벗겨 횟감을 만들었다. 이것을 비닐봉지에 넣어 진공포장을 하니 마트에서 주먹만 한 것 한 덩이에 10달러 남짓하게 파는 초밥용 연어와 다를 바 없었다.

니모 형님과는 그 뒤로도 서너 번 더 출조를 했다. 어떤 날엔 예닐곱 시간을 헤매고 다녀도 입질 한 번 받지 못하고 돌아왔다. 또 어떤 날엔 연어와 사투를 하다 뱃전에 옆구리를 다쳐 꽤 오랫동안 고생하시기도 했다. 일을 도와주던 직원 한 분이 그만두는 바람에 그 뒤로는 같이 나갈 기회가 없었다. GPS도 달고, 전동 다운리거로 중무장한 뒤에도 아직 모시지 못했다. 그래도 은연어 철에는 은연어를, 왕연어를 잡으면 왕연어를 들고 그 길로 달려가 드셔보라 했다. 형님의 도움이 없었더라면 초보 낚시꾼이 바다에 익숙해지는 데 꽤 애를 먹었을 것이다. 이후에 굴도 같이 따러 가고 집으로 모셔 송년회나 바비큐파티도 하며 지낸다.

 홍연어들이 강으로 올라가 버린 뒤 바다는 고요했다. 9월에 접어들자 좀처럼 연어를 만날 수 없었다. 그 사이 리키가 창고를 다시 뒤져 찾은 수동 다운리거 하나와 중고시장에서 산 것 하나를 장착해 연어낚시를 위한 틀을 제법 갖췄다. 그래도 여전히 속수무책이었다. 이곳에서 대학을 다니는 후배들과 나가보기도 하고, 다른 이민자 부자와 함께 나가보기도 했지만 좀처럼 연어의 얼굴을 볼 수 없었다.

 입질이 와도 줄이 끊어져 달아나기도 했고 잘 따라오다가 바늘을 빼고 도망치기 일쑤였다. 입질이 왔는가 싶어 건져보면 이미 달아나고 없었던 적도 한두 번이 아니었다. 조급한 마음에 무리하게 낚시하다 낭패를 보는 경우도 잦아졌다. 큼지막한 다운리거 봉돌이 바위틈에 끼어 배가 기우뚱해지자 철사줄을 잘라내고 탈출하기도 했고, 물살이 거센 곳에서 급하게 배를 돌리다 다운리거 철사줄이 엔진 스크루에 감기는 대형 사고도 터졌다. '잔인한 가을'이었다.

 좀처럼 흥이 나질 않았다. 빈 배를 끌고 와 물청소를 하면서 아이들에게 괜한 짜증을 부리기도 했다. 계속 낚시를 할 수 있을까 하는 생각까지 들었다. 이런 고민을 털어놓자 리키는 대수롭지 않게 대꾸했다.

 "배를 사고 일 년 내내 한 마리도 못 잡는 사람도 봤어. 너는 벌써 몇 마리 잡았잖아."

낚시를 오랫동안 해온 브라이언과 루퍼트는 깨알 같은 조언을 아끼지 않았다. 연어가 냄새에 민감하니 배 연료통에 휘발유를 부을 때 뱃전에 흘리거나 손에 묻지 않게 하라는 것도 그중 하나였다. 기름 묻은 손으로 생미끼를 끼워 낚시를 하면 오던 연어들도 달아난다는 것이었다. 그리고 헛챔질이 반복되는 것은 낚싯바늘 끝이 무뎌져 그럴 수 있으니 잘 살펴봐야 한다고 했다.

"나갈 때마다 낚싯바늘을 숫돌에 잘 갈아야 해. 매듭이 져 있는 낚싯줄은 시간이 지나면 장력이 약해져 쉽게 끊어져. 가급적 나갈 때마다 새로 묶어 쓰는 게 좋아."

브라이언의 말이었다. 그러나 백약이 무효였다. 철이 지난 탓도 있었겠지만 10월 내내 거의 연어를 잡지 못했다. 의기양양했던 자신감은 오간 데 없고 점점 포기하는 게 나을 것 같다는 생각이 커져갔다. 11월로 접어든 어느 주말이었다. 그날도 빈손으로 돌아와 속이 상할 대로 상해 있었다. 늦은 점심을 먹고 가족들과 둘러앉았다.

"연어낚시를 포기할까 해. 너무 쉽게 봤던 모양이야. 배를 팔아서 차라리 다른 데 쓰는 게 낫겠어."

그런데 아내와 아이들의 반응이 뜻밖이었다. 괜한 신경질에 이골이 났을 법도 한데 조금만 더 해보라는 것이었다.

"두어 달 해보고 그만둘 거면 애초에 시작하지 말지 그랬어."

아내의 핀잔이었다. 아이들도 포기하지 말라고 했다. 비장하게 소집한 가족회의였는데 싱겁게 결말이 났다. 동료들을 더 귀찮게 해서라도 더 많은 노하우를 얻어야겠다는 생각이 들었다. 한편으로는 이번 기회에 아예 연어 전문 서적들을 파고들어 그들의 생태를 이해해보면 어떨까 하는 생각이 들었다. '지피지기 백전백승'이라 하지 않았던가?

:: 홍연어가 강으로 올라간 후 몇 달 동안 빈손으로 집에 돌아오는 일이 다반사였다. 연어낚시를 포기하고 배를 팔려고 했을 때 앞장서 말렸던 두 아들. 항상 든든한 지원군이다.

연어낚시꾼의 탄생

:: 초보 낚시꾼의 낚싯대는 좀처럼 깨어나지 않았고 연어를 끌어 올릴 때 쓰는 그물망은 늘 말라 있었다. 허름한 장비에 어설픈 채비, 미숙한 몸놀림. 이런 상황에서 연어를 만난기란 거의 불가능했다. 더군다나 수시로 변하는 바다는 대자연에 맞선 인간이 얼마나 무기력하고 왜소한지 처절히 깨닫게 했다.

아침식사 전에
연어를 잡아 오겠소

쌓여가는 데이터

"연어낚시를 포기해야 할까 봐. 이제는 어디로 가서 뭘 어떻게 해야 할지 모르겠어."

극심한 슬럼프에 빠져 배를 팔아야겠다고 마음먹었던 즈음이다. 사부인 리키에게 조심스럽게 속내를 비쳤다.

"너무 빠른 거 아냐? 최소한 일 년은 해봐야지."

"당신 눈에는 어디에 연어가 있는지 보여? 그 망망한 바다 한가운데서 말이야."

헛웃음을 한 번 친 리키가 나를 빤히 보며 대답했다.

"그럼, 보이고말고. 일단 바다에 나가기 전날, 이전에 기록해둔 일지들을 훑어봐. 비슷한 시기에 어디 가서 어떻게 낚시를 해서 어떤 조과를 올렸는지 살펴보는 거지."

10년 넘게 해온 일이라고 했다. 그 자료들을 보고 대략 낚시할 포인트와 방법들을 정한다고 했다. 그의 낚시 노하우에 이런 축적된 데이터가 뒷받침되는 줄 처음 알았다.

"그런데 그게 전부는 아니야. 바다에 나가보면 매번 상황이 변해 있어. 그래서 보트를 몰고 나가면서도 연어가 어디에 있을지 유심히 살펴야 해."

"뭐를 보고 알 수 있는데?"

"먼저 새들의 움직임을 봐야 해. 새들이 모여 있는 곳엔 연어들이 좋아할 만한 먹잇감들이 많지."

피시 사인fish sign, 즉 물고기가 있을 만한 징후는 새들 말고도 여러 가지가 있다고 알려줬다. 조수선도 그중 하나이고, 물살이 부딪치며 잔물결이 이는 곳도 덤벼볼 만하다고 했다. 물론 주변의 배들을 잘 살펴서 누가 연어를 낚는지 주시하는 것도 좋은 지침이 된다고 했다. 범고래나 바다표범이 보이는 곳은 되도록 피하라는 것도 경험에서 우러나온 충고였다. 포식자들에게 놀란 연어들이 정신없이 피해 다니느라 먹이 활동을 하지 않기도 하고 때에 따라 바늘에 걸린 연어를 포식자가 낚아채기도 한다는 것이었다.

"그리고 말이야. 물때를 잘 살피는 것도 중요해. 이곳의 썰물과 밀

:: 치아누 마리나에서 오후 낚시를 하러 나가는 배.
원하는 포인트까지 이동하는 중에 조수선이나 새들의 움직임 같은,
이른바 '연어가 있을 만한 징후'를 놓치지 않고 관찰해야 한다.

물 패턴이 상당히 불규칙하거든."

낙담해 있던 나를 다시 일으켜 세워준 리키였다. 가족들도 더 해 보라고 격려했다. 이제 남은 것은 온전히 나의 문제였다. 좀 더 시간을 갖고 자료들을 꼼꼼히 기록해나가면 승산이 있을 것 같았다.

이미 겨울에 접어든 날씨는 하루가 멀다 하고 비가 내렸다. 아름드리나무의 가지가 뚝뚝 부러져 나갈 정도로 거센 바람이 불었다. 11월부터는 겨울왕연어winter spring 낚시철이라고 해 잔뜩 기대했었지만 좀처럼 나갈 기회를 잡지 못하고 있었다.

매일같이 일기예보를 확인하고, 조수표를 들여다보며 때를 기다렸다. 겨울철에는 낚싯바늘을 바닥까지 바짝 내려 낚시해야 하는 까닭에 암초 지대가 없고 모래가 깔려 있는 월 베이Whirl Bay가 최적의 장소라는 것도 알게 됐다.

같이 나갈 사람을 구하기도 쉽지 않아 아예 배를 마리나에 정박해 두기로 했다. 한 달에 100달러 정도만 내면 됐다. 그러면 트럭으로 배를 끌고 다닐 필요가 없어 혼자 낚시하러 가는 것도 가능했다.

바람이 좀 잔다 싶으면 무조건 나갔다. 간밤에 내린 서리에 꽁꽁 얼어붙은 배의 앞 유리창을 긁어내고 시동을 건 뒤 채비를 꾸렸다. 낚싯바늘을 숫돌로 갈고 매듭을 새로 묶기도 했다. 냉동된 생미끼를 꺼내 자연스럽게 녹을 수 있도록 해두었다. 장갑을 끼고 할 수 없는 일들이 많아 손가락이 떨어져 나갈 듯 아렸다. 짧게는 서너 시간, 날씨가 좋은 날에는 예닐곱 시간을 바다에서 보냈다. 그러고 돌아오면 꼼꼼히 일지를 썼다.

– 11월 19일 : 입질 한 번 없음. 베드포드, 처치락Church Rock, 월 베이, 마리나 근처에서도 소식 없음. 수심 100~170ft까지 다양하게 접근해봤지만 백약이 무효. 생미끼도 루어도 마찬가지. 8시부터 1시까지 해봤지만 허탕. 마리나의 생선 손질하는 곳도 말라 있었음. 아무도 못 잡은 듯. 오늘 밤부터 눈이 오고 기온도 영하권으로 떨어진다고 함.

– 11월 26일 : 10시 30분께, 베드포드 첫 섬 부근 210ft 수심, 125ft 다운리거에서 입질. 너무 컸는지 차고 나가는 물고기를 당기려고만 했더니 결국 낚싯줄이 터짐. 배를 멈추고 옆 낚싯대를 점검하는 사이에 온 입질. 11시 30분이 만조인데 한 시간 전에 입질 옴. 알드리지 부근에서 쇠로 만든 가짜미끼, 스푼으로 45cm 작은 연어 한 마리 수확. 영하에서 처음으로 영상 5~6도로 올라온 날씨.

– 11월 28일 : 올겨울 들어 가장 좋은 날씨. 오전 8시부터 오후 3시까지 출조. 오전 내내 입질 없다가 트랩샥Trap Shark과 바로 옆 섬 사이 350ft 수심에서 오후 2시 30분께 10파운드, 7파운드 왕연어 잡음. 다운리거 수심 125~130ft. 어제 산 코요테 플래셔로 모두 올림. 생미끼만 먹혔고 스푼이나 후치로는 입질 없음. 역시 조수가 바뀌기 직전에 입질. 오전에는 월 베이 근처에서 시도했으나 보트가 너무 많고 번잡해서 옮겼는데 적중. 주변에 다

른 배들이 한 척도 보이지 않음. 혼자 출조.

 - 12월 13일 : 오전 8시부터 11시까지 혼자 출조. 월 베이에서 8시 30분경 수심 125ft에서 바닥까지 내려 8.8파운드 한 마리 낚음. 9시 30분께 처치락 근처 215ft 수심에서 다시 6.4파운드 낚음. 모처럼 그림같이 평평한 바다. 물때가 바뀌면서 입질 옴.

 - 12월 27일 : 오전 8시 30분부터 11시 30분까지 혼자 출조. 베드포드 인근 180~210ft 수심, 145~135ft 다운리거에서 세 마리 잡음. 모두 9시 30분부터 10시 30분 사이에 입질. 오늘 잡은 12파운드는 올겨울 잡은 연어 중 가장 큼. 좋은 물때, 잔잔한 파도.

 - 12월 29일 : 큰아들 재유와 둘이 갔으나 멀미로 내려주고 혼자 계속. 파도가 너무 거세 입질 없음. 12시께 프레이저 섬 인근에서 방생 사이즈 한 마리 낚은 게 전부.

 이런 식으로 두어 달 치 자료가 쌓이자 잡힌 날과 안 잡힌 날, 그리고 잡힌 시각을 조수의 변화와 대조해봤다. 아주 유의미하고 재미있는 결과가 보였다.

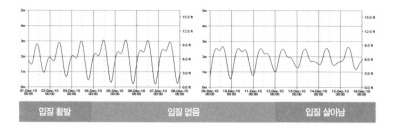

〈조수간만과 연어 조황의 상관관계〉

입질 활발　　　　　　　　입질 없음　　　　　　　　입질 살아남

　무엇보다 새벽이나 아침에 물이 들어오기 시작하는 사리 물때에 입질이 가장 활발했다. 그러나 사리 때라도 아침부터 썰물이 시작된 날에는 별 재미를 보지 못했다. 조금 물때로 들어서 바다의 움직임이 둔해지거나 물의 흐름이 거의 없는 무심 날에는 거짓말처럼 조용했다. 어머니가 '무심 때는 선원들 반찬거리 잡기도 힘들단다'라고 말씀하셨던 게 괜한 얘기가 아니었다. 그리고 물이 썰물에서 밀물로, 또는 밀물에서 썰물로 바뀌기 전후 한두 시간 동안에 대개 입질이 왔다.

　이러한 경향은 바닷속의 먹이사슬과 연관 있어 보인다. 바다의 움직임이 살아나면 특정 포인트에 플랑크톤이 집중적으로 모이고 이것을 먹기 위해 멸치나 청어, 꽁치 같은 작은 물고기들이 몰려든다. 이 먹잇감을 사냥하러 연어들이 찾는 것 같았다. 생태계 최후의 포식자인 나도 바로 그 시각, 그곳에 있어야 했다.

97

　그렇게 1년 치 자료가 쌓이고 2년 치가 모였다. 낚시를 나가기 전날에 이 기록들부터 살펴보는 습관이 생겼다. 그리고 거짓말 같은 일이 벌어졌다. 아직 쌀쌀한 초봄의 주말이었다.

　"내일은 말이야, 아침을 먹기 전에 연어를 잡아서 돌아오겠어. 두고 보라고."

　《삼국지》의 관우를 흉내 낸 말이었다. 조조 휘하에 있던 관우가 출전을 허락받고 막사를 나서려던 참이었다. 조조가 주변을 시켜 데운 술을 내와 관우에게 마시라고 권했다. 이 장면에서 나오는 명대사가 바로 "술은 잠시 놓아두시오. 내 금방 다녀와서 마시겠소"이다. 그러고 나서 단숨에 청룡언월도로 적장 화웅의 목을 베어 가져왔다. 적장의 수급을 조조 앞에 던지고 술잔을 들었는데 아직 식지 않아 따뜻했다고 한다. 과연 나도 이 약속을 지킬 수 있을까? 이즈음에 하루에 잡을 수 있도록 허용된 것은 한 사람당 두 마리. 잘하면 가능할 것도 같았다.

　봄이 되자 왕연어들이 겨우내 머물렀던 모랫바닥 층을 벗어나 움직이기 시작했다. 이날은 아침 7시부터 밀물이 시작되는 사리 물때였다. 들어오는 물살이 자그마한 섬들에 가로막혔다가 꺾여 나가며 강한 흐름을 만들어내는 베드포드 섬 부근을 공략 지역으로 선택했다. 연어들이 아침 먹이 활동을 하는 사냥터였다.

수심이 80미터 정도 되는 곳에 도착한 뒤 물을 거스르는 방향으로 뱃머리를 향하고 멈춰 섰다. 낚싯바늘 두 개에 모두 멸치를 달아 한쪽은 45미터, 다른 쪽은 60미터까지 내린 뒤 보트를 서서히 움직였다. 나가던 물이 들어오려고 숨을 고르는지 잠깐 동안 흐름이 멈췄다. 이른바 휴조休潮, slack tide 시간대다.

오래지 않아 낚싯대 두 개 모두에 입질이 왔다. 일명 더블헤더 double header다. 두 마리 다 건져 올리면 아내와의 약속을 지킬 수 있지만, 그렇지 않으면 또 얼마나 긴 시간을 기다려야 할지 몰랐다. 하늘이 도왔다. 흐름이 둔해진 물살이라 보트가 제멋대로 움직이지 않고 제자리를 지켜줬고 덕분에 씨알 좋은 연어 두 마리를 모두 만날 수 있었다.

낚시를 끝내고 마리나에 돌아와 배를 단속해두고 연어를 손질했다. 아침 9시도 안 된 시간이었다. 집까지는 30여 분 거리.

"나 왔어!"

현관문을 열며 어느 때보다 목소리를 높여 개선장군의 도착을 알렸다. 주말 아침이라 늦잠들을 자는지 집 안이 조용했다. 부엌 마루에 쿨러를 내려놓으려는데 아내가 부스스한 모습으로 방에서 나왔다.

"진짜 벌써 왔네. 잡아 왔어?"

"그럼. 배고프다. 밥 먹자."

쿨러를 열어 연어 두 마리를 확인한 아내가 미소를 지어 보였다. 그날 아침 나는 '더운 밥'을 맛있게 먹을 수 있었다.

사실 혼자 낚시할 때는 한쪽에서만 입질이 와도 무사히 건져내기 힘들다. 연어와 사투를 벌이면서 물살에 밀리는 보트를 계속 통제해야 하고 내려져 있는 다운리거도 감아 올려야 한다. 철사줄에 엉키기라도 하면 낚싯줄이 끊어지기 십상이기 때문이다. 연어가 10킬로그램을 넘는 경우에는 더 복잡해진다. 따라오지 않으려 용쓰며 움직이는 반경이 상당히 넓어지기 때문이다. 이런 때는 다른 쪽의 다운리거와 낚싯대도 모두 치워 거치적거리는 것이 없게 해야 한다.

그러다 보니 혼자서 연어와 씨름하는 모습은 갑판에서 춤을 추는 무당과 별반 다를 게 없다. 더 자세히 설명하자면 이렇다.

'입질 온 낚싯대 컨트롤 → 중간 중간 배 컨트롤 → 다운리거 올리기 → 또 낚싯대 컨트롤 → 다운리거 더 감기 → (대물이다 싶으면) 반대쪽 낚싯대와 다운리거 치우기 → 배 컨트롤 → 낚싯대 컨트롤'

물론 순서는 따로 정해져 있지 않다. 그때그때 필요한 상황에 맞게 해야 한다. 마지막으로 배 가까이 온 연어는 한 손으로 낚싯대를 잡은 채 다른 손으로 뜰채를 내려 그 안에 집어넣어야 한다.

사정이 이러다 보니, 입질 온 연어를 안전하게 잡아 올리기가 쉽지 않다. 게다가 낚싯바늘엔 미늘이 없지 않은가? 낚싯줄이 조금만 느슨해져도 따라오던 연어가 쉽게 빠져나간다. 이렇듯 더블헤더가 오면 배 위에서 전후좌우로 정신없이 오가야 한다. 혼자 나간 출조에서 더블헤더는 결코 반갑지 않은 손님이다. 오죽하면 한쪽 낚싯대에 연어가 오면 다른 낚싯대에는 제발 입질을 하지 말아 달라고 속으로 빌겠는가? 동시에 입질이 오면 이렇게 컨트롤한다.

'먼저 입질 온 낚싯대를 홀더에서 빼내 다운리거에서 분리한 뒤 잽싸게 느슨해진 줄을 감는다. → 연어의 무게가 손끝에 느껴지면 낚싯대를 조심스럽게 홀더에 다시 넣는다. → 다른 쪽 낚싯대를 빼 내 줄을 감는다. → 전해져 오는 무게와 연어의 반응을 다른 쪽과 비교해본다. → 더 크다고 느낀 것을 먼저 컨트롤한다.'

이렇게 되면 한쪽 낚싯대를 들고 씨름하는 사이 다른 쪽 연어는 낚싯바늘에 매달려 있게 된다. 따라서 서로 엉키지 않도록 보트를 더 자주 통제해야 한다. 그리고 앞서 설명한 대로 상황에 따라 낚싯 대 → 다운리거 → 보트 → 그물망을 정신없이 오가야 한다.

그물망을 두 개씩 준비해 나가기 시작한 것도 이 더블헤더 때문이 다. 그물망 속에 들어간 연어가 몸부림치면 연어와 낚시채비가 그물 망과 엉켜버리기 일쑤였다. 급하게 그물망을 정리하고 다른 쪽 낚싯 대를 들어 올리면 이미 달아난 경우가 많았다. 그물망으로 얼른 한 마리를 건져 갑판 한쪽에 그대로 놔두고 재빨리 다른 낚싯대를 컨 트롤한 뒤, 다른 그물망으로 건져내야 한다.

가미카제 트롤링

연어낚시는 배를 움직여가며 하는 것이라고 했다. 트롤링을 하는 낚시, 즉 '끌낚시'이다. 따라서 배를 어느 방향으로 움직일 것인지가 아주 중요하다. 권장되는 방법이 있고 또 금기시되는 것들도 있다.

첫째는, 가능하면 물을 거스르면서 트롤링해야 한다는 것이다. 그래야 먹이를 쫓는 연어들을 뒤에 두고 낚시를 할 수 있다. 반면 물이 흘러 내려가는 순방향으로 가는 것은 그리 권하지 않는다.

둘째는, 해를 등지고 배를 움직이는 게 좋다는 것이다. 일명 '가미카제'식 트롤링이라고 한다. 2차 대전 때 일본군이 진주만을 공격할 때 해를 등지고 전투기를 몰아 함정을 공격한 데서 따온 이름이다. 해를 마주보고 가면 눈이 부셔 목표물을 잘 볼 수 없으니 뒤에 두라는 것이다. 연어가 먹이 사냥을 할 때 해를 등지고 한다는 것에 착안한 것이다.

셋째, 해저 등고선을 따라 배를 움직이면 좋다. 산에 등고선이 있듯 바닷속에도 수심이 달라지는 경계선들이 있다. GPS에 나타나는 등고선을 따라 움직이면 입질을 받을 확률이 훨씬 높아진다.

여기에 좌우 90도 각도로 급회전을 해보라고 권하기도 한다. 예를 들어, 왼쪽으로 선수를 급하게 돌리면 왼쪽 뱃전에 매달린 낚싯줄은 순간적으로 움직임이 없다. 마치 자동차가 방향을 바꿀 때 한쪽 바퀴만 움직이고 다른 쪽 바퀴는 서 있는 것과 같은 이치다. 이렇게 되면 낚싯바늘에 달려 있던 미끼가 순간적으로 불규칙한 움직임을 보

:: 연어를 유인하기 위해 배를 운전할 때에도 권하는 방법과 피해야 하는 것들이 있다.
연어의 종류에 따라 움직이는 속도를 달리해야 하고,
물을 거스르는 방향으로, 해는 가급적 등지고 하면 좋다.

인다. 바로 그때 연어가 입질을 한다. 그렇다고 시도 때도 없이 지그 재그로 방향을 바꾸는 것은 권하지 않는다. 최소한 20~30미터는 직선으로 움직인 뒤 방향을 바꿔야 효과가 있다고 한다.

이는 연어가 사냥을 하는 행동 특성에 잘 접목시킨 방식이다. 연어는 무리 지어 일사분란하게 움직이는 먹잇감을 직접 잡아먹지 않는다는 주장에 근거한 것이다. 대신 그 무리를 헤치며 공격한 뒤 일시적으로 기절했거나 부상이 생겨 불규칙하게 움직이는 낙오자를 먹는다는 것이다. 그들의 천적인 범고래가 자신들을 사냥하는 방법 역시 비슷하다. 포트하디Port Hardy라는 밴쿠버 섬 북쪽 끝 도시에서 낚시업을 하는 데이비드David B.가 흥미로운 목격담을 얘기해준 적이 있다.

"어느 날 새벽에 낚시를 나갔는데, 왕연어들이 섬 가장자리로 먹잇감들을 몰아붙인 뒤 한참 동안 사냥을 하는 거야. 청어 떼를 에워싸고 첨벙거리며 아침식사를 하는 게 꼭 범고래들이 하는 짓과 다르지 않더라고."

미끼에 이런 움직임을 인위적으로 만드는 또 다른 방법이 있다. 배를 상당한 속도로 움직이다가 갑자기 멈추는 것이다. 내가 즐겨 쓰는 방식인데 원리는 배의 방향을 전환하는 것과 흡사하다. 이렇게 하면 미끼의 움직임이 불규칙해진다. 사실 내 낚시 스승인 리키나 브라이언도 이 방식에 대해 얘기를 해준 적이 없다. 두 사람과 같이 낚시를 해봤지만 이렇게 하는 것을 보지 못했다. 스스로 시도해

본 방식이다. 나는 이 트롤링 방법으로 쏠쏠한 재미를 봤다.

　그러나 연어는 예상치 않은 상황, 의도치 않은 장면에서도 종종 찾아온다. 낚싯줄을 내리는 도중에, 미끼를 점검하려고 낚싯줄을 감는 중에, 배의 움직임을 멈추고 한쪽 낚시채비를 점검하는 중 다른 쪽 낚싯대에서 입질을 하기도 한다. 예측불허다. 좀 안다고 생각하면 전혀 새로운 모습을 보여주는 존재가 바로 연어다. 끊임없이 내 학구열과 실전 의지를 자극한다. 만만치 않은 생명체라고 생각하니 지루하게 느낄 틈이 없다. 내가 이 영리한 물고기를 좋아하는 이유다.

:: 빅토리아 내항을 감싸고 있는 방파제 너머로 어둠이 밀려온다. 연어를 만났든, 그렇지 못했든 낚싯대를 거두어야 하는 시간이다. 집에 돌아온 조사는 바둑 대국을 끝낸 기사처럼 그날의 낚시를 복기한다. 어떤 수가 패착이었는지, 어떤 무리한 행보로 대마를 잃었는지 꼼꼼히 들여다봐야 한다. 그날그날 써놓은 일지는 기보가 되고 계속된 출조 경험은 내공이 되어 차곡차곡 쌓여간다.

삼각파도에
간히다

내가 연어를 찾아 헤매는 곳은 후안데푸카 해협이라는 곳이다. 밴쿠버 섬과 미국 워싱턴 주 사이 폭 20~30킬로미터 정도밖에 안 되는 좁은 물길이다. 이 바다 한가운데에 두 나라를 가르는 국경선이 지나간다. 건너편 미국 쪽에는 올림퍼스 산Olympus Mountains이 만년설을 하얗게 머리에 인 채 병풍처럼 둘러쳐져 있다. 빅토리아 내항에서 쾌속선을 타면 두 시간 반 만에 이 해협을 지나 시애틀에 도착할 수 있다. 나는 이 해협의 얕은 해안가부터 국경선 근처까지 오가며 연어낚시를 한다.

남미나 아시아 쪽에서 출발한 대형 상선들도 이 물길을 지나다닌다. 캐나다 서부해안의 관문인 밴쿠버 항을 오가기 위해서다. 한국을 출발해 태평양을 건넌 대형 컨테이너 선박도 마찬가지다. 낚시를 하다 보면 '현대'나 '한진'이라는 낯익은 회사명이 커다랗게 새겨진 선박들이 이 해협을 지나는 것을 종종 볼 수 있다. 안개가 가득 낀 날에 이 배들이 지나며 울려대는 뱃고동 소리가 끊이지 않는다. 자신의 위치를 알려, 주변에서 낚시하고 있는 작은 배들이 피할 수 있도록 내는 경고음이다.

　한꺼번에 수천 명을 실어 나르는 크루즈 선박들도 이 해협의 단골손님이다. LA나 샌프란시스코, 샌디에이고 같은 가까운 곳부터 하와이나 호주를 오가는 유람선도 있다. 대부분 이곳 빅토리아를 중간 기착지로 삼아 알래스카 지역을 관광하는 배들이다. 2015년 한 해 동안 빅토리아를 경유한 크루즈 선이 230여 척에 이르고 여기서 쏟아져 내린 관광객 수가 무려 51만 명 정도라고 한다. 광역 빅토리아 인구가 대략 35만 명인 것을 감안하면 그 규모가 짐작이 간다.

　배와 사람뿐만이 아니다. 이 물길은 고래들의 이동 경로이기도 하다. 따뜻한 남쪽 바다에서 새끼를 낳거나 겨울을 보낸 혹등고래들이 캐나다 서부해안을 따라 알래스카 만으로 올라갈 때 이 해협을 지나간다. 고래가 모습을 드러내는 날에는 어김없이 고래 관광선들이 줄지어 나타난다. 여남은 명의 관광객을 태운 작은 보트부터 백여 명을 실은 큰 배도 보인다.

세계적 멸종위기 종인 흑등고래를 일 년에 한두 번은 꼭 만났다. 30톤이 넘는 거구를 자랑하는 이 고래를 만나면 연어낚시는 뒷전이다. 그저 넋을 놓고 한참 동안 고래 관광을 즐기게 된다. 몇 년 전 작은아들 현우와 낚시를 하다 봤을 때가 인상적이었다. 온몸을 물 위로 솟구친 뒤 등으로 바닷물을 때리며 떨어지는 순간, 거대한 물기둥이 솟아올랐다. 장관이 따로 없었다.

바다의 포식자 범고래도 이 해협의 단골손님이다. 흑등고래가 국경선 부근의 깊은 바다를 따라 이동하는 반면, 범고래는 연어가 있는 곳은 어디든 가리지 않고 출몰한다. 심지어 해안선 가까이 연어들을 몰아놓고 사냥을 하기도 한다. 보트 바로 옆에 나타나 나를 질겁하게 만든 게 한두 번이 아니다. 불청객이 따로 없었다. 대여섯 마리씩 떼 지어 찾아와 한참 동안 연어 사냥을 한 뒤 유유히 사라지고는 했다. 이 녀석들이 한바탕 소란을 피우고 간 뒤에는 연어의 입질이 뚝 끊긴다. 고래에 놀란 연어들이 멀리 도망쳐버리기 때문이다. 낚시를 포기하고 철수하거나 다른 포인트로 옮기는 게 좋다.

나는 이 해협에서 자그마한 배를 띄우고 낚시를 한다. 주변에 다른 배들이 보이지 않을 때는 문득 나라는 존재가 한 톨의 좁쌀만도 못 하다는 생각이 든다. 안개라도 끼고 비바람이라도 몰아치는 날이면 더 그렇다. 위풍당당한 대자연 앞에서 숨을 곳도 피할 곳도 없는, 한없이 미약한 존재인 자신을 만나게 된다.

:: 밴쿠버 섬과 미국 워싱턴 주를 관통하는 후안데푸카 해협의 레이스락Race Rock 등대.
내가 주로 연어낚시를 하는 이곳 해협을 통해 밴쿠버나 시애틀로 가는 화물선과 유람선이 드나든다.

:: 연어낚시를 하다 보면 집채만 한 혹등고래가 불청객처럼 나타날 때가 있다.
처음에는 연어를 두고 고래와 경쟁한다고 생각했지만, 이제는 이 경이로운 생명체를 보느라
넋을 놓아버린다. 애초에 그들의 터전에 나타난 내가 불청객이다.

좁은 문, 사나운 물살

해협에서 보여주는 바닷물의 흐름은 탁 트인 바다의 그것과는 사뭇 다르다. 분명 밀물이 시작된 시간이 훨씬 지났는데도 물이 태평양 쪽으로 빠져나간다. 또한 여름철 사리 물때에는 높이 4, 5미터의 거대한 너울이 밀려 들어와, 주변 배들이 사라졌다 나타나기를 반복한다. 마치 롤러코스터를 타듯 내 작은 배는 집채만 한 파도의 꼭대기와 아래를 오르내린다.

베드포드 섬 근처에서 낚시를 할 때였다. 썰물이 밀물로 바뀐다는 시각이 두어 시간 지났을까? 바람 한 점 없는데도 갑자기 거센 파도가 일기 시작했다. 파도가 앞에서 오는지 뒤에서 오는지 분간할 수 없었다. 배가 심하게 흔들렸고 내려놓은 두 개의 낚싯줄이 서로 엉켰다. 겨우 낚싯대를 거둬들이고 그 지역을 빠져나오니 거짓말처럼 잔잔했다. 도대체 왜 이런 현상이 일어나는지 궁금해 동료 정원사 브라이언에게 물었다.

"어제 낚시를 갔다가 혼났어. 바람도 불지 않는데 높은 파도가 생기더라고."

"하하하. 삼각파도를 만난 모양이구나."

"그게 뭔데?"

"사리 물때에 종종 일어나는 현상이야. 육지 쪽에서 내려가는 물과 바다에서 올라오는 물이 만나 부딪치면서 생기는 파도야."

"다시 삼각파도를 만나면 어떻게 해야 해?"

"어떡하긴. 무조건 도망쳐야 해. 뒤도 돌아보지 말고."

브라이언은 내가 맞닥뜨렸던 상황이 떠오르는지 아예 껄껄대며 웃었다. 아찔한 생각이 들었다. 이후에는 삼각파도가 생길 조짐이 보이면 고민 없이 낚싯대를 거두고 줄행랑을 쳤다. 또한 브라이언은 큰 너울이나 파도는 배 옆면으로 맞으면 안 된다고 했다. 그러다간 자칫 배가 뒤집힐 수도 있다는 것이다.

물살의 흐름이 빠를 때는 원하는 곳에서 트롤링하기가 어려우니 해안선 가까이 있는 움푹 들어간 쪽으로 가야 한다고도 알려줬다. 사실 그랬다. 물이 빨리 움직일 때 입질이 와서 속도를 줄이고 잠시 연어와 씨름하다 보면 어느 새 배가 한참 떠내려가 있다. 연어가 잡혔던 포인트를 다시 찾으려면 한참 배를 몰아 거슬러 가야 한다.

그의 말을 듣고 나니 언젠가 파도가 갑판으로 넘어 들어온 기억이 났다. 며칠 동안 불었던 바람이 아침부터는 잦아든다는 일기예보를 보고 나간 날이었다. 험악한 겨울 날씨 탓에 한동안 낚시를 못 해 온몸이 근질대던 참이었다. 겨울왕연어를 만나러 혼자서 출조했다.

다행히 마리나 근처는 파도가 거의 없었다. 그러나 이즈음의 핫 포인트인 윌 베이까지 가려면 다소 사나운 파도가 일렁이는 지역을 뚫고 가야 했다. 단숨에 배를 몰아 나가 보니 조금 먼 바다의 파도는 여전히 만만치 않은 기세였다. 주변에 낚시하는 이들이 아무도 보이지 않았다. 배의 속도를 줄이고 되돌아갈 것인가, 뚫고 나갈 것인가를 두고 잠시 고민했다. 파도의 움직임이 불규칙해 어느 방향으로 운전해야 할지 가늠이 되지 않았다.

내 마음속의 악마와 천사가 격렬하게 싸웠다.

'모처럼 나왔으니 뚫고 가봐! 여기만 지나면 황금어장이 눈앞이야!'

악마가 속삭였다.

'너무 위험해. 주위에 다른 낚시꾼들이라도 있으면 모를까 너 혼자잖아. 무슨 일이라도 생기면 어떡하려고.'

천사도 지지 않고 맞섰다.

'에이, 이 정도 가지고 뭘 그래. 배의 속도를 줄이고 천천히 가면 통과할 수 있을 거야.'

'다음에 날씨 좋을 때 다시 오면 되잖아. 괜히 무리하지 말고 오늘은 돌아가자.'

나는 결국 악마의 손을 들어줬다. 평소보다 속도를 훨씬 줄인 뒤 움직였다. 파도가 무시로 형태를 바꾸며 꿈틀댔다. 그렇게 40, 50미터쯤 갔을까? 눈앞에 보이던 먼 산이 사라지고 집채만 한 파도가 정면에서 덮쳐왔다. 핸들을 꼭 잡고 속도를 더 줄였다. 순간 뱃머리를 넘어온 파도가 운전석을 덮쳤다. 바닷물이 배의 앞 유리창과 천으로 된 그늘막 포장이 연결된 틈새를 뚫고 들어와 머리 위로 쏟아졌다. 온몸이 흠뻑 젖었다. 두툼한 옷을 입고 있었지만 살갗이 드러난 부위는 속수무책으로 얼음장 같은 바닷물을 맞았다. 다시 천사와 악마

:: 베드포드 암초 지대에는 삼각파도가 자주 일어난다. 배를 꼼짝달싹 못 하게 만들어 연어낚시꾼을 곤경에 빠트리기로 악명이 높다. 멀리 구름 밑의 산은 미국의 올림퍼스 산.

가 다퉜다. 목소리가 더 커져 있었다.

'이제 괜찮을 거야. 벌써 반쯤 지나왔어.'

'무슨 소리야! 저 앞은 더 심할 수 있다고. 빨리 뱃머리를 돌려!'

'지금 무리하게 배를 돌리면 오히려 더 위험할 수 있어. 천천히 앞만 보고 가봐.'

'이러다가 정말 큰일이라도 나면 어쩌려고 그래!'

이번에도 악마가 이겼다. 그의 달콤한 유혹을 뿌리칠 수가 없었다. 겨우 사나운 물길을 빠져나와 월 베이에 도착했다. 낚시를 하기에 큰 무리가 없을 정도로 잔잔했다. 그러나 주위에는 아무도 없었다. 멸치를 블러디노즈 티저헤드에 끼우고 퍼플헤이즈 플래셔를 달아 낚싯대를 내렸다. 날씨가 꾸무럭하니 보라색 계통의 플래셔가 좋을 것 같았다.

채비를 내리고 트롤링을 시작하자 마음이 좀 진정됐다. 그러나 긴장이 풀리자 한기가 엄습했다. 겨울의 차가운 기운이 젖은 옷을 헤치고 들어와 온몸을 찔러댔다. 몸이 떨리고 머리가 쭈뼛 섰다. 들고 간 보온병을 찾아 커피를 한 잔 타 마셨다. 몸에 온기가 돌자 조금 나아졌다.

다행스럽게도 오래지 않아 연어의 입질을 받았다. 배 위로 올리는 데까지 성공한 뒤 퍼덕거리는 연어를 보자 넋두리가 절로 나왔다.

'너를 만나러 여기까지 왔어. 아마도 내가 제정신이 아니었나 봐'.

집에 돌아와서 아내에게 무용담처럼 바닷물을 뒤집어쓴 일을 얘기했다. 그러나 아내는 정색하더니 다시는 그런 상황에서 낚시하지 말라고 신신당부했다. 그녀는 내 마음속에서 끊임없이 나를 걱정하던 천사와 같은 편이었다.

바다 장님의 고난

사실 바람이나 파도보다 더 무서운 게 안개다. 안개 속에 갇히면 앞을 볼 수 없는 게 얼마나 두려운 일인지 실감한다. 먼발치의 산도, 지척의 배도 사라지고 바다는 뿌연 적막에 휩싸인다. 길을 잃어버리니 앞으로 나아갈 수도, 뒤로 물러날 수도 없다. 그저 막막할 뿐이다.

위도상 빅토리아는 러시아의 연해주나 하바롭스크와 비슷한 북위 48도에 위치해 있다. 같은 위도의 내륙 도시들은 겨울철에 영하 30, 40도를 오르내리지만 빅토리아는 영하로 떨어지는 날이 손에 꼽을 정도다. 여름철에는 30도를 웃도는 날이 며칠 안 되고 비가 오지 않는 건조한 날씨를 보이지만 겨울에는 비와 거센 바람이 잦다. 마치 한국의 제주도와 흡사하다.

위도가 높다 보니 빅토리아 하늘 위에선 북극권의 차가운 공기와 태평양의 따뜻한 공기가 치열하게 세력 다툼을 벌인다. 그 결과물 중 하나가 안개다. 배를 산 이듬해 봄에 안개를 처음 만났다. 이곳에서 대학을 다니며 내 정원 일을 도와주고는 했던 용철과 다른 한 친구와 같이 출조한 날이었다. 마리나에 도착할 때까지는 하늘이 맑았다. 그러나 배에 올라 출조를 준비하는 사이에 안개가 밀려들기 시작했다. 배를 몰고 100미터도 못 나갔는데 한 치 앞도 보이지 않았다. 속도를 줄이고 나침반을 보며 바다 쪽으로 나가보려 했지만 제자리에서 맴돌고 있었다.

어찌할지 몰라 헤매고 있는 사이 나보다 늦게 나온 배들이 씽씽 내달리는 소리가 들렸다.

"엔진을 끄고 다른 배들이 오는지 귀 기울여보자."

"어떻게 하시려고요?"

"아마도 빨리 움직이는 배들은 GPS를 달았을 거야. 배 소리가 가까이 들리면 잽싸게 시동을 켜고 따라붙으려고 해."

마침 요란한 엔진 소리가 가까워졌다. 시동을 걸고 소리가 나는 쪽으로 배를 몰았다. 20여 미터 앞쪽에 희끄무레한 배가 쏜살같이 내닫고 있었다. 놓칠세라 일정한 간격을 유지하며 쫓아갔다. 앞서 달리던 배가 갑자기 멈춰 섰다.

"왜 그렇게 쫓아와요? 무슨 일 있어요?"

"아, 네. 제 배에 GPS가 없어서 방향을 잡을 수가 없네요. 죄송하지만 낚시를 할 만한 곳까지 따라가겠습니다."

그제야 앞쪽 배에 탄 사람들이 상황을 알겠다는 듯 다시 배를 몰았다. 그날 안개는 해가 뜨고 난 뒤에야 서서히 사라졌다.

밴쿠버에 교환교수로 왔던 대학 선배, 찬제 형과 낚시를 갔을 때도 안개에 갇힌 적이 있다. 마리나에서 나와 원하던 포인트에 낚싯대를 막 내린 뒤였다. 태평양 쪽에서 시커먼 안개가 흙먼지를 일으키며 진군하는 기병처럼 해협을 따라 몰려왔다. 이미 낚시를 시작했고, 또 한두 시간 뒤에 해가 뜨면 금세 물러나리라 생각하고 별일 아니라고 여겼다. 그런데 해가 뜨고 정오가 지나도록 안개가 걷히지 않았다.

철수를 해야 할 시간인데 돌아갈 일이 막막했다. 한참을 그렇게 어디인지도 모르는 곳에서 허둥대고 있는데 바로 옆에 배 한 척이 나타났다. 선장인 듯한 사내에게 여기가 어디인지, 마리나로 돌아가려면 어느 쪽으로 가야 하는지 물었다.

"왼쪽 편이 마리나로 가는 방향이에요."

구세주가 따로 없었다. 일러주는 쪽으로 천천히 배를 움직여 겨우 돌아올 수 있었다.

이리저리 수소문해 GPS를 알아봤지만 선뜻 엄두를 못 내고 있었다. 녹녹하지 않은 가격 때문이었다. 좀 쓸 만한 GPS는 200~300만 원이었다. 그렇게 2년 정도, 안개 속을 헤매며 연어를 찾아 다녔다. 그러던 어느 날, 낚시 사부인 리키가 나를 불렀다.

"너, 아직도 GPS 없이 낚시하니?"

"그런데. 왜?"

"이번에 내 GPS를 해경들이 쓰는 최신 장비로 바꾸려 해. 혹시 필요하면 예전의 것은 네가 가져가."

119

그래도 거저 받을 수는 없어 시세를 알아보고 값을 치렀다. 리키가 직접 우리 집에 와서 GPS를 달아주고 사용법을 알려줬다. 고마운 마음에 집에서 저녁밥을 대접했는데, 미역을 넣고 끓인 된장국을 아주 맛있다며 먹었다.

그런데 이게 웬 횡재인가? 숟가락으로 연신 미역국을 떠먹던 리키가 이렇게 말했다.

"내가 말이야, 그동안 낚시를 하면서 좋은 포인트들을 GPS에 다 저장해뒀어."

"정말이야?"

"그렇다니까. 근처 바닷가에 가보면 조그맣게 물고기 표시된 곳이 화면에 뜰 거야. 그게 바로 내가 해둔 표식들이야."

GPS를 단 이후로 낚시는 여러모로 수월했다. 우선 안개 걱정을 하지 않아도 되니 무엇보다 안전한 낚시가 가능했다. 게다가 거기가 거기 같은 바다 위에 정확한 포인트들을 저장해놓고 낚시할 수 있었다. 망망대해를 떠다니며 한강 백사장에서 바늘을 찾는 심정으로 하던 낚시와는 영원히 이별이었다.

GPS를 달고 첫 출조를 했던 다음 날, 정원에서 만난 리키가 물었다.

"어땠어? 낚시하기가 한결 수월하지?"

"당연하지. 이제까지는 눈만 뜨고 있었지, 바다에서는 장님이었더라고. GPS가 눈이야 눈!"

사람들은 자연의 변화를 끊임없이 이해하고 받아들이며 자그마한 도구나 장치를 만들어낸다. 자연의 섭리를 어찌할 수 없으니, 인간이 해볼 수 있는 방법을 찾고 또 찾는 셈이다.

:: 바다의 얼굴은 수백 가지도 더 되는 것 같다. 짙은 안개를 피워 꼼짝달싹 못 하게 하다가 이렇게 아름다운 쌍무지개를 보여주기도 한다.

연어낚시꾼의 탄생

바다는 항상 연어 편이었다. 연어들이 먹이 사냥을 나설 때면 거센 조수로 배를 밀어냈고 그들이 유유자적하며 해안가에서 노닐 때는 안개를 피워 숨겨줬다. 연어를 쫓는 배를 무시무시한 삼각파도 속에 가둬버렸고 내려놓은 낚싯줄을 밀려드는 수초 더미로 옭아맸다. 빅토리아 인근의 작은 도시, 수크 항을 출발한 배 앞으로 안개가 짙다. 오늘도 연어를 만나기는 만만치 않아 보인다.

저마다의
낚시법이 있다

좁은 배 안에서 함께 한나절 정도 낚시를 해보면 그 사람의 성품을 엿볼 수 있다. 동료 정원사들, 가족들, 아이들, 빅토리아에 사는 한국 사람들……. 다섯 해 동안 줄잡아 30여 명과 함께 연어낚시를 해본 것 같다. 제한된 공간 속에서 보여주는 이들의 모습은 참 많이 다르다.

느긋한 사람, 조급한 사람, 보채는 사람, 즐기는 사람, 겁 많은 사람, 대범한 사람, 센스 있는 사람, 굼뜬 사람, 적극적인 사람, 소심한 사람, 밝은 사람, 뚱한 사람……. 낚시를 같이 하기에는 쾌활하면서

124

적극적이고 센스까지 있는 사람이 좋겠지만, 그리 많지 않았다. 오히려 조급하거나 툴툴대고 좀처럼 상황에 적응하지 못하는 이들이 더 많았던 것 같다.

워킹홀리데이 비자를 받아 우리 집에 세 들어 자취하며 일 년 정도 지내다 간 은엽이라는 여학생이 있었다. 이사를 오던 날, 친구를 불러 자기 방은 물론 공동 공간인 주방과 화장실의 묵은 때까지 깔끔하게 청소하는 바람에 아내가 미안해할 정도였다. 모처럼 마음에 드는 세입자가 들어왔구나 싶었다. 언제나 상냥한 얼굴로 우리 내외를 싹싹하게 대했다.

아내 역시 이런 세입자라면 아까운 게 없다 싶은지 김치를 담가 나눠 주고 찌개를 해도 한 그릇 떠다 줬다. 한번은 저녁식사에 초대해 연어회 맛을 보여줬다. 정말 맛있다며 접시를 싹 비운 그 학생은 결국 낚시를 같이 가기로 했다.

"그런데, 배가 작아서 화장실이 없어. 남자들은 바다에 일을 본다고 해도 여자들은 좀 힘들 수 있어."

"그래도 괜찮아요. 꼭 데려가 주세요."

얼마 지나지 않아 다른 한 명과 함께 셋이서 출조했다. 토론토에서 오랫동안 은행원으로 지내다 정원사가 되고 싶다며 빅토리아로 무작정 이사 와 나를 찾은 상백 씨였다. 마침 몇 번 같이 낚시를 나가서 완전 초보자는 아닌지라 동행이 부담스럽지 않기도 했다. 새벽같이 일어나 마리나로 향했다.

"정말 괜찮겠어?"

"그럼요. 어제 저녁부터 물을 한 모금도 안 마셨어요. 오늘 아침에도 커피 한잔 생각이 간절했는데 참았어요."

화장실 갈 일이 없으니 안심하라는 의미였다. 그렇게 셋이서 시작한 낚시는 성공적으로 끝났다. 심지어 은엽은 한 마리를 직접 파이팅해 걸어 올리기까지 했다. 씨알 좋은 연어 세 마리를 가져와 포를 떠 나눠 주고 구이와 매운탕으로 저녁식사를 같이했다. 그 뒤로도 서너 번 더 동행했다. 10킬로그램이 넘는 왕연어도 몇 마리 잡았는데, 통째로 몇 마리 얼려두었다가 통조림공장에 보냈다.

일 년이 다 되자 은엽은 한국으로 돌아갈 준비를 했다. 마침 도착한 연어 통조림과 훈제된 연어를 추렴하는 식으로 나누었다. 이 여학생이 떠나기 전날 아내를 찾아왔다.

"정말 고마웠습니다. 이거 별거 아니지만 받아주세요."

고맙다는 카드와 함께 학생이 내민 자그마한 봉투에는 자신이 일하던 일식집 식사권이 들어 있었다. 어디 가서 뭘 하더라도 잘 살 것 같은 친구였다.

항상 마음에 맞는 동행만 있는 것은 아니다. 타일공이었던 이민자 부자와 함께 연어낚시를 간 적이 있다. 혼자 가는 것보다는 수월하니 한번 데리고 가볼 심산이었다. 마리나에 도착해 차에서 짐을 내리는데, 아뿔싸! 잡는 즉시 회를 떠 먹으려고 챙겨 온 도마며 칼, 초장 따위가 가득 담긴 커다란 가방을 내리는 거였다. 당황스러웠다.

"이게 다 뭐예요?"

"한국 사람에게는 아무래도 선상에서 즐기는 회맛이 최고 아닙니까? 우럭이든 농어든 잡히면 바로 회 떠 먹게요."

그 심정이 이해는 갔지만 사실 연어낚시를 하다 보면 그럴 겨를이 없다. 게다가 바로 옆을 오가는 캐나다 낚시꾼들에게 어찌 보일지 난감했다. 뭔가 잘못됐구나 싶었다. 아니나 다를까, 낚시를 시작하고 두어 시간 입질이 없자 보채기 시작했다.

"재유 아빠! 연어는 놔두고 우럭이나 몇 마리 잡읍시다."

"아니, 연어낚시를 와서 웬 우럭 타령이에요? 그런 물고기들은 우연히 걸리면 모를까 일부러 잡으려 하진 않습니다."

"그래도, 일단 회맛을 좀 보고 다시 연어를 잡으면 되지 않겠어요?"

"연어낚시 채비로 우럭 낚시를 하면 위험해요. 바위가 많은 얕은 곳으로 가야 하는데, 자칫 커다란 봉돌이 바위틈에 끼기라도 하면 대형사고가 납니다."

알아듣게 설명했건만 그 뒤로도 10분이 멀다 하고 채근을 계속했다. 도마도 가져왔는데, 집사람이 초장을 아주 맛있게 만들어줬는데 하면서. 신경이 쓰여 낚시에 집중하기 힘들었다. 식칼과 도마가 무서워서 그랬는지, 그날따라 연어마저 입질을 하지 않았다. 그렇게 네댓 시간이 지나자 그분의 성화가 견딜 수 없을 정도가 됐다. 하는 수 없이 채비를 바꿔 우럭이나 노래미가 나오는 바위 근처로 가서 몇 마리 건져 올렸다.

127

"바로 이 맛이라니까. 재유 아빠도 한 점 먹어봐요."

"저는 빈속에 비린 걸 먹기가 좀 그래요. 많이 드세요."

그 뒤로도 이 부자는 언제 낚시를 가느냐, 이번에는 사발면도 가져오겠다 하며 시도 때도 없이 연락을 해 왔다. 이런저런 핑계를 대며 동행을 피했지만 어쩔 수 없이 그 뒤로도 두어 번 더 같이 나갔다. 그 이듬해 이 가족은 밴쿠버로 이사를 갔다. 더 좋은 일자리가 나서라고 했다. 내색은 안 했지만 나에게도 좋은 일이었다.

면역이 안 생기는 멀미

낚시에 동행하는 이들을 구분하는 기준이 한 가지 더 있다. 멀미를 하는 사람과 하지 않는 사람이다. 이것은 성품이 어떠냐 하는 문제와는 전혀 달랐다. 아무리 명랑하고 눈치가 빠른 사람이라도 멀미 앞에서는 장사가 없다. 아내와 큰아들 그리고 용철이 그랬다. 낚시를 시작한 지 30분이 안 돼 마리나로 돌아가 내려주고 다시 낚시를 하러 바다에 나간 적도 있다.

그러나 이 멀미마저 극복해가며 기어이 연어를 자기 손으로 낚아 올린 사람도 두어 명 있다. 대학생 용철과 전직 은행원 상백 씨다.

용철은 내가 초대한 저녁식사에 연어를 올릴 것이란 얘기를 듣고 미리 밥을 먹고 왔었다. 한국에서 먹어봤던 물컹거리고 비린내 강했던 연어를 떠올린 모양이다. 하지만 한 번 먹어보더니 그 맛에 반해 낚시 동행까지 자청해 나섰다. 처음 나갔을 때는 자신이 그렇게 심하게 멀미할 줄 몰랐다고 했다. 마리나를 떠나기 직전, 볶은 고기와 야채가 듬뿍 들어간 랩wrap을 두 개 싸 왔다며 출출하면 언제든지 얘기하라고 했다. 기특하고 고마웠다. 그러나 어찌된 일인지 30분도 안 돼서 속이 메스껍다고 하더니 토하기 시작했다. 서너 번 게워낸 그가 마리나로 좀 데려다주면 안 되겠냐고 사정했다.

"너도 멀미를 하는 모양이구나. 참아봐라."

"캡틴! 이건 정말 인간의 의지로는 어찌할 수 없네요. 도저히 안 되겠네요."

:: 큰아들 재유는 멀미를 심하게 한다. 낚시하는 중간에 멀미를 시작하면 매정한 아빠는 마리나에 아들을 내려놓고 다시 연어낚시를 나갔다. 멀미하는 형을 위로하는 동생.

연어낚시꾼의 탄생

"지금이 좋은 물때야. 마리나에 다녀오면 이 타이밍을 놓칠 수도 있는데?"

"죄송합니다. 너무 힘드네요."

결국 채비를 거둬들이고 마리나에 그를 내려주고 다시 나왔다. 혼자서라도 잡아올 테니 시간이 좀 걸려도 쉬면서 기다리라고 당부했다. 황금 시간대가 지나갔는지, 두어 시간을 계속해도 입질이 없었다. 해가 중천에 떠오르자 허기가 몰려왔다.

용철이가 두고 내린 비닐봉지가 눈에 들어왔다. 랩을 하나 꺼내 먹어 치우자 좀 살 것 같았다. 남은 것을 마저 먹고 싶었지만 꾹 참았다. 그리고 얼마 지나지 않아 첫 입질. 무사히 건져 올리고 마리나로 돌아왔다.

"정말 잡으셨네요."

"그래. 같이 봤으면 좋았을걸. 참, 랩 하나는 내가 먹고 네 것은 남겨 왔다."

"저는 속이 안 좋아서 못 먹겠어요. 캡틴이 마저 드세요."

"나야 고맙지."

이후에는 멀미약을 먹는 것으로도 안심이 되지 않는다며 귀밑에 붙이는 약까지 붙이고 따라나섰다. 그래도 어쩔 수 없었다. 두 번째 출조에도 용철을 마리나에 내려주고 혼자 낚시했다. 그래도 이 친구는 포기하지 않았다. 꼭 자기 손으로 연어를 낚아야겠다고 했다. 결국 세 번째 도전에서 연어를 걸어 올렸다. 인간 승리가 따로 없었다.

130

130 130

그리고 이듬해. 한의학을 공부하던 다른 친구까지 가세해 셋이서 낚시를 나갔다. 마침 2년에 한 번 돌아오는 곱사연어가 바다에 진을 치던 즈음이다. 가랑비가 내리는 궂은 날씨였지만 입질이 쉼 없이 계속됐다. 두어 시간 만에 11마리를 잡아 올렸다. 이후에도 이전에도 없는 최다수확 기록을 세웠다. 포구로 돌아오는 길에 물었다.

"용철아! 오늘은 멀미 안 해?"

"연어 올리느라 할 틈이 없었네요."

이런 끈기와 노력하는 자세로 살아간다면 무슨 일인들 못 해낼까 싶었다. 학교를 마친 이 친구는 캘거리의 한 회사에 취직해 이사를 갔다. 지금도 명절 때가 되면 꼭 안부전화를 한다. 참 대견한 친구다.

은행원이었던 상백 씨도 마찬가지였다. 눈썰미가 좋아 금방 낚시에 익숙해져 파트너로서는 그만인 친구였는데, 그 역시 멀미족이었다. 바다가 좀 잔잔하거나 아침 일찍 연어를 낚는 날에는 멀미를 덜하기도 했다. 그러나 파도가 좀 높게 일어 배가 흔들리거나 늦게까지 입질을 못 보면 여지없이 멀미를 했다.

상백 씨는 부차트 가든에서 나와 함께 정원사로 일하고 싶어 몇 차례 문을 두드렸던 친구다. 그러나 왜소한 몸집 탓인지 좀처럼 기회를 잡지 못했다. 그렇게 빅토리아에서 두어 해 살다가 밴쿠버로 이사했다. 이제 멀미에 좀 적응하고 손발도 척척 맞는다 싶었는데, 아쉬웠다.

131

　내 배를 타고 같이 낚시를 나가본 회사 동료도 있다. 뷰온Bjorn T.이라는 친구는 낚싯대를 내리자마자 들고 온 맥주캔을 따기 시작했고 본격적으로 낚시를 해야 할 즈음에는 상당히 취해 있었다. 결국 더블헤더 입질이 왔을 때 낚싯대를 하나씩 맡아 파이팅했지만, 뷰온은 연어와 밀당을 잘하라는 내 말을 듣지 않고 억지로 감기만 하다 줄이 터져버렸다.

　내가 컨트롤하던 낚싯대는 얼마나 큰 녀석이었던지 한참을 차고 나가 결국 옆에서 낚시하던 다른 배의 스크루에 줄이 걸려 떨어져 나가고 말았다. 낚시가 끝나고 술을 마셨어도 될 텐데 뭐가 그리 급했냐고 묻자 이런 대답이 돌아왔다.

　"나같이 배가 없는 사람은 일 년에 한두 번 낚시를 나올까 말까 해. 그냥 기분이 좋아서 그런 거야."

　제이미Jamie S.라는 동료는 겁이 많았다. 배 안에 비치해둔 구명조끼를 굳이 꺼내 달라더니 챙겨 입었다. 점퍼 위에 두툼한 조끼를 입고 뒤뚱대는 모습이 우스꽝스럽기도 했지만, 어쩔 수 없었다. 그와 함께 연어 두 마리를 잡아 한 마리씩 나누기로 했다. 그런데 자기는 손질을 할 줄도 모르고 생선을 잘 안 먹어서 가져가지 않겠다고 했다. 그럼 부모님께 전화해서 필요하시다면 가져다 드리라고 했다.

　"두 분 다 연어는 안 먹는데. 그냥 네가 다 가져가."

통화를 끝낸 제이미가 한 얘기였다. 참, 별일도 다 있다 싶었다.

루퍼트는 나에게 배가 없던 때 선뜻 자기 배에 태우고 연어낚시를 같이 갔던 동료다. 덩치는 산만 하지만 마음 씀씀이가 자상한 이다. 내 배가 생긴 뒤 갚을 기회가 드디어 왔다. 은연어가 올라오기 시작하는 10월 초순이었다. 그동안 실전에서 닦은 내 실력도 보여주고 조언도 들을 수 있는 좋은 기회였다.

루퍼트는 내가 하는 양을 지켜보며 간간히 질문을 던졌다.

"그 티저헤드는 뭐야?"

"블러디노즈야. 요즘 이게 잘 먹히더라고."

다른 한쪽에는 내가 즐겨 썼던 진한 녹색의 스푼을 달았다. 이를 본 그가 한마디 거들었다.

"스푼이 좀 커 보이는데. 은연어는 좀 더 자그마한 코호 킬러를 쓰면 좋은데."

제3조수선 가까운 곳에 채비를 내렸다. 그리고 내가 발견한 트롤링 방법도 소개했다. 배를 빠르게 몰다가 갑자기 멈춰 서는 방식이었다. 그러자 거푸 입질이 왔고 두 마리를 순식간에 낚아 올렸다. 티저헤드에 단 생미끼에서 입질이 온 것이다.

"블러디노즈라고? 그거 괜찮네."

그리고 입질이 뚝 끊기자 루퍼트는 제4조수선 쪽으로 옮겨보자고 했다. 해가 떠오르며 연어들이 먼바다로 나간 것 같다는 것이다. 그의 말대로 배를 한참 몰고 나가 새로 만난 조수선 근방에 채비를 내

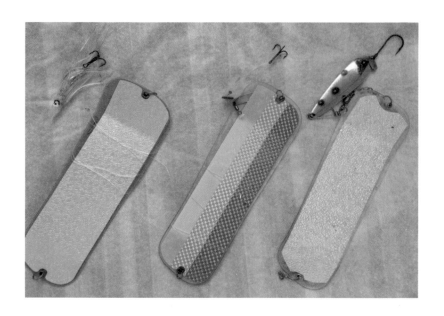

:: 다양한 연어 낚시채비. 왼쪽은 빨간 플래셔와 주꾸미 모양 고무미끼 후치, 오른쪽은 쇠로 만들어진 스푼,
가운데 그린플래셔에 매달린 것이 생미끼를 끼울 때 쓰는 티저헤드. 코끝이 빨간 이 '블러디노즈'
티저헤드를 루퍼트와 낚시할 때 사용했다.

렸다. 수심이 120미터가 훌쩍 넘는 곳이었다. 아니나 다를까, 곧 입질이 왔다. 다시 한 마리를 건져 올렸다. 막 오전 11시를 넘긴 시간이었다. 루퍼트는 더 욕심내지 말고 그냥 가자고 했다. 지금부터 한 마리 더 잡으려면 몇 시간이 필요할지 모른다며.

마리나에 돌아와 연어 손질을 하는데 지켜보던 루퍼트가 칼을 달라고 했다. 능숙한 솜씨로 연어의 내장을 꺼낸 그가 길쭉한 부위를 내밀며 보여주었다.

"이게 뭔지 알아?"

"글쎄. 내장은 자세히 보지 않고 그냥 갈매기들에게 던져 주는데."

"이게 바로 연어의 위야. 손질할 때 이 속을 꼭 살펴봐야 해."

그러더니 칼로 그 부위를 길게 갈랐다.

"봐봐. 아직 소화가 안 된 멸치들이 보이지?"

"그러네. 그런데 왜?"

"만약 네가 내일 낚시를 나간다면 바로 이걸 미끼로 써야 한다는 뜻이야."

그의 설명은 이랬다. 시기에 따라 연어의 먹이가 바뀌는데, 그 자연 생태에 가장 가까운 먹잇감을 미끼로 쓰면 조과가 훨씬 좋다는 것이다. 그리고 이렇게 위를 갈라 내용물을 살펴보면 지금 연어들이 무엇을 먹는지 확실하게 알 수 있다고 했다.

"새우가 들어 있으면 고무 미끼도 새우 비슷한 것을 쓰고, 오징어 새끼를 먹었으면 그것과 유사한 걸 사용해봐."

135

무턱대고 이것저것 바늘에 매달아 낚시를 하는 것보다 훨씬 효과적이라고 했다. 그 뒤로 나는 습관처럼 연어의 위를 갈랐다. 어떤 때는 커다란 청어들이 가득 차 있기도 했고 어떤 녀석들은 며칠을 굶었는지 위 속이 텅 비어 있기도 했다. 심지어 나는 빈손으로 돌아온 날에도 연어 손질을 하는 사람들이 보이면 다가가 이것저것 묻기도 했다. 어느 포인트에서, 얼마나 깊이 내려 잡았는지, 미끼는 무엇이 잘 먹혔는지, 시간은 몇 시 즈음이었는지 등 꼬치꼬치 물었다. 그렇게 알아온 내용을 일지에 기록해두었다. 내 실전 경험뿐 아니라 다른 이들의 경험도 중요한 정보가 되고 실제 활용했을 때 좋은 성과를 가져다줬다.

:: 연어의 내장. 가운데 볼록한 것이 위, 맨 위쪽은 알. 연어를 손질할 때 위 속을 살펴보는 습관이 생겼다. 그 속에 들어 있는 먹이의 종류가 다음 낚시에서 쓸 미끼를 선택할 때 귀한 자료가 된다

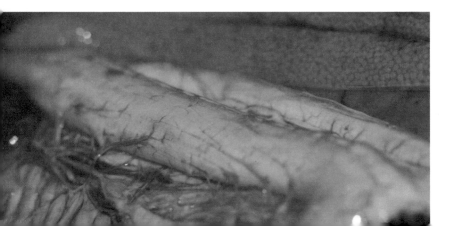

드디어
대물을 낚다

세상에서 가장 아름다운 소리

2013년 8월 13일, 수요일.

그날도 일과 후에 낚시를 하러 갔다. 빅토리아의 여름은 밤 9시가 돼도 훤하다. 오후 2시 반에 퇴근을 하니 서너 시간 낚시를 할 수 있다. 퇴근 후 상백 씨를 만나 오후 4시부터 낚시를 했다.

대물들이 자주 출몰하는 비치헤드의 거센 물살을 가르며 트롤링을 계속했다. 그러나 해가 뉘엿뉘엿 기울어가던 저녁 7시 반이 다 되도록 입질 한 번 없었다. 미끼를 바꿔보고, 플래셔도 다른 것으로 달아봤지만 감감 무소식이었다. 산그늘이 드리워지며 주변이 어두워지기 시작했다. 마음이 급했다. 낚시가 가능한 시간이 채 30분도 남지 않았다.

그때였다. 잠금장치를 살짝 풀어놓은 릴이 요란하게 울기 시작했다. 대물이 물었을 때 줄을 차고 나가며 내는 소리다. 나에게는 그 어떤 음악보다 아름다운 소리다. 배 운전을 상백 씨에게 맡기고 잽싸게 낚싯대를 홀더에서 빼내 느슨해진 줄을 감았다. 온몸으로 묵직한 무게가 전해졌다.

"형님! 어때요? 큰 건가요?"

"장난 아니네. 배 속도를 더 죽여요. 잘못하다간 터지겠어."

"네, 알겠습니다."

벌써 열 번 정도 같이 낚시를 나와본 상백 씨가 제법 손을 잘 맞췄다. 그가 보트 속도를 늦추자 마치 기다린 듯 연어가 줄을 끌고 다시 달아났다.

'윙윙윙윙……'

낚싯줄이 한없이 풀려 나갔다. 100미터 정도 감아놓은 줄이 다 풀릴 리는 없겠지만 심상치 않았다. 그러다 멈칫했다. 낚싯대를 45도 정도 유지한 채 손잡이 쪽을 아예 아랫배에 붙이고 감기 시작했다. 채 5미터도 감지 못했는데 다시 차고 나갔다.

"뒤쪽에 배가 오네. 선수를 좀 틀어서 낚싯줄이 저 배와 엉키지 않도록 해요."

138   "알겠습니다, 형님!"

여름이었지만 다행히 저녁시간이 다 된 탓인지 주변에 배들이 서너 척밖에 없었다. 수십 척이 다닥다닥 붙어 낚시할 때, 이 정도 대물이라면 가까운 배의 스크루에 줄이 감겨 터져버리기 일쑤다. 그래도 안심이 안 돼 다가오는 배에 대고 소리를 질렀다."

"피시 온! 피시 온!"

파이팅 중이니 좀 피해달라고 할 때 쓰는 말이다. 서너 차례 더 소리 지르자 따라오던 배가 방향을 틀었다. 그제야 내 목소리를 들은 모양이었다. 그 배에 타고 있던 사람들이 목을 길게 빼고서 내가 파이팅하는 모습을 지켜보고 있었다.

연어의 저항이 만만치 않았다. 대물이라 해도 대개 10여 분 지나면 누그러지는데, 도통 그런 기미가 보이지 않았다. 이전의 어떤 대물과도 비교할 수 없었다. 5미터 감으면 10미터를 차고 나가 가까워지기는커녕 점점 멀어졌다. 정말 릴에 감긴 줄이 얼마 남지 않았다. 온몸에 힘이 빠졌다. 두 팔이 아렸고 머릿속이 하얬다. 연어가 힘이 빠지기 전에 내가 먼저 주저앉을 것 같았다.

그렇게 연어와 나의 싸움은 30여 분간 계속됐다. 이제 연어의 기력이 다 되었는지 10미터를 감으면 5미터를 차고 나갔다. 조금씩 배에 가까워지자 짙푸른 연어의 등이 보였다. 언뜻 보아도 엄청난 크기였다.

"상백 씨, 그물망 준비해줘. 천천히 안전하게 컨트롤해요."

뜰채 속에 들어간 연어를 확인한 나는 낚싯대를 바닥에 던져놓고

:: 내가 만난 연어 중 가장 큰 녀석.
  30분간의 사투 끝에야 얼굴을 보았다. 무려 16.3킬로그램의 왕연어.

뱃전 아래로 몸을 숙였다. 상백 씨가 혼자서는 못 들어 올리고 있었던 것이다.

"자, 같이 올립시다. 그물망 입구가 벌어지지 않게 뱃전에 모로 세워요."

상백 씨는 아예 갑판에 무릎을 꿇고 힘을 쓰고 있었다. 둘이 둥그런 뜰채 입구를 한쪽씩 잡고 올렸다.

"아! 형님 진짜 큰데요!"

"정말 대단하네. 나, 사진 한 장 찍어줘요."

낚시 중에는 좀처럼 사진을 찍지 않았지만 어쩔 수 없었다. 두 손을 아가미에 넣어 들어 올리니 머리가 가슴팍에 닿았다. 들고 있는 손이 후들거렸다. 미련 없이 철수했다. 마리나에 도착해 저울에 달아보니 36파운드16.3킬로그램였다. 지금까지 만난 연어 중 최고 기록이었다.

연어들의 왕, 왕연어

이 녀석을 만나기 위해 그동안 내 가슴이 얼마나 뛰며 설렜는지 모른다. 집에서도 정원에서도 누워서도 걸을 때도, 시도 때도 없이 머릿속에 연어의 모습으로 가득 찼었다. 출조를 위해 낚싯바늘을 숫돌로 잘 벼르고 다시 묶으며 채비할 때는 정말 행복했다. 갑자기 날씨가 안 좋아져 낚시를 못 하게 된 날에는 오줌 마려운 강아지처럼 안절부절못했다.

나와 바다를 함께 누비는 연인, 에게리아가 정박해 있는 마리나까지는 집에서 30여 분 거리다. 차를 몰고 나와 15분쯤 나가면 탁 트인 바다가 눈에 들어오는데, 그때부터 온몸이 달아오른다. 마리나에 도착하기 전까지 머릿속이 복잡해진다. 오늘은 어떤 채비로, 어디로 나가서 해볼까? 대물을 만날 수 있을까?

2년에 한 번 찾아오는 곱사연어는 왔다 하면 거의 만선으로 돌아올 수 있어 좋다. 마릿수로는 으뜸이다. 가을에 나타나는 은연어는 파이팅이 동급최강이다. 좀처럼 만나기 어려운 홍연어는 맛이 최고이고 겨울철 왕연어는 차가운 겨울바다의 내음을 그대로 간직하고 있다. 이처럼 연어는 다른 종이 번갈아가며 빅토리아 앞바다에 모습을 드러내며 서로 다른 장점을 뽐낸다. 어느 하나 빠지지 않고 모두가 챔피언이다.

하지만 뭐니 뭐니 해도 여름에 나타나는 대물 왕연어는 모든 조사들의 로망이다. 녀석들은 5월 하순이 되면 빅토리아 앞바다에 나타난다. 하지만 이로부터 한 달 여간은 67센티미터가 넘으면 방생하도록 돼 있어 7월에나 본격적인 낚시를 할 수 있다.

이즈음 동료 정원사들 사이의 화제는 단연 '누가 얼마나 큰 왕연어를 잡았는가'이다. 주말을 보내고 월요일에 출근하면 정원의 낚시꾼 동료들이 서로의 조과를 확인하느라 분주하다. 대물을 만난 동료를 부러워하기도 하고, 어디로 가면 잡을 수 있는지 정보를 주고받기도 한다. 심지어 일주일쯤 휴가를 내고 트럭에 배를 매달고 네댓 시간씩 북쪽이나 서쪽으로 가 낚시하는 이들도 있다. 포트 렌프류Port Renfrew, 뱀필드Bamfield, 포트 앨버니Port Alberni, 유클렛Uclet, 캠벨리버Cambellriver 같은 곳들이 이들이 즐겨 찾는 원정지다.

이들의 관심사는 단연 왕연어다. 킹살몬king salmon이라는 이름이 보여주듯 이 연어는 '연어의 제왕'이다. 스프링spring, 치누크chinook, 타이이tyee라는 별칭을 갖고 있으며 대개 5kg 안팎으로 자란 것들이 잡히지만 60kg까지 크는 것으로 보고돼 있다. 실제 나처럼 취미로 낚시하는 이들이 잡은 것 중 가장 큰 것은 44kg에 달했다. 1985년 알래스카에서 한 낚시꾼이 잡았다고 한다. 연어를 전문으로 잡는 어선에 의해서는 57kg짜리가 잡혔다고 기록돼 있다. 내가 사는 캐나다 브리티시컬럼비아 주 앞바다에서 잡혔던 왕연어다.

말이 그렇지, 가느다란 낚싯대로 20~30kg의 연어를 낚아 올린다는 것은 천운에 가깝다. 10kg 정도 되는 왕연어만 잡아도 일주일 내내 자랑하고 다닐 정도다. 그 자랑 속에는 낚싯줄이 다 풀릴 정도로 달아나던 것을 겨우 잡았다는 둥, 30분간 파이팅한 끝에 겨우 올렸다는 둥, 뜰채가 너무 작아 끌어올리는 데 애를 먹었다는 둥 하는 무용담이 으레 섞이기 마련이다.

배를 산 첫해인 2010년에는 5.5kg 왕연어가 내 최고 기록이었다. 10kg 정도 되는 대물의 얼굴을 처음 본 때가 이듬해 5월 21일이었다.

10여 분의 사투 끝에 겨우 올리는 데 성공했다. 어찌나 튼실하게 생겼는지 꼭 자그마한 돼지 한 마리를 보는 듯했다. 그러나 어쩌랴! 이 시기는 67센티미터가 넘는 왕연어는 가져갈 수 없었다. 얼굴만 보고 다시 바다로 보냈다.

그리고 6월 17일. 왕연어 길이 제한이 풀린 첫날, 운 좋게 다시 9.2kg짜리를 만났다. 연어를 잡으면 시원하게 보관하려고 가지고 다녔던 쿨러에 들어가지 않았다. 마리나에 내려 저울에 연어를 올려놓자 사람들이 모여들었다. 절로 어깨가 올라갔다.

잡아온 대물을 본 가족들은 입을 다물지 못했다. 그러나 문제가 생겼다. 손질할 때 받쳐 쓰던 도마가 턱없이 작았던 것이다. 뿐만 아니었다. 포를 뜨기 위해 회칼을 밀어 넣어 몸통 중간쯤 파고드니 칼끝이 보이지 않았다. 칼이 짧았던 것이다. 하는 수없이 길이 방향으로 반 토막 내 손질했다.

계속되는 기록 행진

2012년에는 최고기록을 10.8kg까지 올려놓았다. 처음으로 10kg을 넘어선 것이다. 채비를 준비하고 파이팅하는 솜씨에 제법 이력이 붙었는지 대물을 만나도 곧잘 끌어 올렸다. 그해에만 10kg대 왕연어 5마리를 집에 데려왔다. 이듬해에는 대물이 와도 거의 놓치

:: 무사히 올린 연어는 이렇게 마리나에 준비된 저울에 무게를 달 수 있다. 대개 3~4kg대가 많이
잡히는데 5kg 이상은 꽤 좋은 씨알로 평가받고, 10kg이 넘으면 부러움의 대상이 된다.

지 않고 건져냈다. 6월 23일에 13.1kg으로 물꼬를 튼 뒤 7월에 다시 11.3kg짜리를 만났다.

공략해야 하는 포인트들이 좁혀지니 대물을 만날 기회도 잦아졌다. 이전에는 우연찮게 대물을 만났지만, 이제는 작심하고 특정 포인트를 집중공략하기에 이르렀다. 여기에 낚싯바늘을 내려야 하는 수심, 입질할 때의 조수 흐름 등 일정한 패턴도 알게 됐다. 바로 그 시각, 그 장소에서 잘 먹히는 채비를 내리면 여지없이 대물을 만날 수 있었다.

큰 왕연어들은 밀물이 거세게 밀려오는 곳을 좋아했고, 20~30미터 수심대에서 활발히 먹이 활동을 했다. 큰 먹이를 좋아해 목줄을 2미터 가까이 길게 늘려 썼다. 그렇게 해야 바늘에 달린 생미끼가 움직이는 동심원이 커져 미끼를 훨씬 크게 보이게 한다.

잡아 오는 연어가 점점 커지자 주변에 자잘한 변화가 뒤따랐다. 한국을 다녀온 용철이 기다란 회칼을 사다 줬고 사촌 동서는 바퀴 달린 큰 쿨러를 선물했다. 이전에 쓰던 것은 너무 작아 대물 연어를 넣으면 뚜껑이 닫히지 않았다. 신선하게 보관을 못 하는 것도 문제였지만, 구겨서 가져온 연어는 손질할 때 도마 위에 반듯이 눕지 않아 애를 먹었다. 활처럼 휜 커다란 연어를 손질하기란 보통 수고스러운 일이 아니었다. 새로 마련한 쿨러는 큰 연어 두어 마리를 넣어도 넉넉했고, 바퀴가 달려 힘들게 들고 다닐 필요도 없었다. 나도 훨씬 큰 뜰채와 1미터가 넘는 나무도마를 새로 장만했다.

146

왕연어는 이처럼 내 연어낚시 이력에 '제2막'을 열어준 장본인이다. 맛도 그만이어서 주로 회나 초밥으로 먹었다. 훈제를 맡길 때는 통조림보다 아이들이 좋아하는 캔디드 살몬candied salmon으로 주문했다. 나의 연어낚시 일지에는 대물을 만났을 때의 순간들이 이렇게 기록되어 있다.

  – 2011년 5월 21일 : 간밤 꿈에 전 직장 상사였던 문성길 대표가 나타나 내가 잡은 연어 요리를 맛있게 먹었는데, 오늘 최고기록 갱신. 20파운드 9.1kg, 92cm. 마침 옆에 새로 보트를 정박한 사람이 트랩샥과 비치헤드 사이 세 번째 암초지대reef 근처로 함께 가자고 해 따라나섰음. 아침 8시 30분경 별로 힘도 쓰지 않고 40m 수심에서 실버글로우 플래셔silver glow flasher 채비로 나가는 물과 같은 방향으로 트롤링하다 잡음. 수초 더미가 군데군데 떠있는 조수라인 근처. 사이즈는 엄청났으나 거의 파이팅 없이 잘 끌려옴. 아직은 가져올 수 없는 시기라 휴대용 손저울로 무게만 재보고 방생. 아깝다! 새벽 3시 30분부터 나가는 물때이며, 간간히 뿌려대던 소나기와 잔뜩 낀 구름 덕을 본 듯.

  – 2011년 8월 6일 : 드디어 기록갱신. 20.8파운드9.4kg 길이 93cm 왕연어. 현우와 아침 10시부터 출조. 물이 12시 이후에 들어오는 탓인지 처음엔 작은 곱사연어만 몇 마리 잡다가 오후 4시가 다 돼 비치헤드에서 알드리지로 넘어가는, 수심 45m, 다운리거 27.5m에서 잡음. 아침에 마리나에서 산 그

린 플래셔, 블러디노우즈 티저헤드에 청어를 미끼로 쓴 채비에서 입질. 혼자였으면 힘들었을 텐데, 현우가 다운리거를 올려주고 낚싯대도 치우고 뜰채도 대며 잘 도와준 덕에 잡음. 진짜 기가 막힌 파이팅. 15분 정도 차고 나가다 들어오길 반복. 결국 팔이 아프고 온몸이 후들거림. 정말 잘생기고 힘도 좋은 왕연어. 저녁엔 리키의 집에서 파티. 20파운드 넘는 걸 잡으면 크라운로열 위스키 한 병 사겠노라고 약속했는데, 마침 파티여서 한 병 사 갔음. 리키가 좋아하며 그걸로 칵테일을 만들어 내옴. 즐거운 하루!

– 2012년 7월 2일 : 10kg 넘는 첫 왕연어 잡음. 24파운드10.9kg, 길이 1m에 달함. 트렙샥 포인트 50m 수심, 20m 다운리거에, 퍼플헤이즈 플래셔를 사용한 낚싯대에 걸림. 물이 들어오기 시작하고 2시간 정도 지난 오전 10시쯤. 거의 늘 입질이 있었던 나들목이었음. 여기를 '왕연어 나들목'이라 불러야겠음.

– 2012년 9월 6일 : 오후 4부터 7시까지 동현 아빠와 출조. 비치헤드 앞에서 170m 수심대까지 나갔다가 직선으로 해안가로 트롤링해 오는 길에 120m 수심, 27m 다운리거로 20파운드9.1kg 한 마리 잡음. 손질하다 보니 살색이 하얀 연어. 조금 물때라 조수 흐름 약함. 청소하고 엔진오일 갈기 위해 보트를 집에 가져옴.

– 2013년 7월 28일 : 25파운드11.3kg 왕연어 잡음. 은엽, 상백과 아침 6

시부터 출조. 월 베이에서 시작. 은연어 1마리와 곱사연어 3마리 잡음. 오전 8시부터 150m대 수심까지 나가봤으나 입질 없어 오전 10시쯤 알드리지와 비치헤드 사이로 자리 이동. 내리자마자 70m 수심, 30m 다운리거, 그린 플래셔, 멸치 생미끼에 올라옴. Nice day!

　- 2013년 8월 13일 : 일 끝나고 오후 4시부터 상백과 시작. 저녁 7시 30분쯤 비치헤드 앞 포인트에서 25m 다운리거, 멸치 생미끼, 퍼플헤이즈 플래셔에 입질 옴. 달아보니 36파운드16.3kg. 지금까지 중 최고기록.

사랑하는 배와
작별하다

못 말리는 낚시꾼

당구를 잘 모르지만, 50에서 80을 넘어설 때가 가장 재미있다고 한다. 벽을 쳐다봐도 당구대로 보이고 누워서 천장을 봐도 그렇다고 한다. 배를 산 이듬해, 나에게 연어낚시가 꼭 그랬다. 낚시를 끝내고 막 들어와서도 다음에 언제 나갈 수 있을까만 생각하게 되고, 정원에서 일하다가도 불던 바람이 잦아들면 평온하게 펼쳐진 바다가 떠올랐다. '살몬 핑크salmon pink'라는 종류의 제라늄 꽃을 봐도 가슴이 쿵쾅거렸고 물기둥이 솟구치는 분수를 보고 있어도 뛰어오르는 연어가 생각났다.

그러다 결국 사고가 터졌다. 바다가 돌아온 은연어로 온통 들끓던 2011년 10월 5일이었다. 내가 소속돼 있던 선큰 가든에 하수관 공사를 하는 날이었다. 중장비 담당 부서의 책임자 존Jhon F.이 내 슈퍼바이저 리키에게 인력 지원을 부탁했다. 역시 뼛속까지 낚시꾼인 존과 일하는 게 여러 가지로 도움이 될 것 같아 자원했다.

그리 어려운 일은 아니었다. 묻혀 있는 관을 노출시키기 위해 굴삭기를 움직여야 했는데 이 중장비가 잔디밭 위로 다녀야 했다. 그냥 지나다니면 잔디가 패여 못 쓰게 되니 널따란 널빤지를 깔아야 했다. 그 부서의 다른 직원과 함께 이 널빤지를 굴삭기 움직이는 방향으로 가져다놓는 일이었다. 20~30미터 땅을 파내는 작업은 정오가 되기 전에 끝났다.

"존! 지금은 당신이 내 슈퍼바이저지?"

"당연하지. 인력을 지원받은 부서 책임자가 임시로 관리자 역할을 하거든. 그런데 왜?"

"오늘 할 일은 다 끝난 거야?"

"그래. 우리가 할 일은 여기까지야. 이제부터는 배관공들이 알아서 할 거야."

옳다구나 싶었다. 사흘 전 주말에 이틀 연속 나가 은연어 6마리와 왕연어 2마리를 수확했던 장면이 눈앞에 어른거렸다.

"그럼, 낚시하러 가도 돼?"

"그렇게 해. 나는 상관없어."

그 길로 정원에서 도망치다시피 나와 차를 몰고 마리나로 향했다. 길을 가로막고 있는 빨간 신호등이 미울 정도로 마음이 바빴다. 배를 몰아 주말에 재미를 봤던 비치헤드라는 포인트로 갔다. 화이트글로우라는 주꾸미처럼 생긴 고무 미끼를 달아 채비를 내리자 막 오후 1시가 지났다. 그제야 길게 숨을 내쉬고 은연어가 좋아한다는 좀 빠른 트롤링을 시도했다. 바로 입질이 왔다. 역시 동급 최강답게 파이팅이 대단했다. 우연인가 싶었는데, 거푸 입질이 왔다. 허용되는 4마리를 잡는 데 채 한 시간이 안 걸렸다. 낚시를 오지 않았으면 어쨌나 싶었다.

다음 날 아침. 시치미를 뚝 떼고 선큰 가든 사무실에 들어섰다. 리키의 표정이 심상치 않았다. 내가 건넨 인사도 건성으로 받았다. 그렇다고 딱히 화를 내지는 않았다. 작업 지시에 따라 제이미와 한 조가 돼 화단으로 나갔다.

"어제 너 가버리고 나서 대단했어. 리키가 그렇게 화를 내는 건 처음 봤어."

아뿔싸! 설마 별일 있겠나 싶어 간 낚시였는데 기어이 사달이 나고 말았던 것이다.

"정말로?"

"그렇다니까. 자기가 슈퍼바이저인데, 누구 말을 듣고 마음대로 퇴근해버렸냐는 거야. 옆에 있던 쓰레기통까지 차버리더라니까."

낚싯바늘 매는 것부터 시작해 연어 종류별 낚시 요령에 이르기까지 하나부터 열까지 그에게서 배웠는데, 이제는 다 틀어지고 말았다. 앞이 캄캄했다. 당분간 연어의 'ㅇ' 자도 그 앞에서 꺼내지 않겠다고 다짐했다.

이듬해에 잔디 관리 부서로 발령이 났다. 슈퍼바이저 래리Larry S.는 낚시를 하진 않지만 연어로 만든 음식을 아주 좋아했다. 틈만 나면 마트에서 연어를 사다 바비큐를 하거나 오븐에 구워 먹었다며 침을 흘리며 얘기했다. 연어 통조림이며 훈제를 가져다주며 점수를 벌어갔다. 이 부서는 잔디가 하루가 다르게 자라는 오뉴월이 제일 바쁘다. 정작 한여름에 들어가면 성장이 둔화돼 그만큼 깎는 일도

:: 나의 연어낚시 스승이자 정원의 슈퍼바이저 리키 고든Ricky Gordon. 초보 시절에 연어가 잘 안 잡힌다고 울상을 짓자, 배를 사고 일 년 내내 연어 한 마리도 못 잡는 사람도 있다며 위로해줬다.

수월하다. 때로는 점심나절에 그날의 잔디 깎기가 끝나기도 했다. 그러면 퇴근까지 두어 시간 동안 일본 정원으로 파견돼 정원 일을 도왔다.

순둥이 리키를 화나게 했던 그 병이 다시 도지기 시작했다. 정오쯤에 잔디 깎기가 끝난 8월의 어느 날이었다. 래리를 찾아가 일을 마쳤다 말하고 눈치를 살폈다.

"일본 정원에 가서 토니 좀 도와줘. 왜? 무슨 할 얘기 있어?"

"그러니까……."

"또 낚시 가고 싶구나. 정말 대단하다. 가려면 다른 사람 눈에 안 띄게 조용히 가."

"고마워 래리! 역시 당신이 최고야!"

그렇게 한 달에 두세 번 중간치기를 하고 연어를 만나러 다녔다. 아내에게는 일이 끝나고 다녀왔다고 둘러댄 적도 있다. 다음 해에는 다시 부서를 옮겨 데이브의 팀으로 갔다. 잔디 깎는 일이 너무 힘들어 통사정해 옮긴 부서였다.

그러나 이를 어쩌랴! 데이브는 낚시를 하지 않는 것은 물론 생선을 쳐다보지도 않는 이였다. 회사에서 파는 핫도그를 좋아하는 사람으로만 알고 있었는데, 생선 냄새가 싫어 아예 근처에도 안 간다는 것이다. 된통 걸렸다. 아무리 달콤한 말로 꼬드겨봐도 요지부동이었다. 그의 입에서는 여지없이 이런 이야기가 튀어나왔다.

"너의 이전 슈퍼바이저들에게 들어서 다 알거든. 절대 안 돼!"

이런 딱한 사정을 아는 다른 동료들이 종종 나의 염장을 질러댔다.

"야! 날씨 좋네. 바다는 얼마나 좋을까?"

"너는 여기서 뭐하고 있어? 브라이언은 벌써 퇴근해서 낚시 가던데."

"작년에는 네가 빅토리아 앞바다의 연어를 싹쓸이해서 다른 사람들이 잡을 게 없었다고 하던데, 올해는 괜찮겠네!"

바로 옆에 데이브라도 있으면 그가 들으라는 듯 더 큰 목소리로 얘기들을 했다. 나는 그렇게 악명이 자자한 못 말리는 연어낚시꾼이었다. 데이브와 같이 일한 3년 동안, 정말로 딱 한 번 조퇴를 허락해줘 오후 낚시를 간 적이 있다. 묻지도 않았는데 말이다. 눈물이 다날 지경이었다.

외교사절 연어 씨

연어라면 자다가도 벌떡 일어난다는 오명을 달고 지냈지만 꼭 그런 것만은 아니었다. 풍족해진 냉동고 덕에 회사 동료 정원사 중 내가 잡은 연어를 먹어보지 않은 이가 드물었다.

젊은 동료들을 불러 연어회와 초밥을 무시로 해 먹었다. 배를 산 뒤 치렀던 명명식과 고사에 참석했던 이들은 빠짐없이 불러 나눠 먹었다. 메간, 카일리 자매, 제이미, 스코티, 라이언. 본부장의 딸 첼시가 방학을 이용해 정원 일을 했는데, 매년 연어 한두 마리는 들려 보냈다. 내심 아버지와 맛있게 먹으라는 의중이 담기기도 했다. 그녀의 남자 친구와 함께 낚시를 간 적도 있다. 본부장이 내가 보낸 연어를 잘 먹었노라고 하는 날에는 정말 기분이 좋았다.

일 년에 한 번씩 몇몇 동료를 집으로 초대해 여는 '코리안 바비큐 데이' 때도 전채 요리로 연어 샐러드를 내놓았다. 케네디 씨는 물론 제나, 토니, 제이콥, 이라이가 이 새콤한 샐러드를 맛본 동료들이다. 캐티아, 힐러리 같은 독신자에게는 연어 통조림을 선물했고 와인을 좋아하는 존 가이에게는 훈제 연어를 선물했다. 아들과 캠핑을 간다는 브래드에게는 구워 먹으라고 연어 한 마리를 통째로 주기도 했다.

닭농장을 부업으로 하는 카를과는 물물교환을 했다. 그의 다섯 아이들은 닭에 물려 있었고 내 두 아들은 더 이상 연어로 만든 음식을 반기지 않고 있어 성사된 거래였다. 어느 주말 아침, 카를과 통화하고 길을 나섰다. 차로 30분 거리 북쪽의 자그마한 동네에 사는 그였다. 얼려놓은 연어 댓 마리와 통조림도 몇 개 챙겼다. 거기에 횟감용으로 손질해둔 연어 두어 조각, 엄마가 한국에서 짜 보내신 참기름과 구운 김 한 봉지를 덤으로 얹었다. 그의 집에 도착하자 카를이 아내와 두 아이와 함께 나왔다. 들고 온 쿨러를 트렁크에서 꺼냈다.

"뭐가 이렇게 많아?"

"골고루 먹어보라고. 이 횟감은 말이야, 냉장실에서 적당히 녹인 다음 이 참기름을 소금에 섞어 살짝 찍어 김에 싸 먹어봐."

156

:: 우리 집 뒷정원에서 부차트 가든 동료들과 함께한 한국식 바비큐 파티.
이날 전채 요리로 '오리엔탈 드레싱 연어 시금치 샐러드'를 내놓았다.

"우리 애들이 '사시미'를 좋아하는데 잘됐다. 고마워!"

쿨러를 들고 안으로 들어갔던 카를이 그 속에 닭을 담아서 나왔다. 언뜻 봐도 토실토실한 닭 여섯 마리가 들어 있었다.

"아이들에게 닭털을 뽑으라고 시켜놓았더니 잔털이 남은 게 좀 있더라고. 잘 처리해서 먹어."

한동안 두 가족 모두 행복했다. 닭을 좋아하는 우리 아이들의 식탁에는 훌륭한 캐나다 토종닭으로 끓인 한방백숙이 올랐고 카를 가족의 식탁에는 연어 스테이크가 차려졌다. 그 뒤에도 몇 번 더 이 원시적 물물교환이 이뤄졌다.

연어는 동네 지인들에게도 훌륭한 외교사절이었다. 낚시를 배우던 초기에 동고동락했던 니모 형님, 내가 정원을 돌봐드리는 마리아 할머니, 수인이네, 이웃집 테드 할아버지도 여러 번 내가 잡은 연어 맛을 보신 분들이다.

내 주변 사람들만이 아니었다. 중학교에 올라간 작은아들 현우가 담임선생님이 연어를 좋아한다며 좀 줄 수 없겠냐고 했다. 현우는 자기가 낚은 연어로 만든 훈제며 인디언캔디, 통조림, 횟감용을 담아 선물 바구니로 만들어 가져갔다. 아내도 종종 연어를 가져다 날랐다. 학교에서 같이 일하는 사람이나 다른 지인에게 크리스마스 선물로 요긴하게 써먹었다. 큰아들 재유도 친구 부모님께 선물한다며 연어캔과 와인을 종종 들고 나갔다. 물론 가장 많은 양의 연어는 한국으로 들어갔다. 인편이 생길 때마다 본가와 처가에 횟감부터 훈제까지 자그마한 쿨러에 가득 채워 보냈다. 연어가 나를 대신해 고향 방문 사절 노릇을 톡톡히 한 셈이다.

굿바이, 나의 연인

이 모든 일들이 바로 내 작은 배, 에게리아가 있어서 가능했다. 그러나 나는 그녀의 고마움을 모른 채 너무나 모질게 대했다.

트럭으로 매번 끌고 다니는 게 힘들어 마리나에 정박시키는 무어링mooring을 시작한 후 이 사랑스러운 연인은 온갖 풍상을 혼자 감내했다. 거센 바람과 장대비를 온몸으로 맞았고 갈매기가 갈긴 똥을 뒤집어쓰며 지냈다. 몸통에서는 해초와 따개비가 붙어 자랐고 주변에 떠다니던 기름때가 엉겨 붙었다.

두세 달에 한 번 집으로 데려와 청소해주고 엔진오일도 갈아주며 보살폈지만 속병이 드는 것은 어쩔 수 없었다. 깔끔했던 전 주인은 매번 낚시를 다녀오면 엔진에 수돗물 호스를 대고 공회전을 해줘 내부에 남은 염기를 제거했다는데 그걸 자주 못 해주니 마음에 걸렸다.

5년 동안 300번 이상 나를 싣고 바다를 떠다녔다. 한 번 나가 평균 5시간 있다 해도 1500시간 넘게 바다를 누빈 셈이다. 살아 있는 생명체였다면 몸살을 앓아도 몇 번을 앓았을 것이다. 별다른 투정 없

159

이 무심한 나를 태우고 다니던 그녀가 어느 날 처음으로 아프다는 소리를 냈다.

"삐이이~"

2013년 9월 27일이었다. 마리나를 막 빠져나와 속도를 내려는데 날카로운 경고음이 울렸다. 그러더니 엔진이 속도가 나질 않고 천천히 가는 것이었다. 낚시를 어찌어찌 마치고 배를 끌고 집에 왔다. 다음 날 출근해 회사에서 기계 정비를 하는 스콧에게 물었다.

"배에서 삐 하는 소리가 나는데 왜 그러는 거야?"

"아마도 엔진 과열을 방지하기 위해 부착된 자동온도조절장치 thermostat가 나갔을 거야. 공장에 끌고 가면 금방 고칠 수 있어."

별일 아니라는 그의 말에 안심이 됐다. 퇴근 후 배를 끌고 머큐리 엔진을 전문으로 다루는 공장에 갔다. 증상을 얘기했더니 스콧이 했던 것과 같은 말을 했다. 사나흘 뒤에 다 고쳤다고 연락이 와서 찾아왔다. 그러고 다시 바다로 나갔다. 두어 달을 별 탈 없이 버텨냈다.

그해 겨울에는 아예 집에 데려와 푹 쉬게 했다. 소위 겨울을 나기 전에 해준다는 서비스winterizing도 해줬다. 엔진 속에 남아 있는 물이 얼어 손상을 입지 않도록 깨끗이 물을 빼주고, 바닷물이나 연료에 의한 부식을 막을 수 있는 처리를 한 것이다. 지난 3년여 동안 한 번도 생각해보지 못한 일이었다. 그냥 바다에 띄워두고 겨울을 지내게 했었다. 얼마나 야속했을까?

이듬해 봄까지는 그럭저럭 버텨줬다. 그러나 여름이 되고 출조 횟수가 늘어나자 다시 아픈 소리를 냈다. 공장에 데려가 이전과 같은 증상이 반복되고 심지어 엔진이 심하게 흔들리기까지 한다고 말했다. 며칠 뒤 몇 가지 더 손을 봤다며 가져가라 했다. 그해 9월 초에 한국의 가족들이 빅토리아에 다니러 왔다. 낚시를 좋아하는 막내를 태우고 연어낚시를 나갔는데 다시 삐~ 하는 소리가 나는 것이었다. 가까운 곳에서 연어 한 마리를 겨우 낚고 배를 끌고 집에 왔다.

중병을 앓고 있는 게 틀림없어 보였다. 이러지도 저러지도 못하고 이듬해 봄까지 기다렸다. 그리고 다시 공장에 찾아갔다. 며칠 뒤 정비공이 전화를 했다. 공장으로 달려가 보니 엔진이 완전히 해체된 흉측한 모습이었다.

"여기를 좀 보세요. 엔진을 식히기 위해 바닷물을 끌어올리는 통로와 옆으로 지나가는 배기가스 통로가 서로 뚫려 있어요."

어두운 엔진 몸체 속으로 손을 집어넣은 정비공이 손전등을 켜 불빛이 투과되는 지점을 보여줬다. 내부가 삭아서 생긴 틈이라고 했다.

"그러면 어떡해야 하죠?"

"이 몸체를 통째로 바꿔야 합니다. 주물로 생산된 것이라 납땜해서 쓸 수는 없어요."

"얼마나 하는데요?"

정비공은 잠시 뜸을 들였다.

"한 1000달러 정도는 들 겁니다. 물론 그와 비슷한 인건비가 추가될 거고요."

161

그러나 문제는 따로 있었다. 엔진 수명이 거의 다 돼서 그 부분을 새로 바꿔 단다고 해도 1, 2년밖에 못 쓸 것이라고 했다. 더구나 지금까지 다른 것들을 손보느라 1200달러 정도의 비용이 이미 발생했다고 한다. 후회가 밀려왔다. 평소에 좀 더 살뜰히 돌봐줄걸, 너무 혹사를 시켰구나!

사장을 찾아 얘기를 나눴다.

"지금 이 상태로 가져가도 1200달러를 내야 하고 2000달러 이상을 추가로 들여도 한두 해 타면 수명이 다한다는 거죠. 어떻게 해야죠?"

"글쎄요. 지금 그 모터는 버리고 중고품이나 새것을 하나 사서 다는 것도 방법입니다."

"얼마나 하는데요?"

"2000에서 3000달러는 들어갈 겁니다."

아! 한숨이 절로 나왔다. 그만한 목돈을 내 취미 생활에 쓰겠다는 결정을 선뜻 할 수 없었다. 뭔가 특별한 대안이 필요했다.

"사장님! 이렇게 하면 어떨까요?"

"어떻게요?"

"이 배를 사장님께 팔겠습니다. 아직 선체와 트레일러는 쓸 만하니 사장님이 엔진을 새로 달아 파시면 되지 않겠습니까?"

"얼마에 파시려고요?"

"딱히 생각한 금액은 없습니다. 우선 지금까지 들어간 비용을 모두 변제해주시고 아이들과 배를 빌려 낚시를 한 번 갈 수 있게 500달러 정도를 현금으로 주시면 어떨까 합니다."

잠시 생각하던 사장은 그렇게 하라고 했다. 그리고 그 자리에서 명의이전 서류에 사인했다. 집에 돌아오자 아내가 물었다.

"배는 어떡하고?"

"팔았어. 500달러 받았어."

그렇게 4년 8개월간 동고동락했던 나의 연인이 떠났다. 비바람을 뚫고, 안개 속을 헤매며, 거친 파도를 가로질러 나를 연어가 있는 곳에 데려다주었던 그녀와 어쩔 수 없이 영영 이별하고 말았다.

2부

연 어 가 건 네 온
이   야   기

연어와 함께
한국에 가다

막냇사위의 깜짝 방문

"지나가는 사람인데 밥 한술 주실 수 있습니까?"

"누구신데요?"

"배가 고파서 그러는데, 일단 이 문 좀 열어주세요."

구부정한 자세로 쓰레기봉지를 들고 마당으로 나오시던 노인네는 대문 밖에서 들려오는 난데없는 목소리에 적잖이 당황했다.

"어머니, 저예요. 막냇사위입니다."

"어! 누구라고요? 막냇사위?"

촘촘한 쇠기둥으로 만든 대문으로 다가서는 노인의 목소리에 의심이 잔뜩 배어 있었다. 목소리의 주인공이 누구인지 가늠해보시려는 듯 고개를 좌우로 움직여 대문살 틈으로 바깥을 살피셨다.

"그럴 리가. 우리 막냇사위는……."

환한 낮이었다면 문밖의 사람을 어렴풋이 알아보셨을 것이다. 그러나 이미 짧은 겨울 해가 지고 사방이 어둑해져 있었다. 장난기가 발동해 시작했지만 그 정도에서 상황을 정리해야 했다.

"그렇다니까요. 캐나다에서 온 막냇사위입니다."

"뭐라고? 재유 아빠가 이 밤중에 어인 일이여?"

경계심이 잔뜩 묻어 있던 노인의 목소리가 놀라움과 반가움이 뒤섞인 듯 가볍게 떨리며 높아졌다. '캐나다'라는 말에 확신이 서신 모양이었다. 자물쇠를 누르고 대문을 여신 장모님은 진짜네, 막냇사위네, 하시며 내 손을 그러쥐셨다.

여행가방을 끌고 거실에 들어서자 장모님이 불 꺼진 안방에 대고 목청을 높이셨다.

"일어나 봐요. 재유 아빠가 왔네."

별로 달라진 게 없어 보이는 거실은 좀 춥다 싶을 정도로 썰렁했다. 기름보일러에서 나온 따뜻한 물이 집 안 전체를 다 돌지 못하고 안방에서만 맴도는 게 틀림없었다. 언제나처럼 기름을 아낀다며 다른 방 온수관을 꼭꼭 잠가놓으셨을 것이다. 무더운 여름철에도 전기료 걱정에 거실 한편에 세워져 있는 에어컨을 좀처럼 틀지 않으셨으니 말이다. 사남매가 모두 결혼해 집을 떠나고 두 분만 지내신 지

벌써 20년. 이렇게 절약하며 사시는 게 몸에 배신 분들이다. 오늘도 단출한 저녁을 드시고, 일일 연속극이 끝난 뒤 냉랭한 집에서 잠을 청하시던 참이었을 것이다.

"누가 왔다고? 재유 아빠가 왔다고?"

:: 빅토리아에 다니러 오셨던 장인어른. 계곡으로 난 산책길에서 산란 후 죽은 연어를 만져보시기도 했고, 손자들과 놀러 간 바닷가에서 어부 동상과 함께 포즈를 취하기도 하셨다.

169

연어가 건네온 이야기

난데없는 소란에 설핏 들었던 잠에서 깨 나오시던 장인께서 거실 전등불이 눈부신지 실눈을 뜨고 계셨다.

"아니, 이게 웬일이여. 미리 기별을 했으면 작은 방에 불이라도 넣어두었을 텐데."

몇 년 만에 예고도 없이 나타난 사위가 반갑기도 하셨겠지만, 장인께서는 인사를 받자마자 부엌 뒷문을 열고 나가셨다. 잠가놓았던 온수관을 열러 가신 모양이었다.

"재유 아빠? 저녁은 먹었어?"

이번에는 장모님 얼굴에 잔뜩 근심이 배어 있었다. 사실 배가 고팠다. 아무에게도 연락하지 않고 온 탓에 마중 나온 이가 없었다. 처음 타본 공항전철에 지하철과 버스를 갈아타며 달려온 터라 밤 9시를 훌쩍 넘겼다. 안 그래도 헛헛한 기내식이 그 시간까지 버티고 남았을 리 만무했다. 어쩐다니, 저녁에 먹고 남은 된장찌개뿐인데, 하시며 장모님이 잘 펴지지도 않는 허리를 달래며 뚝배기를 불에 올리고 냉장고에서 조기 두어 마리를 꺼내 프라이팬에 기름을 둘러 구워 내셨다.

어디서도 맛보기 힘든 장모님의 된장찌개는 예전 그대로였다. 손수 담근 된장은 여느 집의 그것과 달리 짠맛이 덜하고 맑고 순해 장모님의 성품을 빼닮았다. 그 된장을 멸치 육수에 풀고 데쳐둔 부드러운 시래기와 함께 끓이신다. 여기에 매콤한 고추를 잘게 다져 넣고 고춧가루 한 숟가락 정도가 더해지면 그만이다. 부드러우면서도 뒷맛이 칼칼해 숟가락이 절로 간다.

"그나저나, 웬일이래? 아무 연락도 없이."

열심히 숟가락을 놀리는 사위를 물끄러미 보던 장모님이 물으셨다. 이게 꿈인지 생시인지 아직도 분간이 안 가네, 하시면서.

"아, 내일이 아버님 생신이잖아요. 제가 미역국 끓여 생신상 차려드리려고요."

그랬다. 다음 날이 장인어른의 여든 번째 생신, 그러니까 팔순이 되시는 날이었다. 한국에 있는 가족들이 벌써 며칠 전 주말에 생신상을 차려드렸지만, 정작 당일 날 적적하실까 봐 왔다고 말씀드렸다.

"그래도 그렇지. 사람 놀라게 이렇게 갑자기……."

"죄송합니다. 그런데, 깜짝 선물이라는 것도 있잖습니까? 내일 생신상을 제가 멋지게 준비해드리려고 그랬어요. 많이 놀라셨다면 다음부턴 안 그럴게요."

그제야 들고 온 가방 안에 있던 연어가 생각났다. 직접 배를 타고 나가 잡은 연어를 횟감으로 포 떠서 진공 포장해 얼려두었다. 그 연어들을 조그마한 쿨러백에 담아 왔다. 꺼내본 연어들은 녹지 않고 여전히 단단했다. 잡은 연어를 식품공장에 맡겨 훈제한 것과 통조림으로 만든 것도 내놓았다.

"이게 다 뭐래? 많이도 가져왔네."

조금 전만 해도 반가움보다 난처한 기색이 역력했던 장인도 펼쳐놓은 연어를 보자 얼굴이 환해지셨다. 장모님이 생각나는 게 있는지

171

한마디 거드셨다.

"작년에 손자들 편에 보낸 연어를 어찌나 좋아하셨는지 몰라. 밖에 나갔다 들어오시기만 하면, 연어 남은 거 없어? 있으면 좀 내놔봐, 하시면서 매일같이 드시더라니까."

허허허 하며 헛웃음 짓고 계시는 장인어른을 슬쩍 본 장모님이 말을 이으셨다.

"아껴 드신다고 했지만, 금세 떨어졌어. 웬만큼 좋아하셔야지."

고마움과 미안함이 함께 묻어나는 말씀이었다. 그러나 장인어른이 그토록 연어를 좋아하신다는 게 도리어 나에게는 큰 기쁨이자 고마움이었다. 멀리 떨어져 살아 필요한 때 제대로 찾아뵙지도 못하는데, 연어가 그 빈자리를 조금이라도 메운 것 같았다.

"그래서 제가 또 배달 왔잖아요? 하하하!"

장례식장에 간 아들

가족 없이 다른 나라에서 이민 생활을 한다는 것을 실감할 때가 종종 있다. 우선 음력설이나 추석 같은 명절날이 조용히 지나갈 때가 그렇다. 크리스마스 즈음에 분주한 주변 사람들을 볼 때도 마찬가지다. 일 년 내내 한 번도 경조사에 갈 일이 없다. 아이들 돌보는 일 말고는 너무나 한가한 주말이라는 점도 여기가 타국이라는 것을

172

상기시켜준다.

한국에 있을 때는 시도 때도 없이 날아오는 청첩장과 부고에 주말에도 집에 있을 틈이 없었다. 20, 30대 때는 결혼식장을 누비고 다녔고 마흔이 가까워지면서 틈틈이 전해지는 부음을 듣고 장례식장을 드나드는 횟수가 늘어갔었다. 영정으로 처음 뵌 직장 동료의 부친도 있었고, 뵌 지 20년은 족히 넘은 친구 어머니의 장례식장을 찾아가기도 했다. 그뿐 아니라 집들이, 돌잔치, 가까운 분의 회갑연, 칠순잔치까지……

솔직히 힘들고 부담스러웠다. 게다가 아버님을 일찍 여읜 뒤로는 어머니가 꼭 챙기셔야 하는 소소한 애경사가 대부분 내 일이 됐다. 어머니를 모시고 이리저리 찾아다니는 날엔 하루해가 정말 짧았다.

이민 생활 초기에는 한가한 주말이 퍽 낯설었다. 오라는 데도, 가야 할 곳도 딱히 없기 때문이었다. 물론 막내 동생이 딸을 낳았는데도 못 가보고, 심지어 선친의 납골묘를 옮기는 자리에도 맏이인 내가 함께하지 못해 속상하고 미안했다. 캐나다 생활 10년이 다 돼가지만, 경조사에 찾아간 게 다섯 손가락 안에 꼽을 정도다. 그렇다고 아쉽거나 허전하다고 느낀 적은 없다. 오히려 한가한 주말에 낚시를 하거나 부업으로 다른 집의 정원을 돌봐주며 심심치 않게 지낼 수 있어 좋았다. 그러나 예기치 않은 일이 터졌다.

"아빠, 우리는 어디 결혼식이나 장례식에 갈 데 없어?"

어느 주말 아침, 네 식구가 둘러앉아 브런치를 먹는데 큰아들 재

유가 불쑥 던진 말이었다. 뜻밖의 말에 우리 부부는 누가 먼저랄 것
도 없이 서로를 쳐다봤다.

"나도 그런 데 가보고 싶은데……."

"여기엔 친척도 없고 엄마 아빠가 오래전부터 알고 지내던 친구들
이 없어서 그래. 이제 네가 크면서 주변에 그런 일이 생길 거야."

내가 마땅한 말을 찾지 못해 우물쭈물하는 사이 아내가 대답했다.
학교를 다니는 데에 별 문제가 없어 보이고, 종종 친구들과 어울리
는 파티에 다니기도 해 잘 적응하고 있다고 믿었던 아들이다. 그런
데 가슴 한편에 채워지지 않아 허전한 부분이 있던 모양이다.

그런데 그리 오래지 않아 재유에게도 그런 일이 생겼다. 어느 파
티에서 만나 마음이 잘 통했는지 스쿼시를 같이 치러 다니던 친구
가 아버님을 여읜 것이었다. 어찌된 일인지, 재유는 장례식에 초대
받았다. 옷을 챙기느라 이리저리 오가는 재유의 모습에서 약간 들떠
있는 기색이 보였다.

고등학교를 막 졸업한 해에는 중고등학교를 같이 다녔던 친구의
누나 결혼식에 초대받았다. 함께 초대받은 친구와 선물을 산다, 입
고 갈 옷을 준비한다며 부산을 떠는 아들의 모습이 즐겁고 행복해
보였다.

나에게도 결혼식에 참석할 수 있는 좋은 기회가 있었다. 같은 팀
원이 장가를 간다는 것이었다. 그 전해에 다른 팀의 직원이 결혼할
때 팀원을 모두 초대한 기억이 떠올라 내심 초대장 받을 날을 기다

렸다. 많은 캐나다 남녀가 그렇듯, 먼저 집을 얻어 동거를 시작했고, 일 년이 지나 약혼하고 결혼 날짜를 잡은 친구였다. 결혼식 훨씬 전에 신혼집을 사더니 크리스마스 즈음에는 팀원들을 초대해 집들이 겸 연말 파티를 열었다. 그런 팀원의 결혼식에 초대받지 못한다면 오히려 이상할 일이었다.

그러나 웬걸! 그 동료는 팀원들이 아침에 모이는 사무실에서 아무도 결혼식에 초대를 못 하니 이해해달라는 말을 했다. 본부장이나 팀장은 물론 가든 직원을 아무도 부르지 않기로 했다는 것이다. 누구는 부르고 누구는 뺄 수 없어 내린 결정이란다. 직계 가족과 친한 친구 50여 명만 참석할 것이라고 했다. 나 원 참!

얼마 전에는 약혼을 한 또 다른 동료에게 축하한다고 했더니, 결혼식을 하면 나를 초대하겠다고 했다. 이번에는 진짜 가보려나 했다. 그러나 이 친구는 말을 꺼낸 지 서너 달이 지나자 결혼식을 당분간 미루기로 했다며 미안해했다. 생각보다 많이 들어가는 비용을 마련하기 위해 시간이 더 필요하다고 덧붙였다.

"그럼, 언제쯤 할 것 같은데?"

"글쎄. 지금으로선 얘기하기 힘들어."

아쉬워하는 나의 속마음을 아는지 모르는지, 그는 언제 할지 모르겠다는 말만 되풀이했다. 그러던 올해 초 이 친구가 약혼자와 헤어졌다고 했다. 무려 4년간 같이 살고 내린 결론으로는 좀 허무했다. 아! 언제쯤 나도 번듯하게 차려입고 결혼식에 참석해볼까?

장인어른의 생신상은 저녁에 차렸다. 아침 일찍 나가신 탓이었다. 소일거리 삼아 하시는 일이지만 생신날이라고 거를 수 없다고 하시면서. 시간이 좀 생긴 나는 장을 봐서 저녁 준비를 했다. 마침 오빠의 생신 안부를 물으려 전화했다가 내가 온 사실을 안 막내 고모님 내외도 오신다 했다.

먼저 미역을 불려 국을 끓였다. 국에는 '캔디드 살몬' 혹은 '인디언 캔디Indian candy'라 불리는 훈제 연어를 잘게 찢어 넣었다. 대개 연어를 훈제할 때는 넓적한 생선 원형 그대로 쓰지만, 이 캔디드 살몬은 가래떡처럼 길게 잘라서 쓰는 것이 특징이다. 훈제할 때 메이플시럽이나 설탕을 소스에 첨가해 달짝지근한 맛이 일품인 가공식품이다. 국이 끓으면서 이 캔디드 살몬에서 뽀얀 물이 우러나와 마치 사골을 넣은 것처럼 보였다.

횟감 연어를 냉장실에서 녹여 초밥과 연어회 준비도 마쳤다. 냉장실 해동은 연어 본래의 맛을 그대로 즐길 수 있는 방법이기도 하다. 얼었던 연어를 그냥 상온에서 녹여 먹었더니 비린내가 많이 났다. 궁리 끝에 김치 냉장고나 냉장실에서 천천히 해동했더니 잡내가 전혀 없는 맛있는 연어를 즐길 수 있었다.

마지막으로 회심의 역작 '오리엔탈 드레싱 연어 시금치 샐러드'. 어느 잡지에서 우연히 보고 만들어보았는데 아내가 가장 좋아하는 연어 요리가 되었다. 집에 손님이 찾아왔을 때 내놓아도 항상 좋은 평을 받았다. 마늘, 양파, 쪽파 따위를 간장과 참기름, 레몬즙, 식초, 올리브오일과 섞어 소스를 만들었다. 여기에 레몬껍질을 얇게 갈아 섞어주면 상큼한 맛이 배가된다. 연어는 초밥용으로 썰듯 얇게 잘라 올리브오일, 후추, 레몬즙과 소금을 약간 뿌려 밑간을 해둔다. 그리고 넓은 접시 가운데에 샐러드용 시금치 싹을 올리고 주변을 한 조각씩 롤을 말아 둘러 세운다. 그 위에 오리엔탈 드레싱을 살살 끼얹으면 끝이다.

점심나절 조금 지나 장인어른이 들어오셨다. 오래지 않아 고모님 부부께서 도착하자 곧 상을 차리기 시작했다. 고슬고슬하게 지은 밥으로 초밥을 만들고 미역국과 샐러드도 올렸다.

"대단하네, 박 서방. 이렇게 차려드리려고 그렇게 쥐도 새도 모르게 그 먼 데서 날아왔어?"

어느 정도 구색이 갖춰진 상을 앞에 두고 언제나 쾌활하신 고모님이 칭찬을 건넸다.

"식기 전에 어서 드세요. 입맛에 맞으면 좋겠어요."

다행히 아버님은 물론 다른 분들도 맛이 좋다며 잘 드셨다. 이렇게 내 손에 잡힌 연어가 장인어른의 여든 번째 생신상에 올랐다. 정말 고마운 연어다.

:: 바람을 품지 못한 돛단배는 움직일 수 없다. 앞으로도 뒤로도 나아가지 못하고 제자리에서 물결치는 대로 흘러가야 한다. 나에게 장인어른은 순하고도 넉넉한 바람 같은 분이다. 내가 가고 싶은 곳으로 조용히 밀어주시는 분. 장인어른은 연어를 정말 좋아하신다. 조금이라도 보답하고 싶은 내 마음을 연어로 전할 수 있어 다행이다.

사람은 연어에게
책임이 있다

재유의 가재 버거

"아빠 나와봐! 가재 잡아왔어!"

"어디서 가재를 잡았어?"

"집 바로 옆에 있는 개천에서."

집을 사서 이사 온 지 두어 해 뒤 일이다. 고등학생이 된 큰아들이 어느 날 이렇게 호들갑을 떨었다. 설마 하면서 아들이 들고 있는 자그마한 플라스틱 통을 들여다봤다. 토실토실해 보이는 가재 네댓 마리가 꾸물거리고 있었다.

"정말이네. 그저 도랑물인 줄 알았는데 깨끗한 모양이네."

"아빠, 그런데 송사리만 한 작은 물고기도 굉장히 많던데. 꼭 새끼 연어들 같았어."

"여기까지 연어가 올라와서 알을 낳는단 말이야?"

"글쎄, 그건 잘 모르겠지만 틀림없이 새끼 연어들 같았다니까."

아들은 어렸을 때부터 바닷가에 나가든, 계곡에 놀러 가든 이리저리 바위틈을 뒤져 살아 있는 생명체를 찾으며 놀기를 좋아했다. 책에서 보았던 생물의 이름과 특성을 신기할 만큼 잘 기억했다. 그런 아들이 연어의 새끼들이 집 앞 개울가에 사는 것 같다고 하니 믿을 수밖에.

머지않아 아들의 말이 더 설득력을 얻었다. 11월에 접어든 어느 날, 그 개울을 따라 나 있는 숲길을 산책하다 커다란 물고기 서너 마리를 발견했다. 틀림없이 연어였다. 혼인색을 띠어 은빛의 몸이 갈색으로 변했고 군데군데 퍼져 있는 검푸른 띠가 불규칙하게 온몸을 감싸고 있었지만 틀림없이 연어였다. 다시 일주일 후에 그곳에 가봤다. 연어들이 꽤 늘어나 있었고 산란을 하기 위해 꼬리로 자갈 바닥을 열심히 파헤치는 모습도 볼 수 있었다.

눈으로 직접 확인하고도 믿기가 어려웠다. 빅토리아는 인구 35만이 사는 결코 작지 않은 도시인데 동네 개천까지 연어가 올라온다니. 여기까지 오려면 번잡한 도심을 지나왔어야 하는데 깨끗한 물길이 여기까지 연결되어 있다는 게 믿기지 않았다. 그 뒤로 눈여겨보니 시내를 지나는 개천들 주변에는 연어 모양이 그려진 자그마한

:: 집 앞을 흐르는 개천에도 연어가 올라와 알을 낳는다.
연어가 찾는 곳에는 이처럼 표지판을 세워둔다.
아들은 이곳에서 친구들과 가재를 잡아 구워 '가재 버거'를 만들어 먹는다.

표지판들이 세워져 있었다. 어미 연어들이 산란을 위해 오르고 또 새끼 연어들이 바다로 나가는 통로라는 뜻이었다.

재유는 이후에도 여름철만 되면 이 개울에 나가 가재를 잡아 왔다. 자그마한 뜰채를 만들어 친구들과 함께 가재를 잡아 가재구이를 해 먹었고, 어떤 때는 햄버거 빵에 우리 집 텃밭에서 키운 깻잎을 따서 깔고 구운 가재 살을 발라 얹은 '가재 버거'를 만들어 먹기도 했다. 금발머리의 백인 친구들도 세상에서 유일한 이 가재 버거를 정말 맛나게 먹었다.

빅토리아 사람들이 지키려고 애쓰는 것은 비단 하천만이 아니다. 동물을 보호하는 데도 지극정성이다. 집 앞을 태연히 활보하는 사슴을 만나는 것은 예삿일이다. 어느 해 봄에는 집 앞 정원에 심어놓은 튤립의 예쁜 새싹들이 싹둑싹둑 잘려나갔다. 틀림없이 사슴 녀석들의 짓이었다.

집에서 한 시간 정도 거리에 있는 숲길을 산책하다 흑곰black bear을 본 적도 있다. 아내와 내가 걷던 길 10여 미터 앞에서 흑곰 한 마리가 잽싸게 길을 가로질러 숲으로 들어갔다. 여름철 밤중에는 집 담장을 타고 엉금엉금 기어가는 너구리도 쉽게 만날 수 있다. 청설모는 수시로 뒤뜰에 심은 무화과나무를 오르내린다. 일 년에 한두 번은 쿠거퓨마가 목격됐으니 조심하라는 소식도 들린다. 산간 오지도 아닌데 참 믿기 힘든 얘기들이다.

야생동물이란 존재가 다소 불편하거나 불안할 수도 있지만, 이곳

사람들은 다른 생명체들과 자연을 공유하며 살아야 한다고 생각하는 것 같다. 철새들이 날아오는 습지는 최대한 보존해 그들의 보금자리로 남겨두고, 수백 년 자란 고목을 피해 길을 닦는다. 풍족한 자연자원을 보유한 나라에서 이렇듯 보존에 열을 올리니 언뜻 이해가 가지 않기도 했다. 그러나 캐나다 사람들은 개발과 파괴의 역사 속에서 '있을 때 지켜야 한다'는 소중한 교훈을 얻었고 유별나다 싶게 이를 실천하려 노력한다.

낚시면허제도

내가 피부로 느끼는 캐나다의 자연 보호정책은 바로 낚시면허제 fishing license이다. 상업적으로 조업하는 어선뿐 아니라 여가 활동으로 낚시하는 사람도 반드시 갖춰야 하는 허가증이다. 방문 중인 외국인이라고 예외를 두지 않는다.

매년 4월 1일이 되면 새로운 낚시면허가 시작된다. 최장 1년까지 보유할 수 있는 이 면허는 민물과 바다에서 쓸 수 있는 두 종류로 나누어 발급된다. 당연히 두 곳을 오가며 낚시를 즐기고 싶으면 둘 다 보유해야 한다. 낚시면허는 1년 또는 5일, 3일 그리고 하루짜리가 있다. 1년짜리 바다낚시 면허는 22달러에 온라인사이트, 낚시점, 마리나 사무실에서 구입할 수 있다. 그러나 65세 이상 노인은 할인해주고 16세 이하는 무료로 발급해준다.

하지만 '연어낚시'를 원하는 경우에는 별도로 6달러를 내고 '연어 보호 인지Salmon Conservation Stamp'를 사서 붙여야 한다. 외국인의 경우에는 연간 낚시면허를 구입하기 위해 106달러를 내야 한다.

민물낚시 면허는 더 비싸다. 연간 36달러이며 강철머리송어, 무지개송어, 연어 등 몇몇 어종에 대해서는 역시 보호 인지를 별도 구입해야 한다.

바다낚시 면허증에는 왕연어, 쥐노래미lingcod, 넙치halibut를 잡는 경우에는 날짜와 잡은 지역을 기록해야 하는 공간이 있다. 낚시꾼이 연간 잡을 수 있는 총 마릿수를 제한하는 어종들이기 때문이다. 이를 위해 해수역을 세분해 일련번호를 붙여놓았다.

예를 들어 빅토리아 도심 앞쪽 바다는 19, 내가 주로 낚시하는 수크 쪽은 20, 그 서북쪽은 21로 정하는 식이다. 심지어 20번 수역 안에서도 다시 쪼개어 관리하는데 나는 주로 20-5 구역에서 낚시한다. 물론 구역마다 낚시가 허용되는 어종, 마릿수 등이 다르게 적용된다. 지역마다 분포하는 어종의 개체수와 레저 낚시 인구를 감안해 운영하는 것으로 보인다. 어떤 때는 내가 사는 지역이 홍연어 낚시 금지 시기이지만, 북쪽의 포트 알버니나 포트 하디에서는 허용되기도 하는 식이다.

그러나 낚시면허를 샀다고 끝난 것이 아니다. 면허증은 정부의 엄격한 규제 시스템을 잘 따르겠다고 약속하는 서약에 가깝다. 한국의

Fisheries and Oceans Canada / Pêches et Océans Canada

PACIFIC REGION   TIDAL WATERS SPORT FISHING LICENCE

2016-2017
1-1-RB-1461496-▒▒▒

Resident

Licencee:	PARK, SANG HYEN SH	Valid:	01 APR 2016
Gender:	M	Expires:	31 MAR 2017
Date of Birth:	▒▒ 1967	Issue Date:	14 APR 2016
Address:	▒▒ VANALMAN AVE	Reprint Date:	
	VICTORIA, BC	Reprint No.	
	V7Z3V1 CANADA	Category:	RAA-ANNUAL
Telephone:	250 896 ▒▒	Fee Paid:	$28.35 *

*GST Included GST No. R121491807

Salmon Conservation / Conservation du Saumon

CONDITIONS OF LICENCE - It is the responsibility of the licence holder to comply with the *Fisheries Act* and Regulations. The following licence conditions apply to the 2016-2017 Tidal Waters Sport Fishing Licence:

Crabs: No person shall possess female Red Rock or Dungeness Crabs.

Halibut: No person shall exceed the halibut possession limit of two (2). No person shall fail to comply with the following length restrictions. The maximum length for halibut is 133 cm and only one (1) of the two (2) halibut in your possession may be greater than 83 cm in length. No person shall catch and retain more than six (6) halibut under the authority of this licence.

Salmon: No person shall use a barbed hook when fishing for salmon, cutthroat and steelhead.

Area 9 Special Management Zone (SMZ): From June 1 to September 15, no person shall angle with a fishing line or downrigger line which is attached to a weight greater than 227 grams (8 ounces) or an attracting device that is not affixed directly to the hook in those waters inside a line between fishing boundary signs located at Rutherford Point and McAllister Point. No person shall retain more than two (2) chinook in this area during this time period. All chinook retained in this area shall be recorded on the licence as being taken in Area 9 SMZ.

Area 13: From July 15 to September 30, no person shall angle with a fishing line or downrigger line to which is attached a weight that is greater than 168 grams (6 ounces) or an attracting device that is not affixed directly to the hook in those waters of Discovery Passage and Campbell River inside a line true east of the fishing boundary sign at Orange Point to the middle of the channel, then southeasterly down the middle of the channel to the intersection of a line running from a boundary sign on the southern end of Hidden Harbour breakwater, then true east to Quadra Island.

Fraser River: No person shall angle for any species of finfish in the tidal waters of the Fraser River with any gear other than to which is attached a single barbless hook.

Provision of Information: The licence holder shall provide accurate information regarding their catch and fishing activities upon request of a Creel Surveyor or an online surveyor, authorities designated under s. 61(5) of the *Fisheries Act*.

Catch Records: The licence holder shall record immediately in ink on this licence all retained chinook and halibut caught in any Management Area and lingcod caught in Areas 12 to 19 (excluding Subarea 12-14), Subareas 20-5 to 20-7 and 29-5. The licence holder shall record this catch on all copies of the licence.

CHINOOK SALMON						LINGCOD					
No.	Date	Area	No.	Date	Area	No.	Date	Area	No.	Date	Area
1			16			1			6		
2			17			2			7		
3			18			3			8		
4			19			4			9		
5			20			5			10		
6			21								
7			22			**HALIBUT**					
8			23			No.	Date	Area	Length (cm)		
9			24			1					
10			25			2					
11			26			3					
12			27			4					
13			28			5					
14			29			6					
15			30								

my catch counts

This licence shall be in your possession while fishing or transporting your catch.

Observe, Record and Report Violations and call 1-800-465-4336 or 604-607-4186

:: 낚시를 할 때 반드시 필요한 낚시면허증.
성인은 유료이며 민물용과 바다낚시용이 따로 있다.
바다낚시용 면허증도 연어를 잡기 위해서는 별도로 인지를 사서 붙여야 한다.

해양수산부에 해당하는 캐나다의 주무부처Fisheries and Oceans Canada
가 수시로 변경해 고지하는 '낚시 허용 및 금어 지침'을 꼼꼼히 챙겨
봐야 하기 때문이다. 대개 이 지침에는 수역별로 허용되는 물고기의
종류, 마릿수, 시기는 물론 사용 가능한 낚시도구까지 명시돼 있다.

이런 규제 방식에 익숙하지 않았던 나는 처음에 몹시 당황스럽고
불편했다. 연어는 물론이려니와 심지어 조개나 게, 새우 따위도 종
류별로 관리하는 것을 보고 입이 떡 벌어졌다.

아래 표는 2016년 2월에 고시된 연어낚시 관련 세부 규정이다.

〈캐나다 정부가 고시한 연어낚시 관련 제한 규정(2016년 2월 현재)〉

연어의 제한, 허용 및 금지 사항					
종류	최소 길이	허용 마릿수		적용 시기	허용 낚시도구
		당일	연간		
왕연어	45cm	2	20	4월 1일~3월 31일	미늘 없는 바늘과 낚싯줄 (barbless hook & line)
첨연어	30cm	4	제한 없음		
인공 방류 은연어	30cm	2	제한 없음	6월 1일~12월 1일	
야생 은연어	30cm	1	제한 없음		
곱사연어	30cm	4	제한 없음	4월 1일~3월 31일	
홍연어	30cm	금지	–		

:: 이 규정에 따르면 1인당 하루에 총 4마리의 연어를 가져올 수 있다(예: 왕연어 2마리+야생 은
연어 1마리+곱사연어 1마리).

여기에 다른 물고기나 조개류, 갑각류도 종류별로 상세히 고시돼 있다. 내가 사는 지역을 기준으로 하루 동안 낚시나 채취가 허용되는 수를 몇 가지 적어보면 다음과 같다.

- 고등어 100마리, 청어 20kg, 홍어 1마리, 가리비 6개, 전복 금지, 구이덕조개 3개, 홍합 75개, 문어 1마리, 게 4마리, 해삼 12마리, 성게 12마리, 새우 200마리.

바다에 사는 생명체 중 김이나 미역 같은 해조류를 제외하고 거의 모든 해산물이 망라되어 있다. 그 꼼꼼함에 절로 혀가 내둘러진다. 그러나 이렇게 철저히 보호하고 관리해도 수산자원의 감소는 막을 수 없는 추세다. 특히 지구온난화의 영향으로 바닷물 온도가 오르면서 생태계 교란이 심각해지고 있다. 특히 차가운 물을 좋아하는 연어에게는 치명적이다.

여기에 해저 지진 같은 자연재해도 바다 생태계를 병들게 하는 요인으로 작용한다. 단적인 예로 지난 2011년 일본에서 발생했던 쓰나미는 2년 뒤에 캐나다까지 영향을 미쳤다. 150만 톤에 달하는 쓰레기 더미가 태평양을 건너와 캐나다 앞바다를 뒤덮은 것이다. 일본 정부가 캐나다에 처리 비용으로 100만 달러를 제공하기는 했지만 이 거대한 쓰레기 섬이 바다 생명체들에게 끼쳤을 악영향을 생각하면 아찔하다.

187

막 숨을 거둔 어미 연어가 마치 덕장에 널려 있는 명태처럼 기다
란 막대기에 거꾸로 매달려 있다. 몸통은 온통 먹빛으로 변해 마치
오징어 먹물이라도 뒤집어쓴 것처럼 보였다. 인공수정을 기다리는
은연어 어미들이다.

부화장 직원 두 명이 다가왔다. 그중 한 명이 걸려 있는 연어 한
마리를 들고 건물 안으로 향했다. 암컷이라고 했다. 뒤를 따르는 사
람의 손에 봉지 두 개가 들려 있었다. 우유처럼 하얀 액체였다. 암연
어를 들고 온 이가 플라스틱 양동이 바로 위에서 두 손으로 연어를
잡고 섰다. 비닐봉지를 들고 온 이가 그를 마주보고 앉더니 갈고리

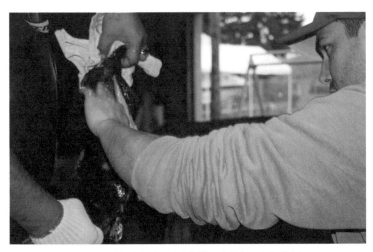

188

:: 빅토리아에서 북쪽으로 한 시간 정도 거리에 있는 나나이모 리버 해처리Nanaimo River
  Hatchery에서 직원들이 어미 연어의 배를 갈라 알을 꺼내고 있다.

처럼 생긴 칼을 꺼냈다. 뾰족한 칼끝이 곧장 어미 연어의 항문으로 파고들어가 위쪽으로 일직선을 그리며 배를 갈랐다.

날렵한 칼이 어미의 가슴팍까지 다가가 멈추는가 싶더니, 하얀 양동이 안으로 진한 오렌지색 알갱이들이 쏟아져 내렸다. 탱탱하고 윤기가 도는 게 마치 석류알 같았다. 칼을 내려놓더니 맨손으로 갈라진 배 속을 능숙한 솜씨로 훑어냈다. 단 하나의 알도 남아 있지 않은 어미 연어의 배 속이 허전했다.

알을 훑어낸 사람이 이번에는 비닐봉지 안에 들어 있던 하얀색 액체를 통 안에 쏟아 부었다. 다른 봉지에 들어 있던 액체 역시 오렌지색 알들 위로 쏟아져 내렸다. 아빠 연어의 정소였다.

"왜 봉지가 두 개예요?"

:: 인공수정된 연어 알은 부화조에서 겨울을 난다.

연어가 건네온 이야기

마른침을 꿀꺽 삼키며 지켜보던 나는 무심한 표정으로 통 속의 알들을 휘휘 젓고 있던 사람에게 물었다.

"두 마리의 수컷에서 나온 정소들이에요."

"왜 한 어미의 알에 두 수컷의 정소를 섞어줘요?"

"수정이 안 될 수 있는 위험성도 낮추고 다양한 아빠의 유전자를 물려줄 기회를 주기 위해서죠."

수정된 알들이 두부판처럼 생긴 네모반듯한 플라스틱 용기에 담겼다. 여기에 소독 처리된 물을 붓고 보관장으로 옮겨졌다. 마치 책상 서랍처럼 넣고 뺄 수 있게 만든 보관 시설이었다.

"부화까지 얼마나 걸리나요?"

다시 그에게 물었다.

"수온이 8도 안팎으로 유지되는 경우, 빠르면 65일, 늦어도 90일 정도면 돼요."

여전히 무표정한 얼굴이다. 방금 자신이 한 일이 어떤 것인지에 대해서는 별 관심 없는 듯했다. 내 눈에는 분명 사람이 신의 영역에 한 발짝 들어가서 '생명의 탄생'을 주관한 성스러운 장면으로 보였는데 말이다. 익숙해진다는 것은 가끔 이렇게 무섭다. 연어의 배를 갈라 알을 꺼내 인공수정하는 장면을 이때 처음 보았다. 말로 표현 못 할 묘한 감정이 온몸을 휘감았다. 인간이 위대하다고 해야 할지, 잔인하다고 해야 할지 정의하기가 쉽지 않았다.

190   이곳은 빅토리아에서 자동차로 한 시간 정도 북쪽에 위치한 나나

이모라는 도시의 연어 인공부화장이다. 마침 한국의 양양 남대천에 있는 인공부화장에서 근무하는 김주경 선생께서 연수를 오셨는데, 그에게 부탁해 동행한 길이었다. 한창 연어낚시와 연어 공부에 열을 올리던 2013년 11월 말이었다.

김 선생은 그해 1월 말 내가 한국을 방문했을 때, 직접 남대천을 찾아가 처음 만났었다. 그때에도 인공수정이 끝나고 보관 용기에 들어 있던 알들을 볼 수 있었다. 기다란 콘크리트 수조 안에서 떼 지어 헤엄쳐 다니던 새끼 연어들도 만날 수 있었다. 폭 3미터, 길이 20미터 수조 안에 100만 마리가량의 치어들이 살고 있었다. 매년 2000만 마리가 태어나 강으로 보내진다고 했다.

최근 들어 생태학자들이 인공방류 연어를 우려하는 목소리를 내고 있다. 생태계를 교란시킬 수 있다는 이유에서다. 그들은 자연 상태에서 태어난 치어보다 4, 5배가량 몸집이 커 먹이 다툼에서 훨씬 유리하다. 인공부화 연어가 잘 걸리는 폐렴 같은 질병이 자연 하천과 바다에 퍼질 우려 또한 있다고 한다. 야생에서 나고 자란 어린 연어들을 위협할 요소가 될 수 있는 것이다.

또한 인공부화 연어를 표식하는 방법에도 문제가 있다는 지적이 있다. 부화장에서 치어들을 내려 보내기 전에 이들이 돌아오면 쉽게 구별하고자 꼬리와 등지느러미 사이에 있는 작은 기름지느러미를 잘라낸다. 연어와 함께 은어와 송어 등 극히 일부 물고기만 갖고 있는 이 지느러미는 잘라내도 기능상 아무 문제가 없다고 판단해왔다. 그러나 일부 학자들이 연어가 폭포나 거센 물살을 헤쳐 올라갈 때 이 지느러미가 중요한 역할을 한다고 주장하고 있다.

사람이 간섭하는 연어의 탄생. 과연 불가피한 선택인지, 또 다른 재앙을 불러올 임기응변 처방인지 연어들만이 알 것이다. 내가 낚시를 하면서 알게 된 것은 딱 한 가지다. 기름지느러미가 잘려 인공방류 마크가 된 연어들은 자연에서 나고 자란 것들보다 파이팅이 훨씬 약하다는 점이다. 크기나 종류에 상관없이 힘없이 끌려 나오면 대부분 인공부화된 연어였다.

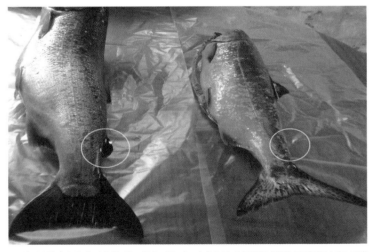

:: 인공부화장에서 내보낸 연어는 대개 기름지느러미가 잘려 있어(오른쪽) 자연에서 나고 자란 연어(왼쪽)와 쉽게 구분된다.

내 아들도 결국
바다로 향했다

일본에서 온 후배

- 3월 18일 : BC 주정부 법무부 방문. 교정 정책 및 프로그램 분석가와 면담.

- 3월 19일 : 밴쿠버 섬 지역 교정센터 방문. 교도소 내부시설 견학.

- 3월 20일 : 출소자 정착을 지원하는 민간단체 방문. 운영 현황 및 출소자 숙소 방문.

- 3월 21일 : 약물중독 외래환자 치료소 방문. 정신보건 치료사와 면담.

"안녕하세요, 오빠! 제가 빅토리아에 한번 가려는데요, 괜찮으시겠어요?"

193

"그래. 네가 온다면 언제나 환영이지."

이렇게 시작된 대학 후배와의 대화는 내 인생 첫 교도소 방문이라는 '사건'으로 이어지고 말았다. 일본에서 사회복지를 전공하고 홋카이도의 한 대학 강단에 선 후배였다. 내 결혼식장에서 잠깐 얼굴을 본 뒤, 20년 남짓 만나지 못하고 지냈었다. 전공을 바꿔서 대학원을 가고 다시 동경대로 유학을 가 박사까지 마쳤다는 소식을 전해들었었다. 이런 그녀가 일본의 한 연구단체의 지원을 받아 캐나다의 범죄자 교정정책을 살피러 온다는 것이었다. 위에 나열된 내용은 실제 내가 그 후배와 돌아다닌 일정들이다.

후배는 사전에 일정을 잡고 방문 시에 통역해줄 현지 코디네이터가 필요했다. 하지만 찾기가 어려웠을 것이다. 나 역시 너무나 생소한 분야여서 선뜻 도와주겠노라는 말을 할 수도 없었다. 그도 그럴 것이 후배가 원하는 방문 기관들은 교도소, 약물중독자 치료소, 출소자 임시 거주지 같은 생경한 곳들이었다. 게다가 한 번도 접해보지 못한 교정정책이나 범죄, 중독 등과 관련된 용어들을 정확히 통역한다는 것은 상상할 수도 없었다. 이곳 대학에서 사회학을 전공하는 한국 학생이 있으면 부탁해보려고 수소문했지만 허사였다. 후배는 이미 비행기 표를 예매했다고 알려왔고, 방문을 원하는 단체의 목록도 보내왔다.

"어떡하지? 내 역량으론 어려울 것 같은데."

"오빠가 꼭 해줘요. 제가 용어들을 정리해서 보내드릴 테니 참고 하시고요."

"그래도 내가 없는 것보다는 낫겠니?"

"그럼요. 입문 정도로 생각하시면 돼요. 너무 부담 갖지 마세요."

진퇴양난이란 이런 경우를 두고 하는 말 같았다. 안 될 것 같으니 오지 말라고 할 수도 없고, 알아서 잘 준비할 테니 걱정 말고 오라 할 수도 없는 처지가 됐다. 어디서부터 시작해야 하는지 도저히 감을 잡을 수가 없었다. 하는 수 없이 관련된 기관에 이메일을 보내고, 며칠 뒤에 전화를 걸어 이메일을 받았는지 확인하며 방문이 가능한지 묻고, 이것마저 여의치 않으면 직접 찾아가서 부탁하며 준비를 해나갔다. 다행스럽게도 그중 한 민간단체의 도움으로 관련기관들과 담당자들을 소개받았고, 그곳에 가서는 그 민간단체에서 소개해줘서 왔노라며 방문을 허락해달라고 간청했다.

정부기관, 민간단체, 교도소 현지 방문이라는 어느 정도 구색을 갖춘 일정이 잡혔다. 후배가 도착하고 예정된 일정을 소화했다. 어려운 용어들 탓에 진땀을 흘리며 통역했고, 이중 삼중의 잠금장치를 열며 안내해주는 교도소 구석구석을 동행했다. 수의를 입은 재소자들과 좁은 복도에서 마주치면 나도 모르게 오금이 저렸다.

약속된 민간단체를 방문하는 날, 주차장에 차를 세우고 막 문을 열고 내리려는데 후배가 잠시 머뭇거렸다.

"오빠. 이거 받으세요. 일정을 잡고 통역하시느라 고생하셨는데 수고비를 좀 넣었어요."

195

후배가 내민 두툼한 봉투에는 어림잡아도 수고비의 갑절은 될 만한 액수가 들어 있었다.

"내가 이번 일에 쓴 시간들을 다 기록해서 이미 알려주었잖아? 이 돈은 아무래도 너무 많아."

"사실 제가 오빠에게 대학 때 빌렸던 등록금을 아직 못 갚았잖아요. 그래서⋯⋯."

그제야 굳이 이곳까지 와서 나와 함께 연구 프로젝트를 하려 했던 이유를 알 것 같았다.

"그런데 말이야. 너에게 준 돈은 내가 재유 엄마한테 꿔서 준 거였어. 그 사람에게 갚아야 해."

"그럼, 어떻게 하면 좋겠어요?"

"수고비는 내가 청구한 만큼만 주고 너에게 빌려줬던 등록금은 아들에게 주면 어떨까 해. 스스로 벌어서 대학을 다니고 있거든."

그러나 후배는 건네준 봉투를 한사코 돌려받지 않았다. 물론 아들에게 줄 학비가 얼마나 되면 좋겠는지도 곧 알려달라고 했다.

사실 25년도 더 지난 일이었다. 등록금 납부 마감일이 돼서야 겨우 돈을 마련해 대학본부 건물의 총무과로 가는 중이었다. 학생식당과 본부건물을 연결하고 있는 통로로 들어선 순간 그 후배를 만났었다.

196

"어! 너 왜 그래? 울고 있는 거니?"

"오빠! 등록금 30만 원이 모자라요. 오늘이 마감 날인데 어떻게 해요?"

"그래? 그럼, 우선 이걸로 납부해. 난 빌릴 데를 좀 알아볼게."

나 역시 방학을 이용해 공사판 일, 호프집 웨이터에 과외까지 닥치는 대로 일해 모은 돈이었다. 그 자리에서 30만 원을 꺼내 후배에게 건네주고 부랴부랴 한 친구에게 전화했다. 대학을 졸업하고 직장 생활을 하고 있던 친구였다. 급히 필요하니 30만 원만 꿔달라고, 오늘 중으로 꼭 입금을 해달라고 부탁했다. 등록금이 다 마련된 줄 알고 있었던 친구는 의아해하면서도 선선히 돈을 빌려줬다.

그 뒤로도 후배는 혼자서 학비와 생활비를 벌어가며 어렵게 공부를 계속했고 서로 연락 없이 20여 년이 훌쩍 지났다. 마침 빅토리아에서의 정원사 생활을 담은 책을 낸 뒤, 이를 본 다른 후배가 연락을 해 왔고 그를 통해 연락처를 알게 된 내가 이 후배에게 책을 한 권 보냈다. 그녀 역시 손으로 꾹꾹 눌러쓴 편지에 책을 잘 읽었다는 얘기와 함께 소소한 선물들을 보내왔다.

한 번은 내가 잡은 연어로 만든 훈제 연어 통조림 몇 개를 상자에 담아 일본의 주소지로 보내기도 했다. 그러나 아쉽게도 이 작은 선물은 주인을 찾지 못한 채 캐나다로 반송됐다. 알고 보니, 마침 그때 출장 중이어서 받지 못했다고 했다. 다행스럽게도 빅토리아에 왔을 때 후배는 내가 만든 연어 샐러드를 맛있게 먹어줬고 단체 대화방에 사진을 찍어 올리며 한국에 있는 지인들에게 자랑하기도 했다.

197

재소자나 약물중독자 같은 사회적 관심이 필요한 사람들을 위해 살고 있는 후배를 보니 그때 빌려준 등록금의 일부가 자그마한 씨앗이 된 것 같아 흐뭇했다. 그날 나에게 30만 원을 꾸어줬던 그 직장인 친구는 지금 나와 함께 한 집에서 살고 있다.

아들 손에 쥐어준 천만 원

"아빠 후배 박 교수님이 일본에서 돈을 보냈던데?"

"대학 때 아빠한테 빌린 등록금을 못 갚았었는데, 계속 마음에 빚으로 담고 있었다더라. 어떻게 갚으면 좋을까 하기에, 네 등록금에 보태주면 어떻겠냐고 했어."

"그런데, 내가 받아도 돼?"

"아빠가 지금에야 받기도 좀 난감하고, 등록금으로 빌려준 돈이니 등록금으로 갚으면 좋을 것 같아서 그랬어. 너도 스스로 벌어서 쓰니 도움이 될 것 같고. 박 교수도 이제 마음이 좀 편해졌겠지."

대학에 들어가고서 틈틈이 일해 생활비와 학비를 해결하고 있던 아들이었다. 방학 때는 일주일 내내 하루 종일 일하고, 학기가 시작된 뒤에도 틈틈이 일한다. 대견하다 싶다가도 안쓰러운 마음이 앞선다.

캐나다에 이민 와서 가장 큰 차이로 느낀 게 아이들 교육이다. 동료 정원사들은 물론 대부분의 이곳 학부모들이 비슷했다. 어느 학원이 좋은지, 어떤 과외 선생님이 유능한지 서로 정보를 주고받는 이들을 찾아볼 수 없었다. 그 집 아들이 고등학교를 곧 졸업할 텐데 어떤 계획이 있는지 물어보면, 알아서 하겠지, 시간이 걸려도 스스로 길을 찾을 거야라는 대답이 돌아올 뿐이었다.

방학을 이용해 정원사 일을 하러 온 대학생들에게 물어봐도 마찬가지였다. 등록금과 생활비를 알아서 해결하는 것은 당연하고, 부모님께서 하숙비를 달라고 하지 않아서 다행이라는 것이다. 고등학교를 졸업한 뒤 생활전선에 뛰어든 아이들이 부모 집에서 사는 경우에는 대개 방세나 생활비를 내며 산다고 했다.

이처럼 고등학교를 졸업한 이곳의 젊은이들은 자연스럽게 경제적 독립을 한다. 부모들이 자식의 앞날을 두고 '감 놔라 배 놔라' 하는 경우도 드물다. 대학을 가든 안 가든, 전공을 뭐로 하든 간섭하지 않는다. 부모에게 기대지 않는 아이들은 자신이 원하는 일을 해나가고 부모들은 스스로의 삶을 살아간다. 그러다 보니 자식이 부모의 '원수'가 되고, 부모가 자식의 '걸림돌'이 돼서 서로에게 상처 주는 일이 드물다. 최소한 내가 빅토리아에서 만난 캐나다 가족들은 이처럼 부모와 자식 사이에도 서로의 삶에 대한 규칙이 있고, 이를 서로 인정하고 존중하며 산다.

물론 이런 부모와 자식의 건강한 관계는 사회 시스템과 기업들의 든든한 지원으로 만들어지고 또 유지된다. 고등학교에서는 아이들이 졸업 후 살아갈 수 있는 길을 찾도록 여러모로 돕는다. 예상 직업

(또는 진학), 수입, 지출 따위를 스스로 계획하는 프로그램 이수가 의무이고 육아, 요리, 재봉, 목공, 자동차 정비 같은 실생활에 필요한 과목을 선택해 배울 수 있도록 한다. 열여섯 살이 되면 일을 할 수 있고 운전도 배울 수 있다. 일찍부터 하나씩 사회생활을 준비할 수 있도록 돕는 것이다.

기업들도 마찬가지다. 시급 10달러가 조금 넘는 최저임금은 어느 사업장에나 적용된다. 어린 학생이라고 싸게 부리고 함부로 대하는 일도 거의 없다. '동일 노동 동일 임금'이라고 할까? 특정한 일에 대한 시급이 정해져 있을 뿐, 사람에 따른 차별은 없다. 그 일을 고등학생이 하든, 주부가 하든, 은퇴하신 할아버지가 소일거리로 하든, 건장한 30대 가장이 하든 똑같이 받는다. 다만 나이 어린 학생은 일을 덜 하도록 근무시간에 제한을 둔다. 그러나 이 역시 청소년 보호라는 취지가 강한 정책이다.

캐나다 부모들이 너무 무책임한 게 아니냐고 생각할 수도 있겠지만, 천만의 말씀이다. 아이들이 원하면 축구든 야구든 음악 활동이든 열심히 지원한다. 주중에 있는 연습에 차로 데려가고 데려오고, 멀리서 경기가 있는 날에도 꼭 동행한다. 심지어 코치나 운동장 정비 같은 일도 대부분 부모들의 자원봉사로 진행된다. 소위 번듯한 직장에 다니는 아빠도 넥타이를 맨 채 아이를 태우고 운동장에 나타난다. 물론 이를 당연시하는 직장 문화, 기업의 태도가 든든한 배경이 된다. 방과 후에 학원과 과외를 뺑뺑이 돌며 밤늦게까지 집에 들어가지 못하는 아이를 아직 주변에서 본 적이 없다.

로마에 가면 로마법을 따르라고 했던가? 나 역시 캐나다의 사회 분위기와 시스템에 충실하려고 노력한다. 휴가를 내고 작은아들의 야구나 축구 토너먼트가 열리는 밴쿠버 또는 켈로나까지 가서 경기를 보고, 시합이 끝난 운동장을 갈퀴로 고르는 일도 마다하지 않는다. 그러는 사이 10년이 흘렀다. 이제 큰아들은 독립할 나이가 됐다.

"재유야! 오늘은 아빠와 얘기 좀 하자."

"왜 그래 또. 심각한 얘기면 별로 듣고 싶지 않은데."

어느 토요일 아침, 늦은 아침을 먹으며 큰아들에게 어렵사리 말을 꺼냈다. 이전에도 간간히 내 생각을 전했었지만, 고3이 된 아들을 앉혀놓고 다시 한 번 다짐을 받자고 청한 자리였다.

"네가 고등학교를 졸업하는 날, 아빠는 천만 원을 줄 거야. 그 돈을 어떻게 쓰든 아빠는 간섭하지 않을 거야."

"그 얘기면 벌써 했잖아. 나도 나름대로 생각이 있으니 너무 신경 쓰지 마."

몇 년 전부터 비슷한 얘기를 하긴 했었다. 부모가 금전적으로 너무 오래 지원하게 되면 자식이 하고 싶은 일에 간섭하려들 수 있으니 우리는 그런 속박을 걷어내자는 취지였다. 요는 이랬다. 고등학교를 졸업할 때 천만 원을 줄 테니, 그 돈으로 여행을 하든, 수레를 사서 노점을 시작하든, 일을 하는 데 필요한 차를 사든 알아서 쓰라는 거였다. 물론 대학을 가고 싶으면 학비로 쓸 수도 있다고 얘기해줬다. 정작 고3

:: 강원도 양양 남대천에서 동해로 뚫린 물길.
  봄이 되면 강에서 내려온 새끼 연어들이 이곳에서 바다로 나간다.

이 돼서 마음이 변할까 봐 확실히 다짐을 받고자 말을 꺼냈던 것이다.

"이 돈 천만 원이 너에게 줄 수 있는 아빠의 처음이자 마지막 목돈 이야. 그 이상의 도움을 아빠에게 바라지 않았으면 해."

내 말에 대답하는 아들은 한 술 더 떴다.

"알았다니까. 아빠가 힘들면 그 돈 안 줘도 돼. 그러니 제발 엄마 아빠나 노후 준비 잘해."

남대천의 연어 부화장

"어떻게 오셨어요?"

"아 네. 부화장에서 연어들이 어떻게 키워져서 강으로 나가는지 알고 싶어서요."

"어디서 오셨어요? 수산자원학 같은 공부를 하시는 분인가요?

"아니요. 캐나다에서 온 정원사입니다."

강원도 양양 남대천 언저리에 자리 잡은 연어 인공부화장을 찾은 때는 2013년 1월 말이었다. 안내실 직원의 전화를 받고 김주경 선생이 오셨다. 연어에 대해 알고 싶은 게 많아 이렇게 무작정 찾아왔다고 얘기드렸더니, 그는 지금이 수정란부터 강으로 내보낼 연어까지 모두 볼 수 있는 좋은 때라며 반겨주었다.

그의 안내를 따라 들어선 부화장. 생명을 품고 어둠 속에서 숨죽

이고 있는 수정란들이 보였고, 막 알껍질을 벗고 난황이 들어차 볼록한 배로 뒤뚱거리는 새 생명들도 볼 수 있었다. 그리고 따라 들어간 치어 사육장. 폭 3미터, 길이 20미터 정도의 기다란 수조가 네댓 개 들어차 있었고 새끼손가락만 한 작은 연어들이 마치 자석에 이끌려 다니는 쇳가루처럼 이리저리 몰려다녔다.

"한 개 수조에 100만 마리 정도의 치어들이 삽니다. 지금은 먹이를 하루에 네 번만 줍니다."

"그렇다면 이전에는 더 자주 줬나요?"

"네. 다섯 번씩 줬죠. 이 녀석들은 이제 두어 주 후면 강으로 나가야 합니다. 조금 배고픈 상태로 내보내야 자연에서 스스로 먹이를 찾으려 하겠죠. 그래서 나가기 직전에는 양을 줄입니다."

호기심 많은 낯선 이의 질문에 김 선생의 자상한 설명이 계속됐다.

"어떻게 강으로 내보낼 때를 판단합니까?"

"1000℃의 법칙이라는 게 있습니다. 부화장 수온이 10℃로 유지된다고 가정하면 약 50일 지나면 부화합니다. 하루하루의 온도를 더한 값이 500℃ 정도가 되는 때죠. 그리고 나서 또 50일 정도 지나면 강으로 내보낼 수 있다고 봅니다."

"그러니까 전체 온도의 합이 1000℃가 되면 나갈 준비가 된 거네요."

두 사람의 발자국에서 진동이라도 느꼈는지, 새끼 연어들이 우리를 피해 달아났다. 문득 이 녀석들은 곧 닥칠 자신들의 운명을 알까,

204

:: 양양 남대천 연어부화장의 수로.
아래 쇠망 문을 열면 새끼 연어들이 곧장 강으로 나가게 된다.

하는 생각이 들었다.

"어떻게 강으로 내보내나요?"

"저 수조 아래쪽을 가로막고 있는 문을 엽니다. 쏟아져 내려가는 물과 함께 치어들이 강까지 이어진 수로를 따라 남대천으로 나가게 됩니다."

방류 행사 때 지역 기관장들이나 학생 등 많은 사람들이 초대된다고 했다. 소란스러운 행사 속에 잘 가라, 꼭 돌아오라는 격려를 받으며 첫 항해를 시작한다고 했다. 나도 모르게 '아!' 하는 소리를 내려다 삼켰다. 내가 이 어린 연어의 입장이라면 어떨까 하는 생각이 번뜩 스쳤기 때문이다.

이제까지 안전한 사육장 안에서 던져 주는 먹이만 먹고 살다 갑자기 강으로 내몰린 심경이 어떨까? 무엇을 먹고 살아야 하는지는 알까? 다가오는 갈매기가 친구인지 적인지 구분할 수 있을까? 또 어디서 잠을 청하고 어디를 향해 헤엄쳐 가야 하는지 알기나 할까?

연어들이 강으로 내려가는 길이 보고 싶었다. 밖으로 나와 보니 폭 2미터 정도의 수로가 건물 벽을 따라 길게 연결돼 있었다. 수로에 차 있는 물속을 유심히 들여다봤다. 어떻게 뚫고 나왔는지 자그마한 새끼 연어 여남은 마리가 한가롭게 헤엄치고 있었다. 50여 미터를 직선으로 이어지던 수로가 갑자기 사라졌다. 강으로 연결된 경사진 곳에선 아예 땅 속으로 지나가게 설치해놓은 것이다. 이 캄캄한 지하수로를 따라가면서 어린 연어들은 무슨 생각을 할까? 지하

206

수로가 끝나는 비탈진 강 둔치 끝자락에 자그마한 수문이 있었다. 부화장을 나온 연어들이 남대천과 처음 만나는 길목이었다.

부화장 수로의 문이 열리고 이곳에 다다르기까지 채 5분이 안 걸릴 것 같았다. 처음 강을 만나 어리둥절해 있을 새끼 연어들을 상상하니 가슴이 다 먹먹했다. 자식을 둔 부모의 마음이랄까? 내 아들도 고등학교 문을 나서며 저런 막막한 느낌을 가졌으리라는 생각이 들었다. 알량하게 돈 천만 원을 쥐어주고 마음껏 살아보라 했지만, 본인은 얼마나 당황스럽고 막막했을까?

그래도 캐나다의 학교와 사회 시스템은 아이들을 내보내기 전에 나름 준비도 시키고, 나온 뒤에도 어느 정도 보호를 하며 키워낸다. 그러나 나 역시 겪어봤고 지금도 계속되고 있는 한국의 모습은 정말 힘겹기 그지없어 보인다. 대부분의 아이들이 성적, 학원, 입시, 대학이라는 획일적인 환경에서 공부하고 어느 날 갑자기 학교에서 내몰린다. 거리로 나서지만, 어디로 가야 하는지, 무엇을 하며 먹고살아야 하는지, 제대로 알지도 못한 채.

:: 연어가 바라보는 곳은 강이다. 강원도 양양의 남대천 기슭에 세워진 연어 조형물도 강을 향해 서 있다. 새끼 연어들은 강에 내려온 뒤 짧게는 한두 달, 길게는 일 년여를 지내며 지느러미에 힘이 붙고 뼈가 튼실해지면 바다로 나간다. 손가락만 한 작은 생명체가 망설임 없이 망망대해로 나가는 모습은 차라리 거룩하다. 여행을 떠나는 어린 연어들의 모습에 두 아들의 얼굴이 겹쳤다.

강에서도
연어가 산다

오십견

나이 스물엔
어진 사람은, 산을 좋아하고
지혜로운 사람은, 물을 좋아하는 줄
알았다

백두산, 한라산, 지리산, 설악산
백두대간을 훑고 다녔다
관악산, 유명산, 소요산, 유달산

중봉소봉을 오르내렸다

그래서 내가
산을 좋아하는 어진 사람인 줄 알았다
구름에 휩싸인 백두, 철쭉이 화사한 한라
녹음이 우거진 지리, 흰 눈에 덮인 설악을
오르고 또 올랐다

오십 문턱을 넘어서니
어질지 못한 사람들이 산에 오르려 애를 쓰고
지혜롭지 못한 인간들이 물을 찾아 헤맨다는 것을
알겠다

오른쪽 어깨가 결리고 쑤시어
모로 누워 잠을 청하는 것조차
고통이 되고 나서야
겨우 알았다

타고나지 못한 것을 얻기 위해
거꾸로 살았다는 것을
운명을 거부하기 위해

거스르며 살았다는 것을

나이 스물에도 그대는
산을 좋아하는 어진 사람이었다
나이 오십에도 그대는
산에 오르는 너그러운 사람이다

나는 운명을 거슬러보려 몸부림쳐왔고
그대는 타고난 결대로 살아온 것을
이제야 알았다

산천어의 비밀

   내가 연어 공부에 매달린 것은 순전히 낚시를 더 잘하기 위해서였
다. 그러나 '연어낚시 완전정복' 같은 테크닉을 알려주는 책으로는
성이 차지 않았다. 한 발 더 나아가 연어의 생물학적 특성이나 생태
적인 습성에 대한 전문 서적들을 뒤지기 시작했다. 백과사전을 방불
케 하는 두툼한 책들은 연어에 대한 놀라운 정보로 가득 차 있었다.
도서관에 가기도 하고, 집에서 읽기도 하며 새롭게 알게 된 정보들
을 메모했다. 물론 그날그날 발견한 신기한 사실들은 가족들과 공유

했다. 특히 아내는 매일같이 외쳐대는 남편의 '유레카!' 시리즈를 군소리 한 번 없이 들어줬다.

어린 연어들이 바다에 뛰어드는 것은 숙명이다. 풍부한 먹이와 차가운 물을 찾아 떠난다는 것이 통설이다.

"여보야! 모든 연어들이 바다로 나갈 것 같아?"

"글쎄. 다들 가지 않나?"

"천만의 말씀. 바다에 뛰어들지 않은 것들도 많아."

"그래? 몰랐네."

이렇게 시작된 대화는 이내 장광설로 이어지고는 했다.

"산천어 알지?"

"그럼. 우리 한국에 있을 때 강원도에서 하던 그 축제에도 가봤잖아."

"그런데 말이야. 산천어가 바로 일본과 한국 지역에서 자생하는 체리연어 중에서 계곡물에 남아 있는 것들이야! 신기하지?"

주방에서 일을 하든 빨래를 개키든 개의치 않고 나는 아내를 졸졸 따라다니며 얘기보따리를 풀어냈다.

"더 재미있는 것은 이 녀석들이 대부분 수컷이라는 거야. 암컷들만 그 험한 바다로 내보내고 자기들은 안전한 계곡물에서 산다는 거야. 비겁하지?"

"좀 그러네."

"그리고 바다로 나갔던 암컷들이 돌아오면 이 수컷들이 하나둘 짝을 찾아 같이 산란을 한다는 거 아냐. 빈둥대던 녀석들이 후세를 남기겠다고 하는 짓이라니, 봐줄 수가 없네."

"얄밉긴 하네."

보고서들에 따르면 체리연어만 그러는 것이 아니었다. 강철머리송어steelhead trout 역시 바다로 나가는 것과 그렇지 않은 것들이 있다. 민물에서 사는 강철머리송어가 바로 우리가 잘 아는 무지개송어다. 한국에 자생하지는 않지만 그 맛이 연어 중 으뜸인 홍연어 역시 바다로 나가지 않고 사는 녀석들이 있고 이들을 코카니kokanee라는 다른 이름으로 부른다.

그렇다면 왜 바다로 뛰어들지 않는 어린 연어들이 있을까? 명쾌한 답을 주는 자료는 아직 보지 못했다. 무리에서 낙오한 치어들이 바다로 가지 않는다는 정도만 알려져 있다. 그러나 나는 능히 짐작이 갔다. 새끼손가락만 한 어린 연어들은 제 어미들이 거슬러 왔을 폭포로 뛰어내리고, 소용돌이를 헤쳐 나가야 한다. 강 하구에 이르러서는 목이 타 들어가는 듯한 고통을 감내하며 바닷물에 적응해야 하고 무시로 달려드는 천적들에게 잡아먹히기도 한다. 어떤 자료에 따르면 태어난 첫해에 죽는 새끼 연어가 90퍼센트나 된다고 한다. 그리고 고향으로 살아 돌아온 연어는 1퍼센트 안팎에 불과하단다. 엄청난 희생이 뒤따르는 '고난의 여정'이다.

또 하나 재미있는 발견은 연어의 종류나 태어난 지역과 상관없이 최종 목적지가 모두 같다는 점이다. 이번에는 작은아들이 걸려

:: 연어들의 산란지인 빅토리아 인근의 골드스트림.
이곳에서 태어난 어린 연어들도 대부분 바다로 나가지만 더러는 여기 눌러살기도 한다.

들었다.

"현우야! 새끼 연어들이 바다로 나가면 어디로 가게?"

"글쎄, 잘 모르겠는데."

"잘 생각해 봐. 북미에서 태어난 연어들도 북쪽으로 향하고, 한국이나 일본에서 바다에 뛰어든 녀석들도 북쪽으로 향해."

"그러면 북극?"

"비슷해. 바로 북극 아래 있는 베링 해라는 곳에서 다 만나. 거기서 한바탕 축제를 하겠지."

세계 각지에서 모여든 연어들이 베링 해에서 만난 장면을 머릿속으로 그려만 봐도 흥분된다. 양양 남대천에서 바다로 나간 연어가 일본 열도를 통과해 캄차카 반도를 돌아 베링 해에 이른다. 내가 사는 빅토리아의 골드스트림에서 태어난 연어도 북태평양의 섬들을 헤치고 나가 알래스카 만을 지나 알류산 열도를 통과해 베링 해까지 간다. 정말 소설 같은 얘기다.

베링 해에서 만난 연어들은 마치 '맛있는 수프'가 가득 찬 것처럼 먹이가 풍부한 그곳에서 여름을 지낸다. 그러다가 겨울이 되면 너나 할 것 없이 좀 더 따뜻한 알래스카 만으로 이동한다. 중국이나 러시아 그리고 일본과 미국에서 바다에 뛰어든 연어들이 이처럼 한 식구가 돼 북태평양의 차가운 바다를 누비고 다닌다.

그러나 바다로 나간 새끼 연어라 해서 모두 베링 해로 향하지는 않는다. 어떤 녀석들은 먼 길을 가는 동료들에게 '너나 가라 베링 해! 나는 무서워 안 갈란다' 하며 근해를 떠돈다고 한다. 그러다 동료들이 돌아오기 한두 해 전에 다른 일행들에 섞여 고향으로 돌아오기도 한다. 당연히 볼품없이 덩치가 작다. 그런 암컷jill은 그래도 베링 해에서 돌아온 건장한 수컷과 짝이 되어 산란하기도 하지만 수컷jack들은 암컷을 제대로 차지하지 못해 후세를 남기는 데 애를 먹는다.

이처럼 같은 부모 밑에서 태어난 연어들이지만, 그 살아가는 모습은 제 각각이다. 더러는 목숨을 건 여행 끝에 의기양양하게 귀향하고, 몇몇은 그냥 안정된 곳에 눌러살기도 하고, 가까운 부둣가를 배회하다 일찍 돌아오기도 한다. 연어들의 삶 역시 스스로 선택한 것에 따라 그 결과가 달라지는 셈이다.

당숙인 친구, 친구인 당숙

정확히 말하면 경일이와 나는 오촌 지간이다. 내 아버지의 이종사촌, 그러니까 오촌 당숙이다. 내 할머니가 그의 고모이고 아버지는 사촌 형이다. 우리는 같은 달에 태어났다. 그가 나보다 스무이틀 날 먼저 세상에 나왔다. 대문을 마주보고 선 집에서 살며 비슷한 시기에 엄마 젖을 먹었고, 같은 해에 홍역을 치렀고 초등학교도 같이 입학했다.

217

아버지에게 혼이 나면서도 당숙이라고 부르지 못한 이유가 됐다. 스물이 넘어서도 그냥 경일아, 하고 불렀다. 결례인 줄 알면서도 친구로 지냈다. 장가를 가면 그때부터 당숙이든 삼촌이든 어른들이 원하는 대로 불러주겠다고 약속했었다. 그런 그가 내가 일하던 종로의 사무실을 찾아온 게 15년 전이었다.

"조카야! 내가 며칠 전에 술을 많이 먹었는데, 일어나보니 이빨 두 개가 없더라."

"왜 그랬는데?"

"누구랑 싸웠는지, 전봇대를 들이받았는지 기억이 없다. 돈 좀 꿔줘."

"이빨 하려고? 얼마나 필요한데?"

"한 200만 줘봐. 어디 가서 직장을 구하려 해도 이렇게 흉측한 몰골로 갈 순 없잖아."

잠깐 기다리라 하고 은행에 가서 200만 원을 뽑아다 줬다. 안 갚아도 되니 다른 데 쓰지 말고 꼭 이빨을 해 넣으라고 신신당부했다. 자그마한 체구의 그가 한없이 안쓰러워 보였다. 누구보다 부지런하고 다른 사람에게 지기 싫어하던 어릴 적 그의 모습은 찾아볼 수 없었다.

그랬다. 경일이는 타고난 농사꾼이었다. 나보다 볏단 서너 개는 더 올린 지게를 지고서도 푹푹 빠지던 논을 거침없이 가로질렀다. 다른 아이들보다 항상 더 일찍 일어나 소에게 풀을 먹이러 가는 바람에 동네 아이들에게는 새벽잠을 설치게 하는 원망의 대상이기도 했다. 농사일에 영 소질이 없던 나에게 그는 항상 비교의 대상이었다. 아버지의 지청구도 그로 인한 게 태반이었다.

"경일이는 벌써 소 끌고 나갔다. 넌 언제까지 잠만 잘 거냐?"는 아버지의 꾸중에 졸린 눈을 비비며 외양간으로 가야 했다. "경일이는 볏단 열 뭇을 지고도 까딱없는데 너는 일곱 뭇을 지고도 낑낑대냐?"는 말씀 뒤에는 "에이, 시원찮은 놈!"이라는 푸념이 꼭 따라 나왔다. 자식들을 농사꾼으로 키워내려 하셨던 아버지 입장에서는 경일이와 내가 바뀌어 태어났으면 하셨을 거다.

그러나 그의 부지런함과 깡다구는 채 빛을 보기도 전에 비극적인 가족사에 휩쓸려버렸다. 그의 아버지는 전답을 팔아 노름을 했다. 잦은 부부싸움 끝에 초등학교 4학년 봄에 그의 어머니가 음독을 하고 세상을 뜨셨다. 그 뒤로도 술과 노름을 놓지 못하셨던 그의 아버지는 경일이가 고등학교 1학년 때 간경화가 악화돼 눈을 감으셨다. 그 즈음의 경일이를 떠올리면 지금도 나의 뇌리에 깊이 박힌 장면이 있다.

"형님, 계세요?"

"그래 경일아! 어쩐 일이냐?"

온통 세상이 눈 속에 덮여 있던 겨울이었다. 방문을 여시는 아버지의 어깨 너머로 그의 모습이 내 눈에 들어왔다. 얄팍한 옷에는 눈이 엉겨 붙어 자잘한 고드름처럼 가득 매달려 있었다. 온몸을 부들 부들 떨던 그가 한 손에 쥔 봉지를 내밀며 이렇게 얘기했다.

"아버지 간에 굼벵이가 좋다고 해서 구해 왔어요, 형님. 그런데 이걸 어떻게 해 드려야 할지 몰라서……."

온종일 눈을 헤치며 볏짚이 쌓인 논들을 뒤져 굼벵이를 잡아 왔다고 했다. 이런 아들을 남겨두고 그의 아버지는 영영 일어나지 못하셨다.

고아가 된 뒤 그의 삶은 결코 순탄할 수 없었다. 무작정 상경해 일식집 주방보조를 하고, 포장마차에 신문배달까지 안 해본 일이 없었다. 가끔씩 집안 대소사에 얼굴을 내밀 때 만나고는 했지만 차분히 앉아 소주 한잔 나눌 기회도 거의 없었다. 올해 초 한국에 잠깐 다니러 온 차에 연락처를 수소문해 만났다.

"어떻게 살아?"

"일당을 받고 닥치는 대로 일해."

"어디서 지내는데?"

"고시원에서 살아."

"사법고시라도 준비하는 거야?"

"하하하. 지금 한국엔 나 같은 고시생들이 바글바글하단다."

여전히 결혼을 하지 않았다고 했다. 그러면 나도 말을 높일 필요가 없겠네, 하며 그냥 친구로 마주앉았다. 말을 주고받으며 그의 입을 살폈다. 다행히 빠진 이빨은 없었다. 술잔이 두어 순배 돌자 그가 속내를 털어놨다. 나에게 꾼 돈을 아직도 갚지 못해 면목이 없다고 했다. 나는 신경 쓰지 말라고 했다. 오히려 지금이라도 네가 자그마한 횟집이라도 차린다면 도울 방도를 찾아보겠노라고 했다. 그러나 그의 대답은 뜻밖이었다.

"내가 말이야, 소심하고 의지도 약해. 지금은 그런 꿈을 꾸지도 않아."

"나보다 지게질을 훨씬 잘하던 그 패기는 어디로 갔어?"

"내가 힘이 세서 그랬겠냐? 나도 뭔가를 잘할 수 있다는 걸 보여줘야겠다는 생각에 이를 악물고 했던 거지."

신문배달을 할 때 폐렴에 걸려 죽을 뻔도 했고, 한때 경마장에 들락거리며 그나마 조금 모아뒀던 돈을 다 날려버렸다고 했다. 근해에서 조업하는 어선에서 '뱃놈'으로 살아보기도 했단다. 나이 50줄에 접어든 그에게, 왜 꿈을 갖지 않고 하루하루 버티며 사느냐고 물을 수가 없었다.

연어로 태어났다고 모두 바다로 나가지는 않듯, 사람도 저마다 살아가는 모습이 있다. 친구이자 당숙인 그의 인생을 두고 함부로 위로하거나 훈수 둘 말이 없었다.

:: 겨울에 찾은 골드스트림 상류에는 잎과 줄기를 타고 고드름이 매달려 있었다.
그해 겨울, 들판을 헤매고 다녔던 당숙의 옷에도 엉겨 붙은 눈이 고드름이 되어 달려 있었다.

무리의 맨 앞에
리더가 있다

2015년 10월 19일, 자정이 다 되어가는 시각, 우리 부부는 거실 소파에 앉아 있었다. 이곳에 온 뒤 처음으로 투표를 하고 그 결과를 보기 위해 TV를 보는 중이었다.

"햇살이 비치는 길입니다, 여러분. 이것이야말로 긍정의 정치가 할 수 있는 일입니다. 전국의 캐나다 시민들이 이 위대한 나라에 분명한 메시지를 전하고 있습니다. 그것은 이 나라를 변화시키라는, 진정으로 바꾸라는 것입니다."

지지자들의 환호 속에 부인과 함께 단상에 올라선 저스틴 트루도

Justin Trudeau가 막 연설을 시작했다.

"영어와 불어를 번갈아가면서 연설을 하네."

"그러게 말이야. 참 유창하고 보기 좋네."

대한민국 국적을 유지하던 '영주권자' 시절에는 투표권이 없었다. 영주권자도 의료보험이나 세금 등 다른 대부분의 권리와 의무를 가질 수 있었지만, 투표권은 오직 '시민권자'에게만 주어지는 권리였다. 퇴근 후 집 근처 학교에 마련된 투표장으로 아내와 함께 가 소중한 한 표를 행사했다. 한 달여 전에 만 19세가 된 큰아들도 태어나 처음 갖게 된 이 숭고한 민주시민의 권리를 누리는 기쁨을 맛보았다.

전체 의석의 54퍼센트를 얻어 집권당으로 부상한 자유당Liberal Party의 젊은 당수가 연설을 계속했다.

"지난 3년 동안 우리는 아주 케케묵은 낡은 방식으로 선거운동을 했습니다. 가능한 많은 시민들을 만났고 그들의 얘기를 듣는 것이었습니다. 우리가 이 선거에서 승리한 것은 시민들의 얘기에 귀를 기울였기 때문입니다. 혹한의 추위 속을 뚫고 북극 지방까지 가서 수많은 사람들을 만났습니다."

캐나다 사람들, 특히 젊은이들이 선거 기간 내내 그에게 열광했던 이유를 알 것 같았다. 그의 공약들은 발바닥에 땀이 나도록 사람들을 만나면서 하나씩 만들어졌음을 확인할 수 있었다. 대학의 저명한 교수들을 끌어들이고, 노회한 킹메이커들을 영입해 책상머리에서 만든 공약이 아니었다. 당의 리더가 스스로 찾아낸 것들이니 그 약속을 쉽게 버리지 않으리라는 믿음도 생겼다.

사실 그와 자유당이 내건 공약들에는 대단히 파격적인 것들이 포함돼 있었다. 부자들의 세금을 올리고 중산층의 세금은 내리겠다고 했으며, 동성애와 마리화나를 합법화하겠다고 밝혔다. 특히 마리화나에 대해서는 지금과 같이 방치한다면 위험에 처한 아이들을 도울 해답을 결코 찾을 수 없다며 제도권으로 끌어들여 세금이나 필요한 규제를 만들어나가겠다는 입장이었다. 그 자신도 국회의원이던 2010년에 마리화나를 피운 적이 있다고 실토했다. 리더의 가장 중요한 덕목 중 하나인 '정직'에서도 합격점을 받을 만했다.

30여 분간 계속되던 그의 연설이 막바지에 접어들었다. 그의 입에서 간간이 쉰 목소리가 새어 나왔지만 여전히 당찬 모습이었다.

"동지 여러분! 우리는 희망으로 두려움을 이겨냈습니다. 냉소를 끈질긴 노력으로 극복했습니다. 우리는 또 부정적이고 분열적인 정치를 모든 국민이 함께할 수 있는 긍정적인 비전으로 이겨냈습니다. 무엇보다 우리는 캐나다 사람들이 작은 것에 쉽게 만족하고, 더 이상은 안 되며 더 좋아지기란 불가능하다고 생각해왔던 것을 깨부수었습니다. 동지 여러분! 이곳은 캐나다입니다. 그리고 캐나다는 늘 더 나아질 수 있습니다."

그가 총리에 취임하던 날, 새로 임명한 각료들과 버스를 타고 행사장에 나타났다. 전임 보수당Conservative Party의 총리와 장관들이 리무진을 타고 등장했던 것과 대조됐다. 더구나 이날 동행한 각료들은 남성과 여성이 각 15명씩이었다. 정확히 절반의 부처를 여성 장관들에게 맡긴 것이다. 그는 스스로 "나는 여성주의자입니다. 한 사람의 여성주의자가 될 수 있어 자랑스럽습니다"라고 말하던 사람이다. 왜 남녀 동수로 내각을 구성했냐는 기자의 질문에 이렇게 답했다고 한다. "지금 우리는 2015년에 살고 있습니다."

내전으로 고통받고 있는 시리아 난민을 적극 받아들이겠다고 발표해 화제가 되기도 했다. 유럽의 부자 나라들도 선뜻 하지 못하는 일이다. 2015년 12월 10일, 시리아를 탈출한 163명의 난민들이 토론토 공항에 도착했다. 이들을 마중나간 트루도 총리는 "여기가 당신들의 집입니다. 환영합니다"라고 말하며 준비한 방한재킷을 직접 입혀주었다. 참 따뜻한 지도자라는 생각이 들었다. 캐나다 정부는 앞으로 2만 5000명 정도의 난민을 더 받아들이겠다고 발표했다.

총리 취임 한 달여 만에 원주민 인디언들과 만난 것도 큰 관심거리였다. '인디언 의회'를 찾아간 트루도 총리는 수백 명의 인디안 추장들과 만난 자리에서 이들의 권리와 배치되는 정부 정책들을 과감히 철폐해나가겠다고 약속했다. 그는 이를 정부의 '신성한 의무'라고 규정했다.

그의 나이 올해로 44세. 막 첫발을 내디딘 그의 정부가 캐나다를 어떤 곳으로 이끌어갈지 판단하기는 아직 이르다. 그러나 지도자로서 그가 보여준 여러 덕목들은 깊이 새겨볼 만하다. 무엇보다 그는 사람들에 대해 따뜻한 마음을 갖고 있다. 나는 그 어떤 훌륭한 정책보다 우선돼야 하는 리더의 기본 자질이 '애민愛民'이라고 생각한다. 트루도 총리는 이를 바탕으로 '현장감' 있는 정책들을 만들어낼 줄 안다. 게다가 스스로 대마초를 피운 적이 있다며 자신의 치부를 보일 줄 아는 솔직하고 용기 있는 사람이다. 여성을 동등하게 대하는 태도는 금상첨화다. 그가 말하는 희망과 변화를 믿고 싶은 이유다. 그가 이끄는 정부에 낼 세금이 결코 아깝지 않을 것 같다.

길을 떠난 연어들

연어들에게도 리더가 있다. 무리를 지어 다니는 많은 동물들처럼 그 앞에 나서는 길잡이가 있다. 갓 태어난 새끼 연어들은 난황이라는 양분을 배 안에 달고 있다. 산란을 마치고 죽어간 어미들이 준 마지막 선물이다. 그 양분이 없어져 배가 홀쭉해질 때까지 자갈 틈에 숨어 지내며 주변 환경에 익숙해진다. 몸이 가벼워지면 무리 지어 움직이기 시작한다. 계곡이든 인공부화장의 수조 안이든 다르지 않다.

바다를 향해 길을 떠나는 어린 연어들에게 모든 것이 쉽지 않은 모험이다. 어미들이 거슬러 올라왔을 소용돌이도 지나야 하고 또 폭포도 뛰어내려야 한다. 새들이나 더 큰 물고기를 만나 잡아먹히는 것도 감내해야 한다. 그래서일까? 이들의 맨 앞에는 무리 중 가장 큰 수컷이 자리를 잡는다. 누가 가르쳐주지도 않았을 텐데 본능적으

:: 양양 인공부화장에서 자란 새끼 연어들이 방류 후 가장 먼저 남대천과 만나는 곳.
이들의 긴 여정이 바로 이곳에서 시작된다.

로 그렇게 한다.

리더는 자신의 형제이자 동료들을 이끌고 바다를 찾아간다. 길을 찾는 데 도움을 줄 GPS도 없고, 숙지해야 할 행동수칙 같은 매뉴얼도 없다. 새롭게 다가오는 상황을 온전히 스스로 터득해가며 슬기롭게 헤쳐가야 한다. 처음 만난 소용돌이 앞에서 무리의 지도자는 이렇게 외칠 것이다.

"물이 엄청난 속도로 빙빙 돌아. 잘못하다간 머리가 바위에 부딪쳐 깨지겠어. 몸을 돌려서 꼬리부터 내려가!"

실제로 계곡을 따라 내려오던 새끼 연어들은 이처럼 급류를 만나면 반사적으로 몸을 돌린다. 본능적인 행동이다. 폭포를 뛰어내릴 때도 마찬가지다. 빠른 속도로 쏟아져 내리는 물에 휩쓸려 머리가 바위에 부딪칠 수 있는 아찔한 순간이다. 그래서 앞장선 길잡이의 신속한 대응이 꼭 필요한 상황이다. 뒤따르는 무리를 안전하게 인도해야 하는 막중한 책임이 그에게 있기 때문이다.

대열의 앞에 선 리더는 종종 혹독한 대가를 치르기도 한다. 자칫 상황을 잘못 판단해 목숨을 잃기도 한다. 갑자기 나타난 갈매기 떼의 습격도 가장 먼저 감당해야 한다. 그러나 길잡이가 사라졌다고 이들의 전진이 멈추지는 않는다. 또다시 건장한 수컷이 빈자리를 재빨리 메우고 앞으로 나아간다.

그렇게 도착한 하구에서 바다가 이들을 기다린다. 맨 앞에서 한없이 넓어진 물길을 헤엄치던 리더가 다시 이렇게 소리칠 것이다.

"물맛이 달라. 너무 많이 먹지 마!"

처음 맛보는 바닷물을 들이킨 길잡이는 잠시 후 대열을 돌려세울 것이다. 자칫 그 자리에 있겠다고 고집 부리거나 더 앞으로 나아가다 떼죽음을 당할 수도 있는 급박한 상황이다. 마치 소금물에 잘 절여진 배추처럼 몸의 수분이 몽땅 빠져나가 결국 죽을 것이기 때문이다. 그러나 포기할 수 없는 행군이다. 다음 날에 좀 더 견뎌보자며 동료들을 독려할 것이다. 그렇게 바닷물에 있는 시간을 조금씩 늘려가며 한 달가량 하구에서 지낸다.

시도 때도 없이 달려드는 새들을 피해, 리더는 안전한 갈대숲을 찾아 동료들을 이끌고 가야 한다. 그러다 보면 어느새 이빨이 나고 몸이 바다에 맞는 보호색으로 변한다. 배 쪽은 은색으로 등 쪽은 검푸른색으로. 은색은 바다의 포식자들이 아래에서 하늘을 쳐다보며 공격할 때 자신을 보호할 최선의 색깔이다. 검푸른 등은 하늘에서 날아드는 포식자들이 빛이 사라진 바닷물의 검푸른색과 구분하기 힘들게 한 천연의 위장술이다. 만약 그 반대되는 색으로 옷을 입었다면 상상만 해도 끔찍하다.

"더 이상 주변에 먹을 게 없어. 간밤엔 우리끼리 잡아먹는 불상사도 생겼어."

강 하구에서 바다로 나갈 준비를 하던 새끼 연어들은 실제로 서로 잡아먹기도 한다. 리더가 중대한 결정을 해야 할 시간이 임박한 것이다.

"여기에 있다간 다들 굶어죽겠어. 오늘 밤 물이 아래쪽으로 나가

:: 바다로 막 나온 어린 연어들을 마리나 주변에서 종종 볼 수 있다.
   이들을 호시탐탐 노리는 비오리들은 가장 무서운 포식자 중 하나다.

기 시작하면 바다로 나갈 거야. 다들 준비됐지?"

그리고 새들도 잠자리에 든 한밤중에 썰물이 시작되면 어린 연어들은 바다로 나아간다. 그날 이 작은 생명체들은 너나없이 물 위로 솟구쳐 첨벙대며 한바탕 축제를 벌인다. 아마도 리더가 이렇게 얘기했기 때문일 것이다.

"다들 여기를 잘 기억해둬. 돌아올 때 이 길목에서 다시 한 번 신나는 춤을 춰보자고."

먼 길을 돌아 고향에 도착한 연어들이 강 하구에 이르면 실제로 물 위로 뛰어오르며 장관을 연출한다. 아마도 이때 했던 약속을 기억해낸 까닭일 것이다. 길을 나선 연어들은 바다로 나가기 전에 70퍼센트의 동료를 잃는다고 한다. 포식자들에게 잡아먹히고, 서로 잡아먹고 또 병에 걸려 죽기도 한다. 그리고 채 일 년이 안 돼 같이 길을 나섰던 동무 90퍼센트가 사라진다. 현명한 리더가 있는 무리는 많이 살아남지만, 그렇지 않은 경우에는 몰살되다시피 한다.

어느 겨울, 제주

그때 그 친구들과 제주도를 다시 찾았다. 대학을 들어간 첫해에 갔었으니 30년 만이다. 더벅머리였던 친구들이 반백이 되고 정수리가 훤히 드러나 있다. 김녕읍 근처의 골프텔을 숙소로 정했다. 그때는 배낭을 짊어지고 다녔고 중문해수욕장의 백사장에 텐트를 치고 잠을 청했었다. 너나없이 지친 몸으로 백록담 정상에 같이 올랐었다. 그때는 짙푸른 6월 말이었고 이번은 1월 말이다.

도착한 날 저녁에 제주도에 사시는 이모님이 사촌 여동생이 모는 차를 타고 숙소를 방문하셨다. 처음 만나는 조카들도 둘 데려왔다. 내가 한국을 떠날 즈음에 결혼했던 동생이니 그 아이들을 볼 기회가 없었던 것이다.

이모님 손에는 생선회가 들려 있었다. 겨울이 제철인 방어회와 육지 사람들이 좀처럼 먹기 어렵다는 붉은 해삼, 홍삼도 있었다. 소주가 빠질 수 없었다. 오래전 그때는 누군가가 가져온 볶은 멸치를 안주 삼아 마셨던 소주다. 겨울 제주 바다의 갯내를 듬뿍 머금은 방어는 차지고 고소했다. 오독거리는 식감이 일품인 홍삼도 맛깔났다. 내일 한라산에 다시 오를지, 골프를 한 게임 할지는 중요하지 않았다. 좋은 안주에 좋은 친구들이 있으니 술이 절로 넘어갔다.

다음 날 아침. 일출봉 등반팀과 골프팀으로 나뉘었다. 그때처럼 억지로 백록담에 오르지 않아도 될 나이가 되었다. 나는 엉겁결에 대학에서 교편을 잡은 한 교수, 증권사에서 일하는 박 이사와 골프팀이 됐다. 오랜만에 잡아본 골프채였다. 서너 홀이나 지났을까? 바람이 거세지더니 눈발이 날리기 시작했다. 전반 9홀을 마칠 즈음에는 눈발이 꽤 굵어져 있었다. 후반 9홀은 어떻게 마쳤는지 기억이 안 날 정도였다. 티샷은 바람에 밀려 숲속으로 날아가 버렸고 홀컵을 향하던 공은 눈사람처럼 점점 커지며 굴렀다.

그게 전부였다. 차를 몰고 일출봉을 향했던 친구들은 거센 눈바람에 등산은 엄두도 못 내고 벌써 숙소로 돌아와 있었다. 광주에서 교편을 잡고 있는 박 선생, 법원에서 일하는 한 과장, 그리고 한의사 친구가 그 팀이었다. 그리고 발이 묶였다. 그날 오후부터 공항과 항구가 전면 폐쇄됐다. 섬이 고립된 것이다.

다음 날도 눈이 멈추지 않았다. 바람이 어찌나 거세게 부는지 숙소 뒤의 나무들이 밤새 춤을 췄다. 심지어 눈이 내리며 천둥이 쳤다. 태어나서 처음 보는 자연현상이었다. 뉴스에서는 32년 만의 폭설이라고 했다. 빌린 차에 체인을 감고 하루에 한 번 읍내로 나가 밥을 한 끼니 먹고 장을 봐 온 게 일정의 전부였다. 지척에 있는 만장굴도 찻길이 막혀 가볼 수가 없었다.

우리 일행이 타고 가기로 했던 비행기 역시 취소됐다. 장정 여섯이 꼼짝없이 갇혀 밥을 해 먹고 같이 둘러 앉아 TV를 봤다. 술을 좋아하는 친구들은 잠깐 깨고 마시고 또 한숨 자고 난 뒤에 마셨다. 대단한 체력이었다. 그렇게 꼬박 하루를 더 기다려 공항으로 나오라는 연락을 받았다. 다음 날 일정으로 예약했던 한 교수와 박 선생은 제주 시내에 숙소를 구해 들어가고 나머지 넷이 공항으로 향했다. 이미 이틀 전부터 TV를 통해 보았던 익숙한 광경이 펼쳐져 있었다. 여기저기에 박스를 깔고 누운 이들, 어린아이들, 노인들, 가족들, 친구들…… 아비규환이 따로 없었다. 비행기 운항이 재개되기는 했지만

연어가 건네온 이야기

연락을 받고 몰려든 이들로 공항 안은 북새통이었다. 항공사마다 티켓팅을 기다리는 줄이 기다란 뱀처럼 구불구불 이어져 있었다. 어디가 끝인지도 모를 지경이었다. 다행히 서너 시간 만에 표를 얻었다. 새벽 3시 반에 인천공항으로 출발하는 비행기였다.

근처 식당에서 늦은 저녁을 먹고 체크인을 했다. 모든 게 순조로워 보였다. 대합실 객장 안에는 면세점들이 훤히 불을 밝히고 영업을 하고 있었다. 새벽 3시가 넘은 시간이었다. 좀처럼 타고 갈 비행기가 오지 않더니 두 시간가량 연착될 예정이라는 안내방송이 나왔다. 우리가 타고 갈 비행기뿐만 아니었다. 여기저기서 승객들과 항공사 직원들의 승강이가 터져 나왔다. 우리는 먼저 간 사람들이 버려둔 종이박스를 찾아 잠깐 눈을 붙이기로 했다. 어디선가 은박이 입혀진 돗자리를 하나 가져온 박 이사가 함박웃음을 지었다. 여의도 증권가의 잘나가는 이사님도 어쩔 수 없었다.

4시가 넘어가니 대합실이 쌀쌀해졌다. 면세점 직원들이 퇴근한 3시 무렵부터 난방을 하지 않는 모양이었다. 항공기가 결항된 내내 밤샘 난방비용을 어디서 부담할 것인가를 놓고 지자체와 공항공사가 다퉜다더니 아직 해결이 나지 않은 모양이었다. 서로 합의된 '매뉴얼'이 없어서 벌어진 사달이라고 했다. 언론에서 '사람은 뒷전'이라거나 '적절한 시스템과 비상 매뉴얼 없다'며 관련 기관들을 질타하고 나선 이유를 알 만했다. 도지사의 입에서도 그런 얘기가 나왔다. 현실에 맞지 않는 매뉴얼을 따라 일을 처리하다 보니 초기에 어

236

려움이 많았다고 했다. 관련 정부 부처들과의 '협력 시스템'이 원활하지 않다는 얘기도 했다.

사람들이 어린 연어들보다 못하지 않나 하는 생각이 들었다. 재난 상황을 마주해도 매뉴얼과 시스템에 매달리고 있었다. 그 사이 정작 4만 명 넘는 사람들의 안전과 편의는 뒷전이었다. 캐나다 총리처럼 사람을 향한 따뜻한 마음이 있다면, 그까짓 매뉴얼이 뭐가 중요했을까 하는 생각이 들기도 했다. 조직의 리더들이 좀 더 유연해지면 좋겠다는 생각이 들었다.

새벽 5시가 지나서야 비행기에 오를 수 있었다. 그런데, 참! 비행기 출발 때부터 도착 때까지 기장과 승무원들은 철저히 '매뉴얼'대로 안내방송을 했다. 승객들에게 얼마나 고생이 많으셨느냐, 좀 더 빨리 모시지 못해 죄송하다, 이제 집에 들어가서 편하게 쉬시라 등 위로가 될 말을 충분히 할 법한데도 말이다. 비행기의 리더인 기장의 안내방송이 극히 사무적이더니, 인천공항에 도착할 즈음 여승무원의 기내방송은 차라리 어이없기까지 했다.

"······저희 승무원들은 설레는 마음으로 고객 여러분을 다시 모시게 될 날을 기다리겠습니다······."

지친 몸과 마음을 조금이라도 위로받고 싶었는데 참 아쉬웠다. 사람이 사람을 위해 만들어놓은 매뉴얼에 사람이 소외되는 아이러니한 풍경이었다. '사람'에 대한 '애정'이 녹아 들어가지 못한 매뉴얼은 결국 우스갯거리가 되고 말았다.

237

:: 캐나다 바다는 우측통행이다. 사람들 사이의 약속이다. 사고를 막고자 하는 인간의 노력은 이렇듯 성문화된 형태로 쌓여간다. 바닷속에도 길이 있을 것이다. 그 길을 나선 연어 무리의 맨 앞에는 우두 머리가 있다. 험난한 여정에 같이 나선 형제들을 이끌고 가는 리더이자 길잡이. 그가 방향을 잡는다.

강을 나온 연어는
베링 해로 향한다

연어의 길잡이, 북극성

여름철에 낚시를 하러 마리나에 가보면 수백 마리씩 떼 지어 다니는 새끼 연어들을 만날 수 있다. 송사리만 한 몸집을 이리저리 놀리며 한가히 헤엄쳐 다니는 모습이 보기 좋다. 갈매기나 비오리 떼가 날아들면 혼비백산해 흩어졌다가 다시 무리 지어 움직인다. 찬바람이 불어오기 시작하면 이들의 모습은 어느새 사라지고 없다. 해협의 서쪽을 따라 태평양으로 곧장 나갔을 수도 있고, 더러는 동쪽으로 올라가 밴쿠버 앞바다를 거쳐 알래스카 만으로 길을 잡았을 터이다.

바다에 뛰어든 이 연어들의 최종 목적지는 베링 해다. 알류산 열도가 병풍처럼 둘러싸고 있는 북극 바로 아래 위치한 바다다. 얼음이 녹는 여름철에는 그 어떤 곳보다 많은 플랑크톤이 자란다. 그걸 먹기 위해 새우가 찾아오고 작은 물고기들이 수없이 몰려드는 곳이다. 먹이가 풍부하니 포식자들에게는 천국이나 다름없다. 캘리포니아에서 회색고래gray whale가 찾아오고 남극에 갔던 북극제비갈매기arctic tern가 장장 8만 킬로미터를 날아 이곳에 돌아온다. 또한 바다 밑바닥에 킹크랩이 지천으로 널려 있는 곳이기도 하다.

바로 이곳에 연어들이 몰려든다. 태어난 고향이 어디든 상관없다. 한국의 남대천에서 태어난 연어도, 러시아 아무르 강에서 태어난 연어도 모두 여기를 향해 헤엄쳐 간다. 물론 미국이나 캐나다에서 출발한 연어들도 이 바다 주변에서 몸집을 불리고 고향 계곡의 폭포를 거슬러 오를 힘을 키운다. 참 신기한 일이다.

뱃속의 알이 익어가면 연어들은 베링 해를 떠나 각자의 고향으로 향한다. 마음이 급해진 연어들은 하루에 50~60킬로미터를 쉬지 않고 헤엄친다. 대부분 제 고향을 찾아가지만 더러는 길을 잃기도 한다. 실제로 양양 부화장의 김 선생은 1990년대의 자료에 캐나다 부화장에서 방류된 연어가 동해안에서 잡힌 사례가 있다고 소개해줬다. 나는 이 연어가 길을 잃고 동해 앞바다까지 간 것으로 보고 싶지 않았다. 베링 해에서 만난 한국의 예쁜 암컷 연어를 따라와 이역만리 타향에 둥지를 튼 연어라 믿고 싶었다.

연어들이 수만 킬로미터를 되짚어 모천으로 찾아가는 일 역시 신비하다. 어느 누구도 이를 딱 부러지게 증명해내지 못하고 있다. 단지 여러 가지 불완전한 가설들만 존재한다. 혹자는 연어가 지구 자기장을 감지해 갈 곳을 알아낸다고 주장한다. 지구 자체가 큰 자장으로 덮여 있으니 연어가 마치 쇳가루처럼 움직인다는 것이다. 이를 뒷받침하는 물증으로 제시된 것도 있다. 1988년에 한 생태학자가 홍연어의 두개골에서 철 성분을 발견했는데 그 양이 자기에 반응할 수 있을 만큼 충분했다고 한다.

연어의 뛰어난 후각이 길을 찾는 나침반이라고 주장하는 이들도 있다. 바다로 나갈 때 고향의 강물에 섞인 독특한 냄새를 기억해 다시 이 냄새를 따라 돌아온다는 것이다. 심지어 같은 하천에서 자신보다 늦게 태어난 어린 연어가 몸에서 뿜어내는 냄새도 구별한다고 한다. 이를 증명하기 위해 다소 황당한 실험이 행해지기도 했다. 고향으로 돌아가려는 연어의 콧구멍을 막아 관찰했더니 길을 찾지 못하더라는 것이다. 낮에는 태양을, 밤에는 별자리를 보며 이동한다는 주장도 있다. 어떻게 길을 찾든 고단한 항해임에는 틀림없다.

서울로 간 청춘들

내가 서울 생활을 시작한 때는 1986년, 그러니까 대학을 다니면서부터다. 목포에서 9시간 동안 완행열차를 타고 밟았던 서울 땅. 빼곡

히 들어찬 높은 빌딩들이며 엉덩이 밑 의자가 폭신하고 따뜻했던 1
호선 전철, 하늘을 찌를 듯 서 있던 남산타워, 어디를 가나 바삐 움
직이는 사람들의 물결. 그곳에서 새내기 대학생이 된 나는, 같이 상
경한 친구 광록이와 함께 어떻게 하면 가장 빠른 시간 안에 서울을
알 수 있을까 궁리했다.

"아무래도 여의도를 가보면 되지 않을까?"

"맞아. 국회의사당에, 방송국, 우리나라에서 제일 높은 63빌딩, 심
지어 증권거래소까지 다 모여 있지."

"좋아! 한번 부딪쳐보자!"

둘은 쉽게 의견 일치를 봤다. 늦추위가 기승을 부리던 2월의 어느
날, 우리 둘은 아직 매섭게 추운 바람이 빌딩 사이를 할퀴고 있던 여
의도를 걸어서 돌아보기로 했다. 국회의사당 앞에서 시작한 여행은
KBS 본관과 여의도광장을 거쳐 증권거래소에 이르렀다. 볼이 얼얼
하고 귀가 떨어져 나갈 것 같았다. 촌놈들의 부풀어 오른 방광 문제
도 골칫거리였다.

"일단 저 건물 안으로 들어가 보자."

"그래. 수위 아저씨 같은 사람도 없으니 얼른 해결하고 오자."

그렇게 우리는 한국 경제의 심장과도 다름없는 증권거래소를 보
기 좋게 '해우소解憂所'로 대접하고 말았다.

몸이 한결 가뿐해진 두 사람은 MBC를 거쳐 마침내 63빌딩에 도
착했다. 황금색으로 빛나던 그 마천루 꼭대기를 보기 위해 목이 떨

어져라 뒤로 젖혀야 했다.

"이제 서울을 다 본 거나 다름없네."

"그러게 말이야. 별거 아니네."

뿌듯해하며 나누는 두 사람의 대화는 거침없었다. 손발은 꽁꽁 얼었고 얼굴은 발그레하게 상기돼 있어 누가 봐도 촌놈들의 몰골이었겠지만, 마음만은 정복자 나폴레옹이나 카이사르와 다를 바 없었다. 그러나 현실은 아주 가까이에 있었다. 언 몸을 녹이려고 주머니를 탈탈 털어 63빌딩 바로 앞에 있던 포장마차에 들어갔다.

"여기 오뎅 두 그릇이요!"

뜨끈한 국물이 그만인 어묵이야말로 개선장군들이 받아야 할 당연한 포상과도 같았다. 맛이야 그렇다 치고, 그 만만치 않은 값에 내가 투덜댔다.

"진짜 비싸네. 뭔 놈의 오뎅 한 사발이 짜장면 한 그릇 값이다냐."

"아야, 여그는 서울이 아니냐. 서울서도 심장이라고 허는 여의도 한복판이랑께."

지금 와서 생각해보면 왜 그렇게 서울에 가고 싶었는지 뚜렷이 기억에 남는 게 없다. '연어는 태어나면 베링 해로 가고 사람은 태어나면 서울로 가야 한다'는, 몸에 새겨져 있던 그 무엇 때문이었는지 모른다. 그러나 분명히 그때는 높다란 빌딩숲을 보고만 있어도 심장이 뛰었고, 거리를 가득 메운 사람들 사이를 지나가기만 해도 가벼운 흥분이 일었다. 서울은 나에게 풍덩 뛰어들어 한없이 헤엄쳐 다니고 싶은 거대한 바다와도 같은 곳이었다.

  참 어렵사리 시작한 서울 생활이었다. 서울에 도착하기까지, 겨우 스무 해를 사는 동안에 넘어지고, 부러지고, 깨져야 했던 결코 만만치 않았던 여정을 거쳐야 했었다. 꼭 세 번의 중요한 전환점이 있었다. 어떤 때는 우연히 다가왔고 어떤 때는 아주 극적으로 찾아왔다. 그것이 운명이었는지, 아니면 운명을 바꿔보려 했던 나의 지난한 노력의 결과인지는 분명하지 않다.

  섬에서 나고 자란 나에게 육지는 항상 동경의 대상이었다. 초등학생 시절 잠깐씩 다니러 갔던 작은 아버지 댁이 목포에 있었다. 씽씽 달리는 자동차도 신기했고 처음 맛본 짜장면은 양파 조각 하나 남기지 않고 깨끗이 비울 만큼 별미였다. 깨끗한 옷차림에 손도 하얗고 얼굴도 뽀얀 또래 아이들이 신기하기까지 했다. 손잡이만 돌리면 콸콸 쏟아지던 수돗물, 온갖 먹을거리와 옷가게 따위가 즐비하게 늘어선 시장도 놀라움의 대상이었다.

  아들 넷을 두었던 아버님은 모두에게 공평한 교육 기회를 주기를 원하셨다. 당신이 찾은 해답은 우리 4형제를 면소재지에 있던 중학교까지 보내주겠다는 것이었다. 내가 5학년 때 자전거를 배우다 팔이 부러지지 않았더라면 당신의 계획대로 살았을 것이다. 섬에는 변변한 병원이 없었고 결국 목포에 있는 병원으로 나와야 했다. 두어 달 꾸준히 치료하지 않으면 팔을 영영 못 쓸지도 모른다는 의사의 말에 아버지는 계획에 없던 나의 '전학'을 결심하셨다. 내 인생 항로가 순식간에 바뀐 첫 사건이 됐다.

중학교를 졸업할 즈음 아버지는 학비와 숙식이 지원되고 졸업 후에는 취업까지 보장되는 철도고등학교에 가기를 원하셨다. 담임선생님은 인문고를 가서 대학에 갈 바라셨지만 아버님은 미동도 하지 않으셨다. 아버지와 함께 밤새 완행열차를 타고 서울에 올라와 용산에 있던 철도고등학교에서 시험을 치렀다. 시험을 치르는 사이 함박눈이 내렸다. 아버지는 내가 교실에서 시험을 보던 시간에 어디서 무엇을 하고 계셨을까? 남대문 시장에라도 다녀오셨을까, 아니면 학교 앞 다방에서 따끈한 쌍화차라도 한잔 시켜놓고 아들이 시험에 꼭 붙기를 기도하셨을까?

필기시험이 끝나고 진행된 신체검사. 이미 시험을 잘 치렀다는 자신감 때문이었는지, 대충대충 응했다. 그러나 결과는 낙방이었다. 다른 문제는 없었는데 양쪽 모두 최저 0.5 이상을 요구한 시력검사에서 오른쪽은 0.5, 왼쪽이 0.4가 나온 것이었다.

운명의 여신이 나를 어디론가 이끌고 싶어 그랬을 거라는 생각이 들었다. 내색하지 않았지만 아버지는 꽤 낙담하신 것 같았다. 그러나 인문고를 가길 원했던 담임선생님은 천만다행이라고 하셨다. 이렇게 기차를 운전하는 철도 공무원이 될 수 있던 기회가 날아갔다. 두 번째 인생 반전이었다.

인문고를 목포에서 다녔다. 고3 말 학력고사를 막 끝낸 즈음, 아버지는 내가 세무대학이나 농협전문대를 지원하길 원하셨다. 역시 숙식과 학비가 다 해결되고 졸업 후 취업이 수월한 학교들이었다. 그러나 이번에는 나도 물러서지 않았다. 하고 싶은 게 있으니 서울로 대학을 보내달라고 졸랐다. 사나흘 동안 두문불출하며 장고하던 아버지는 담임선생님을 만나 의논해보겠다고 하셨다. 반 발짝 물러나신 것이다.

함박눈이 펄펄 내리던 새벽에 우리 부자는 논둑길을 지나 산길을 넘어 배가 있는 선착장으로 갔다. 눈보라 치는 시골길을 두어 시간 걷는 동안 우리 부자 사이에 별다른 얘기는 없었다. 눈이 발목까지 빠지던 그 길을 한걸음씩 옮기며 아버지는 무슨 생각을 하셨을까? 자꾸만 당신의 계획과는 어긋나게 어디론가 떠나 가려는 아들이 야속했을까? 아니면 등록금 걱정 말고 원하는 대학에 원서를 내보라 말할 수 없었던 당신의 처지를 한탄하셨을까?

배를 타고 목포에 도착한 후 식당에서 점심식사를 겸한 '진학상담'이 진행됐다.

"아버님! 이 정도 점수면 서울에 있는 쓸 만한 대학을 골라 갈 수 있습니다."

"제가 아들만 넷이라. 일 년 농사 지어 이 녀석 학비와 생활비 대고 나면 다른 애들은 중학교 가르치기도 힘들 거예요."

"대학에 장학금을 받고 들어갈 수도 있고 또 지가 열심히 하면 아버님께 손 벌리지 않고 다닐 수 있을 겁니다."

선생님의 끈질긴 설득에 결국 아버님이 물러나셨다. 대학 원서를 들고 서울로 올라가는 길에도 아버지가 동행하셨다. 하룻밤을 인천 고모 댁에서 묵고 아침 일찍 서울로 향했다. 출근 시간이라서 그런지 전철 안은 발 디딜 틈 없었다. 물어물어 도착한 대학의 원서 접수 창구는 한산했다. 아침 9시가 막 지난 시간이었다. '눈치작전' 같은 말과는 너무나 거리가 멀었던 우리 부자는 일찌감치 가져간 원서를 들이밀고 돌아섰다.

"대학 문턱이 얼마나 높은지 내 눈으로 꼭 확인해보고 싶었는데, 아예 문턱이 없네."

정문을 나서던 아버지께서 이렇게 혼잣말을 하셨다.

합격 통지를 받고 간단한 짐을 꾸려 서울에 왔다. 그리고 맨 먼저 찾은 곳이 여의도였던 것이다. 참, 그때 나와 같이 여의도를 일주했던 친구는 지금도 여의도에서 지낸다. 연어를 좋아하는 다큐 PD로 말이다.

지천명

숱 많은 더벅머리를 새카맣게 이고 살 때엔
꽃은 저절로 피고 나무는 혼자서 자라려니
했었다

꿈으로 요동치는 심장을 달래며
앞만 보고 내달을 적엔
오는 사람을 돌려세울 수도
가는 사람을 붙잡을 수도
있을 줄 알았다
그렇게 사람들과의 연(緣)을
내가 원하는 대로 만들며 살아가도 되려니
했었다

이른 봄에 꽃을 피우는 크로커스가
온 힘을 다해 얼어 있는 흙을 녹여내고
겨울 문턱에 선 떡갈나무는
잎을 떨어뜨리며 눈물 흘린다는 것을
정수리가 훤히 드러난 뒤에야
알았다

알을 낳기 위해 강어귀에 들어선 연어는
죽을 때까지 아무것도 먹지 않고
알이 깨어나길 기다리는 황제펭귄이
석 달 열흘 꼼짝 않고 동장군과 맞선다는 것을
왼 무릎이 시큰거리기 시작한 뒤에야
알았다

손이 차가워도 가슴은 따뜻한 사람
가슴은 차가워도 손이 따뜻한 사람
혹은 모두 따뜻한 사람
또는 모두 차가운 사람

내 곁을 스쳐간 장삼이사(張三李四)가
소주잔을 부딪쳤던 필부필부(匹夫匹婦)가
내가 살아온 흔적이라는 것을
내가 꾸었던 꿈이라는 것을
거친 심장 소리 잦아들고 나서야
겨우 알 것 같다

연어가 건네온 이야기

:: 어두운 밤에 길을 나선 배들은 등대의 불빛을 보고 방향을 가늠한다. 그래서 빅토리아 항구 방파제 끝에 선 이 등대가 꺼지는 날은 없다. 바다에 뛰어든 연어들은 칠흑같이 어두운 밤에도 여행을 멈추지 않는다. 어떤 이들은 연어가 별 같은 천체를 보며 길을 찾는다 얘기하고 또 어떤 이들은 지구의 자장을 따라 움직인다고 한다. 나는 어느 별을 따라, 어떤 힘에 끌려 이곳까지 헤엄쳐 왔을까?

연어처럼 돌아가
꽃을 심으리

어떤 귀향

　내 탯줄이 개펄 한가운데 묻혀 있는 그 섬을 다시 찾은 때가 3년 전이다. 어머니와 둘이서 갔다. 이 섬에는 아직 고모님께서 살고 계신다. 내 고향 마을과는 20여 리 떨어진 다른 동네다. 고모님께서 이 마을로 시집가셨고 이 마을 처녀였던 어머니께서 우리 마을로 시집오셨다. 그래서 나는 방학 때가 되면 이 동네를 찾아가 산중턱에 있던 고모님 댁과 마을 한가운데서 구멍가게를 하셨던 외갓집에 번갈아 놀러 다녔다.

　한때 수박 농사를 지으셨던 외할아버지 댁에는 여름방학 때 혼자

251

연어가 건네온 이야기

찾아가기도 했다. 초등학교 3, 4학년 때 원두막에 모기장을 치고 사촌형, 외삼촌 들과 함께 잠을 잤던 기억이 어제 일처럼 생생하다. 수박을 어찌나 많이 먹었던지 집으로 놀아오는 길에 오줌을 여남은 번은 눴던 것 같다.

겨울 농한기 때 아버지는 부업으로 운송업을 하셨다. 말이 거창해 운송업이지 소달구지를 끌고 면소재지에 있는 농협 창고로 가서 비료를 실어 오는 일이었다. 마을 사람들로부터 대여섯 포대씩 주문받아 한 달구지 분량이 되면 실어 오시고 운임을 조금씩 받으셨다. 눈이 오고 살을 에는 바람이 불어도 나는 아버지 길동무를 하며 꼬박하루 걸리는 그 길을 오갔다. 우리 마을과 농협 창고 중간쯤에 고모댁이 있었다. 오가는 길에 잠깐 들러 소여물도 먹이고 또 고모께서 내주시던 따끈한 국에 밥을 말아 먹으면 허기도 면하고 온몸이 스르르 녹았다. 길을 나설 때면 고모님이 꼬깃한 종이돈을 내 손에 꼭 쥐어주고는 하셨다. 연필 사고 공책 사서 공부 열심히 하라고 당부하시면서.

그랬던 고모께서 이제 팔순을 보신다. 남편을 일찍 여의고 힘겹게 키워낸 칠남매들은 모두 도회지로 나갔다. 혼자 지내시는 집이 썰렁했다.

"갈수록 니 애비를 꼭 닮아가네."

내 손을 꼭 그러진 고모께서 먼저 간 아우 생각이 나는지 결국 눈물 바람을 하시고 만다. 생선을 지지고 김장독에서 잘 익은 배추김

치를 꺼내 와 저녁상을 차리셨다. 오랜만에 먹어보는 고모님의 밥이
었다.

"고모. 설 지나고 한 번 더 봅시다."

"또 여기까지 온다고? 내버려둬라. 오늘 봤으니 됐다."

사실 여기에 내려오기 전부터 나는 자그마한 가족 모임을 염두에
두고 있었다. 작은아버지와 인천에 사시는 작은고모님, 그리고 오촌
당숙과 사촌들을 모두 불러 내 손으로 밥 한 끼 해드리고 싶어서였
다. 고모님도 설을 쇠고 대전에 사는 아들을 따라가 거기 계시다 오
면 될 것 같았다. 고모님께 그런 설명을 드렸다.

"그렇게 하자. 어떻게 해서든지 가볼게."

강화도에 있는 펜션을 하나 빌렸다. 장작으로 구들을 덥히는 황토
집이었다. 그리고 스무 명 남짓한 친척들이 어렵게 모였다. 갓난이
였던 나를 업어 키우셨던 인천 고모, 대학생이 됐으니 구두를 신어
야지 하시며 진한 고동색 구두 한 켤레를 맞춰주셨던 이발사 당숙,
영국으로 유학 가기 직전, 인사를 드리러 갔을 때 큰길까지 배웅을
나오셔서 적지 않은 돈을 손에 쥐어주시며 학비에 보태라고 하셨던
작은아버지…… 물론 시골의 큰고모님께서도 사촌형과 함께 도착
하셨다. 먼 길에 힘드셨을 텐데, 오랜만에 가족들을 만나서 그런지
예전의 카랑카랑한 목소리가 살아나셨다. 고모님께 준비해 간 졸저
《세상에서 가장 아름다운 일터》를 한 권 드렸다.

"나는 눈이 침침해서 책을 볼 수가 없어."

253

조카가 내민 책을 받기는 했지만 읽을 일이 난감하신 모양이었다.

"손자들에게 읽어달라고 하세요. 이 책에 아버지 얘기, 할머니 얘기 다 나와요."

그리고 저녁식사를 준비했다. 캐나다에서 직접 잡아 온 연어로 상을 차렸다. 새콤달콤한 오리엔탈 소스를 곁들인 샐러드, 훈제 연어를 잘게 찢어 넣어 끓인 미역국에 연어회까지 곁들이니 제법 구색을 갖췄다. 동생들과 계수씨들도 분주히 오가며 손을 보탰다. 반주를 곁들인 식사가 시작되자 여기저기서 웃음꽃이 피기 시작했다. 별것 아닌 얘기를 하면서도 서로 쳐다보며 웃고, 옛날 일을 떠올리며 또 웃고……. 처음 드시는 연어 요리도 남김없이 싹싹 비워내셨다.

골드스트림의 연어들

빅토리아에 골드스트림Gold Stream이라는 곳이 있다. 그 이름에서 알 수 있듯 골드러시가 한창이던 시절에 금을 캐려는 이들로 북적댔던 곳이다. 2만 년 전에는 빙하가 있었다는 게 지질학자들의 연구 결과다. 거대한 빙하가 녹아내리면서 산을 깎고 바닥을 파헤쳐 지금과 같은 작은 만灣이 만들어졌다. 계곡 주변에는 미루나무, 단풍나무는 물론 800년 넘은 삼나무도 여러 그루 있다. 보전 가치가 높은 원시림으로 인정받아 지금은 주립공원으로 지정돼 관리되고 있다.

이 공원에서는 수달, 밍크, 너구리, 왜가리는 물론 딱따구리나 대머리독수리, 흑곰, 박쥐 같은 다양한 야생동물이 둥지를 틀고 산다. 우리 가족도 해마다 서너 번씩 찾아가 라면을 끓여 먹고 지정된 화덕에 장작불을 피워 마시멜로를 구워 먹으며 한가한 시간을 보낸다. 계곡 상류 쪽에는 캠핑장도 있고 우렁찬 소리를 내며 쏟아지는 폭포도 있다. 한두 시간짜리 산책 코스로도 그만이다.

금을 찾아왔던 사람들은 모두 떠났지만, 지금도 이곳에는 해마다 찾아오는 이들이 있다. 바로 연어다. 한 보고서에는 4000년 전부터 연어들이 이곳에 찾아와 알을 낳았다고 기록되어 있다. 그 오랜 세월 동안 한 해도 거르지 않고 계속됐을 터이다. 마치 성지를 찾아나서는 순례자들처럼, 연어들은 이곳에 돌아와 알을 낳고 생을 마감한다.

비가 잦아져 계곡물의 수위가 올라가는 10월 말이 되면 이 계곡에 연어들이 줄지어 나타난다. 그 수를 헤아릴 수 없을 만큼 많다. 한국에서도 볼 수 있는 첨연어는 물론, 은연어와 왕연어도 그 대열에 끼어 있다. 우리 가족도 거의 해마다 이들을 만나러 골드스트림을 찾는다. 연어가 올라오는 주말에는 주차공간을 찾기가 힘들 정도다. 자그마한 장화를 신은 귀여운 꼬마들, 옷을 두툼하게 입은 노인들, 청바지에 운동화를 신은 젊은이들까지. 가족끼리, 친구끼리 삼삼오오 모여들어 이 순례자들의 귀향에 환호를 보낸다.

모로 누워 꼬리로 힘차게 자갈을 파헤치며 둥지를 만드는 암연어

:: 산란을 하기 위해 골드스트림으로 돌아온 연어들. 지느러미가 닳고 갈라지고,
  온몸이 상처투성이인 어미 연어들은 이들의 험난했던 귀향길을 온몸으로 보여준다.

들, 그들의 짝이 되기 위해 날카로워진 이빨로 서로 공격하며 힘겨루기하는 수컷들로 계곡물이 어느 때보다 소란스럽다. 물속뿐만이 아니다. 어느새 날아왔는지 갈매기 떼들이 하얗게 뒤덮고 요란스럽게 울어대다 산란을 마치고 죽어가는 연어에게 달려든다. 큰 나무 꼭대기에는 머리가 하얀 대머리독수리들이 앉아서 호시탐탐 연어들을 노리고 있다.

"여보야! 이리 좀 와봐!"

골드스트림에 연어를 보러 간 첫해였다. 같이 간 아내가 뭔가를 발견했는지 나를 불렀다.

"불쌍해서 어떡해. 숨을 헐떡이며 저렇게 모로 누워 있네."

아내가 가리키는 곳을 보니 산란을 마친 연어 한 마리가 물가로 밀려와 밭은 숨을 내쉬고 있었다. 꼬리는 닳아 해어지고 지느러미들이 갈라져 있었다. 온몸이 상처투성이였다. 사지를 몇 번이나 넘기며 고향에 도착한 뒤, 이제 자신의 마지막 소명을 다하고 죽어가고 있었다.

"자세히 봐봐. 눈알이 빨갛게 변했어."

헐떡거리는 연어를 바라보던 나는 충혈된 것처럼 새빨간 눈을 발견했다. 거칠게 움직이는 입으로 마치 나에게 뭔가를 얘기하는 것처럼 보였다. 무슨 말을 하려는 걸까? 힘들었던 여정을 들려주려는 걸까? 아니면 무사히 알을 낳고 이제는 편히 쉴 수 있게 되어 행복하다는 말을 하고 싶은 걸까? 차마 더는 그 눈을 똑바로 쳐다볼 수 없

257

었다. 가슴 한편이 먹먹해지며 아려왔다.

　이들의 숭고한 귀향은 자연 생태학적으로 엄청난 가치가 있다는 것이 학자들의 설명이다. 물론 사람과 다른 짐승에게 중요한 영양분을 공급해주는 것이 첫손에 꼽힐 수 있다. 이미 잘 알려진 대로 단백질이나 오메가3는 연어가 우리에게 선물하는 값진 것들이다. 곰이나 갈매기는 물론 밍크, 족제비, 수달에게도 이들의 몸통과 알은 훌륭한 먹이가 된다. 뿐만 아니다. 개울에 서식하는 박테리아나 다른 물고기들에게도 먹이가 귀한 겨울을 나게 해주는 훌륭한 음식이 된다. 포식자들이 떨어트리거나 물이 불어나 주변 습지로 밀려든 연어 사체는 흙에 질소나 인산 같은 중요한 성분을 제공해준다. 나무와 숲까지 살찌우는 것이다. 빗물에 씻겨 육지에서 바다로 쓸려 내려가기만 하는 영양분들을 연어가 땅으로 가져와 되돌려주는 셈이다.

　한 달쯤 지나 다시 찾은 골드스트림 하류 쪽은 조용했다. 뭔가 썩는 냄새가 고약하게 풍겼다. 계곡물에 떠내려가다 바위나 통나무 더미에 걸린 연어의 앙상한 뼈가 곳곳에 널려 있었다. 자연스러운 섭리일 터이지만 그 냉혹함에 두렵기조차 했다.

　이곳에서 4, 5킬로미터 떨어진 상류 쪽으로 가봤다. 혹시 아직 살아 있는 연어들이 있지 않을까 싶었다. 계곡 옆으로 난 산책길을 따라 폭포 아래에 도착했다. 10미터 정도 높이의 폭포가 불어난 물을 거세게 토해내고 있었다. 언젠가 이곳에서 만났던 동네 노인은 폭포를 거슬러 오르는 연어를 직접 보았다고 했다. 폭포 바로 앞까지 다가가 물속을 살펴봤다.

"있다. 연어가 있어!"

나는 뒤따르던 아내에게 소리쳤다.

"정말? 아직까지도 살아 있는 연어가 있다고?"

아내는 못 믿겠다는 듯 되물었다. 직접 눈으로 본 뒤에야 진짜네, 하며 고개를 끄덕였다. 이 연어들의 고향은 저 폭포 너머에 있는 걸까? 그래서 이곳에서 서성이며 물살을 뚫고 나갈 준비를 하고 있는지도 몰랐다. 이들의 순례 행진이 아직 끝난 게 아니었다.

모교 운동장에 꽃 심을 날

임자도, 내 고향에 봄이 오면 외지인들의 발길이 끊이지 않는다. 3600평 정도 되는 모래밭에 형형색색으로 핀 튤립을 보기 위해서다. 100만 송이가 넘는 튤립이 활짝 핀 광경은 상상만 해도 아름다울 것 같다. 안타깝게도 나는 벌써 10년이 다 돼가는 이 튤립축제에 가보지 못했다. 튤립이 피는 이곳에서 고운 모랫길을 따라 북쪽 끝에 이르면 내 고향 마을이다.

이 섬의 모래는 유명하다. 12킬로미터에 달한다는 백사장은 동양 최대 길이를 자랑한다. 오죽하면 '임자도 처녀는 모래를 서 말 먹어야 시집간다'는 말이 생겨났을까? 소를 먹이러 가 친구들과 백사장

:: 봄이 오면 내가 일하는 부차트 가든은 튤립 꽃으로 가득 찬다.
　내 고향 마을 바닷가에서도 해마다 튤립 축제가 열린다.

에서 공이라도 차고 오는 날에는 여지없이 서걱거리는 모래와 함께 잠을 잤다. 모래밭이다 보니 밭농사가 시원치 않았다. 거름기가 적었고 물이 잘 빠져나가 가뭄을 쉽게 탔다. 푸석한 논에는 3, 4년에 한 번씩 개펄을 파다 뿌렸다. 80년대 말부터 조금씩 시작한 대파 농사가 지금은 주력 작물이 되었다. 3년 전에 고모 댁을 들렀다 고향 마을로 가는 길에 보니 논과 밭이 대부분 메워져 대파 밭으로 변해 있었다. 튤립도 대파도 모래흙과 궁합이 잘 맞는 식물이다.

고향 마을에 도착한 나는 무엇보다 내가 다녔던 초등학교가 보고 싶었다. 오래전에 폐교가 되었다는 얘기를 들어서 알았지만 그래도 꼭 한 번 보고 싶었다. 구구단을 외웠던 느티나무 밑, 고무신을 양손에 움켜쥐고 공을 찼던 운동장, 보름달이 뜨는 추석에 강강술래를 하며 놀던 그곳이 무척 그리웠다. 급식으로 나눠 주던 건빵 포대가 가득 쌓여 있던 창고, 시원한 물맛이 일품이었던 우물, 겨울이면 마른 걸레를 만들어 와 양초를 칠하고 반질반질 윤이 날 때까지 문질러댔던 교실 바닥과 복도도 그대로 있는지 보고 싶었다. 차를 몰아 교문을 들어서려는데 옆자리에 있던 엄마가 말렸다.

"뭐하려고 그래? 지금은 요양원 시설이 돼서 사람들이 잘 드나들지도 않는다니까."

차를 세우고 학교 안쪽을 들여다봤다. 인기척이라고는 느껴지지 않고 조용했다. 회전그네도 시소도 사라졌고 그 자리에는 잡풀만 우거져 있었다. 을씨년스럽다 못해 괴기스럽기까지 했다.

"어떤 분들이 저 안에 계시는데?"

"치매나 중병에 걸린 사람들이 있다고 하더라. 동네 사람들도 몇 분 있다는 얘길 들었는데, 외지 사람들이 더 많대."

수용소처럼 변한 고향 학교의 모습에 속이 상했지만 그 안에서 쓸쓸한 말년을 보내고 계실 분들을 생각하니 더욱 마음이 아팠다. 캐나다에 돌아와 정원에서 일하다가도 문득문득 고향의 학교 모습이 눈에 밟혔다. 그러다 문득 이런 생각이 들었다.

'좋아! 내가 만약 귀향을 하게 된다면 그 운동장에 정원을 만들어야겠어.'

철마다 피는 꽃을 심고 나무 그늘도 만들어 요양 중인 분들이 즐길 수 있게 해보자는 생각이었다. 쓸쓸히 말년을 보내시는 분들께 자그마한 위로가 될 것이라고 생각했다. 휠체어를 타고 나오시든, 방문한 자식들 손을 잡고 나오시든 그 꽃길을 따라 걷게 해드리고 싶었다. 꽃을 보시며 즐거워하실 분들을 상상하는 것만으로 행복했다.

생각이 꼬리를 물고 이어졌다. 휠체어가 쉽게 다닐 수 있도록 벽돌로 보도를 만들고 그 주변엔 향기 좋은 서향나무와 단풍이 예쁜 화살나무를 심어야겠다. 봄에 붉게 피는 만병초와 내가 좋아하는 수국도 군데군데 심어놓아야겠다. 자그마한 등나무 터널을 만들어 지나다니는 이들이 향기에 취하도록 해드리고 싶었다. 튤립과 수선화도 심어 봄 화단의 색깔을 더해보고 싶기도 했다. 동네 뒷산에서 자생하는 진달래, 참나리와 동백나무도 가져와 심는다면 금상첨화일 터였다.

언제가 될는지 모른다. 또 기회가 생겼다 해도 누구를 만나 어떻게 얘기를 시작해야 할지도 모르겠다. 그러나 이국땅에서 정원을 가꾸는 나에게 자그마한 꿈이 하나 생긴 것은 틀림없다. 귀향하는 연어들이 고향 땅에 큰 선물이자 축복인 것처럼 나도 작은 선물이 되고 싶어졌다. 꼭 그날이 오면 좋겠다.

강Gold Stream과 바다Saanich Inlet가 만나는 이곳은 여행이 시작되는 곳이자 긴 여정의 마지막 관문이다. 시작과 끝이 맞닿는 삶. 비단 연어의 삶만 그러하지는 않을 것이다. 골드스트림에서 태어나 길을 나섰던 새끼 연어들은 짧게는 2년, 길게는 4, 5년간 바다를 누비며 온갖 사선을 넘나든 끝에 이 길목을 통해 고향으로 돌아온다.

낚시는 취미지만
요리는 의무다

"어! 이 연어회는 한국에서 먹었던 것과 맛이 전혀 다른데요?"

빅토리아에서 대학을 다니며 틈틈이 내 정원일을 도왔던 용철이 횟감으로 썰어놓은 홍연어 서너 점을 먹어보더니 말했다. 한국의 뷔페에서 가끔 먹어봤던 연어회는 물컹물컹한 데다가 비린 맛이 강해 잘 먹지 않았단다. 물론 나도 비슷한 경험이 있다. 몇 점을 더 먹어본 그가 울상을 지어 보이며 말을 이었다.

"캡틴! 사실은요 제가 연어를 별로 안 좋아하거든요. 그래서 오기 전에 샌드위치를 하나 사 먹고 왔어요. 정말 후회되는데요."

이실직고하는 그의 표정에 진심으로 미안해하는 기색이 역력했다. 모처럼 저녁식사에 초대받았는데 메뉴가 연어라고 하니 좋아하지도 않는 생선으로 배를 채울 일이 걱정이었단다. 그렇다고 초대에 응하지 않는 것도 예의가 아니라고 생각해 고육지책으로 그런 꾀를 냈다고 했다.

참기름장에 살짝 찍어, 구운 김에 싸서 먹는 연어회는 입 안에서 살살 녹는다. 얼렸던 횟감을 실온이 아니라 냉장실에서 한나절 정도 적당히 녹여 썰어놓으면 쫀득하면서도 부드러워 웬만한 미식가도 두 손을 들 정도다. 실온에서 녹이면 금방 해동되지만 살짝 비린 맛이 나기도 한다. 그래서 냉장실이나 김치냉장고에서 충분히 시간을 두고 녹여야 한다.

'캡틴'은 캐나다에서 나를 아는 이들이 부르는 별칭이다. 새롭게 만난 이들이 호칭 문제로 곤란을 겪을 때가 있었다. 나를 삼촌이나 형님이라 부르기는 어색하고, 그렇다고 선생님이나 정원사님도 썩 어울리지 않았다. 특히 아저씨라는 말은 내가 정말 듣기 싫은 표현이었다. 성별이나 나이와 무관하면서 부담 없이 부를 수 있는 호칭이 좋을 것 같아 스스로 배의 선장, 즉 캡틴이라 불러주기를 원했다. 아들 또래 아이들도 캡틴! 하면 되고, 나보다 위 연배들은 박 선장! 하고 부르면 됐다. 정작 내 아이들은 어색해했지만, 나는 이 말보다 서로를 구속하지 않으면서도 나를 잘 표현하는 것이 없다고 생각했다.

"캡틴! 저도 낚시 한번 데려가 주세요. 연어 맛을 보니 직접 잡아

보고 싶어졌어요."

"그러자. 나도 혼자 나가는 것보다 도와주는 사람이 있으면 훨씬 수월해."

그러고 나서 얼마 뒤 용철이의 부모님께서 빅토리아에 다니러 오셨다. 우리 가족을 초대해 같이 저녁을 먹자고 하셨다. 마침 그날 아침에 낚시를 나가 연어를 잡아 온 터라 회를 뜨고 남은 뱃살이나 아가미 주변 따위를 된장 소스에 재워 가져갔다. 그 집에 있는 오븐에 구워 와인과 곁들여 드시게 할 참이었다. 남의 집에서 요리를 한답시고 수선을 떠는 내 모습을 지켜보는 부모님의 반응이 영 신통치 않았다. 바비큐로 굽는 소고기와 삼겹살이면 충분할 텐데 연어를 가져와 번잡하네, 하시는 표정이었다. 그렇지만 이 연어구이, 내가 붙인 이름 '특수부위구이'를 몇 점 드신 뒤 이렇게 얘기하셨다.

"한국에서 먹어본 연어 맛이 아니네. 정말 고소하고 맛있는데."

그 아들에 그 부모님이셨다.

하긴 한국에서 먹어봤던 연어들은 어디에서 왔는지, 어떤 종류인지, 어떤 과정을 거쳐 식탁에 오르는지 알 수가 없었다. 잘 모르긴 해도 대부분 양식으로 길러진 수입산들이었을 것이다. 자연산 연어를 잡아 올리자마자 피를 빼고 얼음이 채워진 쿨러에 저장했다가 집에 도착하는 즉시 손질해 먹는 맛은 비교할 수가 없다. 집에 돌아와 아무리 배고파도 연어를 손질해 진공포장하고 냉동고에 넣은 다음에야 밥을 먹을 정도로 신경 썼으니 정성도 더해졌을 법했다.

268

연어는 그 종류에 따라 회맛이 많이 달랐다. 홍연어가 단연 으뜸이었고 은연어와 왕연어가 그다음에 꼽을 정도로 대등했다. 이 세 종류의 연어는 한국에서는 자생하지 않는다.

한국 자생종인 첨연어chum salmon는 횟감으로 도저히 먹을 수 없을 정도다. 기름기가 적어 푸석하기도 하고 밍밍한 게 별다른 풍미가 없는 탓이다. 그래서 캐나다 사람들은 이 연어를 개연어dog salmon라고 부르며 주로 조미를 해 통조림으로 만들어 먹는다. 곱사연어도 첨연어와 비슷한 식감을 갖고 있어 횟감으로는 적절하지 않다. 이 밍밍한 맛의 곱사연어도 공장으로 보내 훈제나 통조림을 만들어 먹는다.

처음 몇 번은 잡아 온 즉시 그냥 회를 떠 먹었다. 맛은 괜찮았지만 잘못하면 기생충들이 남아 있어 식중독의 우려가 있었다. 나는 탈이 난 적이 없었지만 민감한 아내는 몇 번 고생했다. 동료들에게 물어보니 반드시 사흘 이상 얼린 다음에 먹어야 안전하다고 했다.

회로 먹는 연어가 한국 사람들만 매료시킨 것은 아니었다. 어느 해 리키 집에서 있었던 선큰 가든 직원들의 크리스마스 파티에서 직접 연어초밥을 만들어 선보인 적이 있다. 반응이 폭발적이었다. 초밥을 좋아하는 아이들이나 젊은 동료들의 반응이 특히 뜨거웠다. 게다가 평소 날생선을 입에 대지도 않던 이들까지 이 연어 맛의 신세계에 푹 빠졌다.

한번은 초등학교 1학년 때부터 작은아들 현우와 줄곧 같은 팀에

:: 연어를 횟감으로 쓸 경우 포를 떠 진공포장한 뒤 냉동해두었다가 먹는다.
　 아내가 가장 좋아하는 '오리엔탈 드레싱 연어 시금치 샐러드'는 이런 싱싱한 횟감으로 만든다.

서 축구를 해온 아이작의 가족을 초대해 연어 요리를 해준 적이 있다. 줄잡아 7, 8년은 같이 보아온 이들이기에 허물없는 사이이기도 했지만, 그해 여름에 한국에 있는 내 가족들이 모두 빅토리아에 다니러 온다는 소식을 듣고 선뜻 커다란 캠핑카를 쓰라고 내줬던 것에 대한 답례의 자리이기도 했다. 한꺼번에 객식구가 11명이 온다니 잠자리가 불편할까 봐 부탁하지도 않았던 일을 흔쾌히 해줬던 이들이다.

아이작의 아빠 레이는 어렸을 때부터 연어낚시를 했고 지금도 자신의 보트를 타고 나가 연어를 잡는다. 처음에는 반신반의하며 날것으로 내놓은 연어를 먹었다. 낯선 음식에 대한 막연한 두려움 때문이었을 것이다. 그러나 회와 초밥을 몇 점 먹고 난 이들의 반응은 대단했다.

연어를 잡으면 스테이크 모양으로 잘라 구워 먹거나 마요네즈를 바르고 레몬을 잘게 썰어 넣은 뒤 알루미늄 호일에 싸서 통째로 바비큐를 하는 게 이들의 조리 방법이다. 그러나 신선한 연어 본연의 맛에 푹 빠진 그들은 그 뒤로도 두고두고 얘기를 했다. 낯선 음식이라서 색달랐다는 게 아니라, 정말로 맛있었다고 몇 번을 얘기했다.

연어가 건네온 이야기

레저용으로 잡은 연어는 사고파는 게 금지돼 있다. 사실 한두 마리 잡아서 뭐 팔게 있겠냐고 할지 모른다. 그러나 연어낚시가 어느 정도 궤도에 오르자 상황이 달라졌다. 지금껏 줄잡아 500마리의 연어를 가져 날랐으니 정말 우리 식단은 연어 천국이었다.

처음에는 잡아 오는 것 자체를 신기해하고, 음식으로 만들어 내놓아도 곧잘 먹던 아이들이 점점 데면데면하기 시작했다. 겨울에 잡히는 왕연어는 생선 비린내라기보다는 독특한 사향 냄새가 났다. 부엌에서 손질할라치면 아이들이 코를 막고 문을 열어젖혔다. 연어를 음식으로 대하는 것은 고사하고 냄새마저 역겨워하는 지경에 이른 것이다.

이해 못 할 바는 아니었다. 어린 시절에 나도 비슷한 경험을 했다. 초등학교 3학년 4월 초에 아버지께서 병아리 50마리를 사 오셨다. 밤에는 아직 쌀쌀한 봄이어서 밖에 놓아두면 어린 것들이 얼어 죽을까 봐 건넌방에 넣고 키우셨다. 외양간과 연결된 이 방은 쇠죽을 끓이면 따로 군불을 때지 않아도 따뜻해져 일거양득이었다. 열심히 보살핀 덕에 병아리들은 두어 달 뒤 중치의 닭들로 컸다.

그러나 문제가 생겼다. 병아리들이 크면서 공간이 너무 좁아졌고 제대로 환기도 되지 않던 방이 독이 됐는지 죽는 닭들이 생겼다. 처음 한두 마리가 죽었을 때는 오히려 반가웠다. 밥상에 닭볶음탕이

올랐던 것이다. 그 시절에 끼니라면 꽁보리밥에 김치 그리고 두어 가지 짜디짠 젓갈이 전부였는데, 웬 횡재인가 싶었다. 가끔 이런 일이 생겼으면 하고 바랄 정도였다. 그런데 무슨 전염병이라도(지금 생각해보면 조류독감이 아니었다 싶다) 돌았는지 매일같이 서너 마리씩 죽어나가는 것이었다.

어머니는 죽은 닭들을 튀기기도 하고 삶기도 해서 연일 밥상 위에 올리셨다. 날마다, 아니 매 끼니가 닭고기였다. 살아 있는 닭을 잡은 게 아니라 죽은 닭이니 섣불리 다른 사람들에게 나눠 주기도 어려웠다. 그렇게 우리 가족들은 두어 달 남짓 닭고기와 씨름했다. 살아남은 닭이 채 열 마리가 되지 않았다.

그러던 어느 날, 밥상 위에 오른 닭고기를 입에 넣자 역겨운 닭똥 냄새가 나 삼킬 수가 없었다. 밖으로 나가 토하다시피 뱉어냈다. 그런 뒤로는 닭고기를 입에 댈 수가 없었다. 삶은 계란을 먹어보려 해도 마찬가지였다.

아내와 연애하던 시절, 부모님께 인사를 시켜드리러 간 적이 있다. 평생 짓던 농사를 그만두시고 도시로 이사한 지 두어 해 뒤였다. 큰아들이 처음으로 여자 친구를 데려온다니 무슨 음식을 할지 고민이 많으셨을 것이다. 나도 내심 기대했다. 저녁때가 다 돼서 집에 도착해 현관문을 열었다. 집 안에는 고소한 기름 냄새가 가득했다. 아버님께서 손수 튀김요리를 하고 계셨다. 그런데 아뿔싸! 닭이었다. 당신이 도시에 오셔서 처음으로 월급봉투라는 걸 받아본 직장이 다

273

름 아닌 도계장이었다. 아마 이날도 퇴근길에 갓 잡은 싱싱한 닭을 한 마리 사 가지고 오셨을 터였다.

지금도 나는 닭을 좋아하지 않는다. 그때보다는 덜한 편이지만 결코 닭을 먼저 먹자고 하는 법이 없다. 아내가 아이들을 위해 어쩌다 통닭이나 닭 날개를 오븐에 구워내는 날에는 할 수 없이 다른 반찬을 만들어 밥을 먹는다. 배부른 소리라는 핀잔을 들어도 어쩔 수 없다.

어쨌든 아이들의 상황을 이해 못 할 바는 아니지만 넘쳐나는 연어를 소비시킬 수밖에 없었다. 만약 아이들이 계속 연어를 입에 대지 않는다면 내가 낚시를 하는 중요한 명분 하나가 사라지는 것이기도 했다. 아이들이 좋아할 만한 요리를 만들어야 했다.

"오늘 저녁은 너희들이 좋아하는 버거다."

"와! 아빠 최고!"

햄버거빵을 사서 아삭한 상추와 볶은 양파를 곁들여낸 '수제 버거'를 내놓았다. 실한 감자를 골라 길게 썰어 기름에 튀겨 접시에 같이 올리니 내로라하는 레스토랑의 햄버거 뺨치는 요리가 탄생했다.

"근데, 아빠! 버거 패티는 뭐로 만든 거야? 소고기가 아닌 것 같은데?"

"응. 연어야. 어때 맛있지?"

소고기나 돼지고기를 다져 만든 햄버거를 기대했던 아이들은 실망한 기색이 역력했다. 그래도 괜찮네, 하며 끝까지 먹어줘서 고마

:: 아이들은 길게 잘라 메이플 시럽이나 꿀을 발라가며 훈제한 '인디언 캔디'를 좋아한다.
이 훈제 연어를 잘게 찢어, 쌀로 만든 크래커 위에 크림치즈를 얇게 펴 바르고
방울토마토 조각과 함께 올려 내면 와인 안주로도 그만이다.

왔다. 이후에도 이런 일들은 꽤 여러 번 반복됐다.

"오늘 저녁 메뉴는 탕수육!"

"야호! 내가 제일 좋아하는 건데."

물론 연어 탕수육이었다. 직접 잡은 연어를 캐너리cannery, 즉 통조림 공장에 맡겨 훈제하기 시작한 것도 이즈음이었다. 날것으로 음식을 만드는 데는 한계가 많았기 때문이다. 훈제도 여러 가지로 했다. 그냥 껍질째 포를 떠서 큼지막하게 하기도 했지만 가래떡처럼 길게 잘라 가공한 인디언 캔디Indian candy를 만들기도 했다.

훈연이 아니라 차가운 상태에서 살짝 말리는 록스rox도 주문해봤는데, 크래커나 베이글에 크림치즈를 곁들여 먹으니 맛이 그만이었다. 부드러운 연어 속살의 풍미와 선홍빛 색감을 그대로 살리는 조리법이다. 곱사연어가 많이 잡힐 땐 통조림도 만들었다. 더러는 뼈와 껍질을 그대로 가공해보기도 했고 살코기만으로 만들기도 했다. 이렇게 훈제한 연어들로 주먹밥을 만들고 미역국을 끓였다. 크림파스타를 만들 때도, 샐러드를 내놓을 때도 연어가 들어갔다.

연어 살코기를 잘라 그릇에 넣은 뒤 소금이나 후추로 약하게 간하고 갈아놓은 치즈를 살살 뿌려 오븐에 구워주기도 했다. 그래도 지나치니 모자람만 못 했다. 나는 집요하게 연어 요리를 진화시켜봤지만 아이들은 점차 거들떠보지도 않았다. 어쩌다 한 번씩 먹어주는 척했지만, 거의 아내와 둘이서 먹게 되었다. 지금은 연어 요리를 먹고 싶으면 아이들을 위한 밥상을 따로 차려야 한다.

나는 아무리 먹어도 물리지 않는데, 참 이해할 수 없는 일이다. 20여 년 전 그날, 닭을 튀기시던 아버지도 비슷한 생각을 하셨을까?

참기름이 서 말

"가을 전어 머리엔 깨가 서 말이라고 하지만 연어 머리엔 아예 참기름이 서 말이나 들어 있는 것 같다."

어머니가 빅토리아에 다니러 오실 때마다 여러 가지 연어 요리를 내 드려봤지만 그중에서도 머리를 반으로 갈라 구워낸 것이 제일이라고 하셨다. 어렸을 적에 자식들이 먹다 남긴 생선 머리를 반찬 삼아 식사하시던 모습이 생각났다. 혹시 아무도 안 먹는 연어 머리를 처리하려 일부러 그러시는 것인지 몇 번을 여쭤봤지만, 정말로 어떤 요리보다 맛있다고 하셨다. 키조개 관자처럼 쫄깃한 뽈살도 끝내주고 오돌오돌 씹는 맛이 일품인 물렁뼈도 좋다고 하신다.

처음에는 참기름이 서 말이나 든 연어 머리를 버렸었다. 아예 마리나에서 손질할 때 잘라내 갈매기나 바다표범이 먹으라고 던져 주었다. 그러나 앞서 말한 '특수부위구이'처럼 된장에 양파, 마늘, 간장 등을 섞어 갈아 만든 소스에 한나절 정도 재워두었다 구워 먹으니 기가 막혔다. 그동안 버린 머리들이 아까울 정도였다. 어머니가 계시지 않을 때도 씨알 좋은 연어를 낚으면 머리를 손질해 진공포장한 뒤 얼려서 보관했다. 그러다 어머니가 오시면 제일 먼저 해드리는 음식이 바로 이 연어머리구이였다.

연어가 된장과 궁합이 잘 맞는다는 것은 동네에 사는 한인 할머니를 통해 알았다. 그 집 정원 돌보는 일을 돕다가 할머니께서 연어를 꽤 좋아하신다는 것을 알았다. 그래서 뼈를 바르고, 껍질을 벗겨 곱게 포장한 횟감 연어를 종종 가져다드렸다. 그러던 어느 날이었다.

"박 선생. 혹시 다음에 연어를 주려면 그냥 통째로 가져와요."

"할머니께서 손질하시는 게 번거로우실까 봐 일부러 이렇게 해 왔는데요. 왜 맘에 안 드세요?"

"그런 건 아니지만 통째로 주면 매운탕거리도 나오고 구이를 해 먹을 수도 있어서 말이야. 연어알도 소금에 절여놓았다가 찌개에 한 숟가락씩 넣어 먹으면 참 맛있어요."

그때 처음 알았다. 할머니께서는 손질하고 남은 껍질이나 뼈 따위를 된장을 조금 풀고 무와 양파를 썰어 넣어 매운탕을 끓여 드신다는 것을. 물론 내장도 잘 손질해 탕에 넣으면 쫄깃하니 맛있다고 하셨다. 어느 한 부위도 버릴 게 없는 귀한 생선을 이리저리 토막 내 겨우 살점 한두 덩어리 가져다드렸으니, 얼마나 아쉬우셨을까?

할머니를 좇아 연어 매운탕을 집에서 끓여봤더니 이전에 먹어보지 못한 기가 막힌 맛이 났다. 텃밭에서 기르는 쑥갓이나 깻잎을 곁들였다. 기름이 풍부해 걸쭉하면서도 시원하고 담백한 뒷맛은 우럭이나 농어와 견주어도 손색이 없었다. 그날 이후로 할머니께 연어를

:: 잡은 연어는 마리나에서 바로 손질한
다. 처음엔 머리를 잘라 버렸으나 어머
니가 그 구이가 별미라고 하신 뒤부터
는 꼭 가져왔다.

나눠 드릴 일이 생기면 그냥 비늘만 벗기고 통째로 가져다드렸다.

　아내가 가장 좋아하는 연어요리는 '오리엔탈 드레싱 연어 시금치 샐러드'이다. 앞서 얘기한 장인어른의 팔순 생일상에 올린 그 요리다. 집에서 담가 먹는 식초와 어머니께서 만들어주신 매실즙이 있어 풍미가 더해진다. 내가 이 샐러드를 만들면 아내는 으레 와인을 찾는다. 손님을 치를 때도 뚝딱 만들어 상 위에 올리면 다들 좋아했다. 지금까지는 이 샐러드가 진화 중인 내 연어 요리의 '끝판왕' 자리를 차지할 것 같다.

연어가 건네온 이야기

연어의 이야기를
받아적다

데이비드와 리사David & Lisa. B 부부를 만난 때는 2014년 정초였다. 모아놓은 자료를 밑천 삼아 '연어들이 말하는 연어의 삶'을 주제로 소설을 써보겠다는 엉뚱한 결심을 한 직후였다. 소설 작법을 배워본 적이 없는 나로서는 어디부터 어떻게 시작해야 할지 막막했다.

막연하게 일상과의 단절이 도움이 될 것 같다는 판단을 하고 적당한 곳을 물색하기 시작했다. 밴쿠버 섬 안에 있는 피싱 로지fishing lodge, 낚시 전용 오두막들이 떠올랐다. 여름 한철에 북적이다가 겨울에는 문을 닫는 곳들이다.

인터넷을 뒤져 섬의 동쪽, 서쪽, 북쪽 끝에 있는 로지들을 찾아냈고 바로 이메일을 보냈다.

"연어를 소재로 소설을 써보려는 사람입니다. 당신의 숙소에서 영감을 받아 좋은 작품이 나왔으면 합니다. 방 하나와 책걸상 그리고 전등 하나면 됩니다. 2, 3주 정도 머무를 계획입니다."

혹시나 하고 보낸 이메일이었지만 그중 한 곳에서 하루 만에 답장이 왔다. 섬 북쪽 끝에 위치한 포트 하디Port Hardy라는 곳에 있는 듀발 포인트 로지Duval Point Lodge였다. 차로 대여섯 시간은 족히 걸리는 거리에 있는 곳이다.

"여기는 영감靈感으로 충만한 아름다운 곳입니다. 필요하신 것들을 준비해드릴 수 있으니 언제 오실지 알려주세요."

망설임 없이 전화를 걸었다.

"안녕하세요? 이메일을 드렸던 사람입니다."

"아, 네. 그런데 언제 오실 거예요?"

"지금 출발하면 안 될까요?"

"오셔도 상관없지만 오늘 중으로 로지에는 들어가지 못할 거예요."

"아니, 왜요? 지도상으로 보니까 육지에 있던데."

나중에 알고 보니 이곳은 육지지만 도로가 뚫리지 않아 시내 항구에서 배를 타고 들어가야 했다. 전화를 끊고 바로 짐을 쌌다. 밥을 스스로 해결해야 하니 이것저것 가져갈 것이 많았다. 쌀, 김치, 라면 따위를 챙기고 나니 벌써 점심나절이 다 되었다.

281

쉬지 않고 차를 달렸지만 포트 하디에 도착하고 보니 짧은 겨울 해가 이미 사라진 후였다. 로지의 주인 데이비드를 만난 후 근처 숙소에서 묵고 내일 아침에 다시 보자고 했다. 그러나 그는 자기 집에도 빈방이 있으니 굳이 그럴 필요가 없다고 했다. 하는 수 없었다. 집에 따라 들어가 나와 이메일을 주고받았던 그의 딸 첼시를 만났다. 홈페이지 관리나 홍보는 물론 여름에는 직접 찾아온 낚시꾼들을 도우며 지낸다는 살가운 딸이었다. 그녀가 곧 간단한 저녁상을 차렸다. 밥상에 마주앉은 데이비드와 나는 숙소 주인과 손님으로서 첫 대화를 시작했다.

"비용은 얼마나 드릴까요?"

"글쎄, 겨울에 손님을 받아본 적이 없어서 잘 모르겠는데."

"그래도 대략 얘기를 해주셔야 제가 편할 것 같아요."

"얼마나 있을 건데요?"

"따로 정하지는 않았어요. 해보다 안 되면 이삼 일 만에 나갈 수도 있고 잘되면 두어 주 걸릴 수도 있어요."

"그렇다면 더더욱 얼마를 받을지 모르겠네요."

두 사람 다 처음 겪어보는 상황인지라 얘기가 겉돌았다. 오기 전에 홈페이지를 통해 찾아본 가격은 입이 떡 벌어질 정도였다. 여름철에는 배와 낚시장비를 빌려주고 숙소를 사용하는 대가로 한 사람당 일주일에 2000달러씩 받았다. 그 돈을 다 지불할 수 없지만 어쨌든 돈을 드려야 마음이 편할 것 같아 이렇게 제안했다.

:: 포트 하디에 있는 데이비드의 피싱 로지.
굴뚝에서 연기가 나는 오른쪽 집에 묵었다.

"우선 500달러를 드릴게요. 대신 하루를 지내든 이틀을 묵고 가든 돌려달라고 하진 않겠습니다."

"너무 많은 거 아닌가요?"

"단, 제가 글이 잘 써져서 생각보다 길게 묵을 수도 있으니, 만약에 부족하다고 생각되시면 얘기해주세요. 더 드리겠습니다."

"나, 참. 편할 대로 하시구려."

그렇게 이견을 좁혀 돈을 드렸다. 식사가 끝난 뒤 다른 제안을 했다.

"오늘 여기서 재워주시고 또 밥까지 먹여주시니 그 값을 하고 싶습니다."

"그럴 필요까지는 없는데……."

"제가, 지금은 정원사로서 일하며 글을 쓰지만 한국에서는 미디어 관련 일을 했습니다. 여기 홈페이지를 봤더니 조언해드릴 것들이 눈에 띄어서요."

컴퓨터를 켜고 딸과 데이비드와 함께 둘러앉았다. 우선 눈에 들어오는 게 사진들이었다. 플래시 기능으로 메인 사진들이 일정한 시간을 두고 계속 바뀌고 있었는데 두서가 없었다. 주목을 끌려는 대상이 분명치 않았다.

"어떤 사람들이 주로 오나요? 한 사람당 2000달러면 꽤 큰돈인데."

"주로 큰 연어를 잡으려는 사람들이죠."

"하드코어 낚시꾼들이네요. 그런데 왜 홈페이지에서 보여주는 사진에는 아이들이나 가족들 사진이 많아요?"

"글쎄, 첼시가 저 사진들이 예쁘다고 해서……."

그렇게 시작된 얘기가 자정을 넘겨 계속됐다. 수백 장의 자료사진 중에서 새로 쓸 것들을 추려냈다. 홈페이지 메뉴도 예비 고객들이 필요로 하는 정보 위주로 재배치해보자고 제안했다. 조금이라도 도움이 되길 바라는 심정이었다.

다음 날 일어나자 데이비드는 파도가 높아 오전 중에 배를 띄울 수 없겠다고 했다. 항구에 나가보니 생각보다 바람도 세고 바다가 거칠었다는 것이다. 그렇게 오전을 보내고 오후 3시가 막 지났다. 데이비드가 더는 기다릴 수 없으니 출발 준비를 하라 했다. 파도는 여전히 거셌지만 지금 물때를 놓치면 썰물이 돼 배를 대기가 곤란하다고 했다.

짐을 챙겨 그와 함께 항구로 나갔다. 부두 한편에 묶어놓은 그의 알루미늄 모터보트는 자그마한 뗏목 크기였다. 가방과 짐들을 커다란 비닐봉투로 싸고 나도 우의를 입고 배에 앉았다. 조금 나가니 항구에서 보던 것과는 딴판으로 집채만 한 파도가 넘실댔다. 데이비드는 마치 서핑을 하듯 운전했다. 그렇게 20여 분을 달리자 작은 섬에 가로막혀 파도가 더 이상 들이치지 않는 곳이 나타났다.

"《나니아 연대기》에 나오는 벽장 알죠? 여기가 바로 새로운 세상으로 들어가는 그 문이에요."

285

"정말 거짓말처럼 여기서부터 잔잔하네요."

으르렁거리는 파도를 뒤로하고 보트가 평평한 바다를 질주하기 시작했다. 오래지 않아 산을 깎아 만든 네 채의 집이 눈에 들어왔다. 맨 오른쪽에 있는 아담한 목조 건물의 굴뚝에서는 연기가 피어오르고 있었다.

데이비드의 연어 특강

데이비드의 아내, 리사가 우리를 맞았다. 환갑이 다 된 그녀는 몇 년 전 유방암에 걸려 한쪽 가슴을 절제했다고 한다. 그래서 로지가 문을 닫는 겨울철에도 시내 집에 가지 않고 한적한 이곳에서 요양 삼아 지낸다고 했다. 그녀가 필요하면 다른 숙소를 써도 된다고 권했지만 나는 굳이 그럴 필요가 없다고 했다. 집이 널찍한 데다 침실도 서너 개 있어 지내는 데 불편해 보이지 않았다. 바다가 훤히 보이는 거실에 놓인 벽난로에서는 나무가 타고 있었다.

찻잔을 내온 리사가 간단한 오리엔테이션을 해줬다.

"여기는 전기도 수도도 들어오지 않아요. 자가 발전한 배터리를 사용해야 하니 아침과 저녁에 한 시간씩만 전기를 쓸 수 있어요."

"제가 밤중에 글을 쓸 수도 있으니 전구 하나는 켜주셔야 하는데요."

"그건 걱정 말아요. 노트북과 전구 하나는 24시간 켤 수 있도록 해 드릴게요."

로지는 육지 안에 있는 섬이었다. 도로가 연결돼 있지 않으니 생필품도 손님도 모두 배로 날랐다. 빗물을 받아 정수해 식용이나 화장실용으로 쓰고 있었다. 휴대폰을 열어보니 신호가 수신되지 않고 있었다. 급한 전화는 위성과 연결된 통신을 이용하라고 했다. 최소한의 문명만 남기고 모든 게 사라져 있었다.

:: 포트 하디의 피싱 로지에서 바라본 풍경. 육지 쪽으로 건너다보이는 실버스론 산Silverthrone Mountain의 만년설이 손에 잡힐 듯하다.

연어가 건네온 이야기

다음 날 아침, 데이비드는 시내로 다시 돌아가고 리사와 둘이 남았다. 그렇게 '연어 영혼들과의 접촉'이 시작됐다. 리사는 책을 읽거나 그림을 그리며 소일했고 나는 책상 너머 유리창에 가득한 산과 바다를 보며 지냈다. 그러나 사흘이 지나도 단 한 줄을 쓸 수 없었다. 끼니도 대충 해결했다. 리사가 구운 빵을 나누어 먹기도 했고 내가 만든 김치찌개와 밥을 리사에게 권해보기도 했다.

'욕심이 지나쳤나? 내 주제도 알지 못하고 소설을 쓴다는 게 말이 안 되지.'

이렇게 자책하는 시간이 늘어갔다. 그렇게 멍하니 앉아 있거나, 애꿎은 장작불만 피워댔다. 바닷가에 나가 잠시 바람을 쐬다 들어오기도 하고 환한 달을 한참 동안 쳐다보기도 하는, 그런 단순한 움직임이 반복됐다. 그러다 견딜 수 없을 정도로 피곤하면 잠을 청했다.

사흘째 아침이었다. 리사가 오후에 데이비드가 다니러 올 건데 가져올 것이 있으면 얘기하라고 했다. 장을 봐다 주겠다는 것이었다. 잘됐다 싶었다. 부부에게 저녁식사를 대접하고 싶었다. 리사에게 혹시 얼려둔 생연어가 있는지 물었더니 냉동고에 가득 차 있으니 언제든 가져다 먹으라 했다. 속으로 쾌재를 불렀다. 데이비드 편에 샐러드용 시금치와, 레몬, 식초를 사다 달라고 부탁했다. 연어 샐러드와 초밥을 준비할 생각이었다.

점심이 조금 지나 데이비드가 도착했다. 부탁한 재료들도 사 왔다. 저녁시간에 맞춰 바삐 손을 놀려 식사를 준비했다. 그럴싸했다.

두 사람은 익히지 않은 연어를 처음 먹어본다면서도 샐러드와 초밥 접시를 깨끗이 비웠다. 와인을 곁들인 저녁시간이 끝나자 데이비드의 말문이 트였다.

"새벽 일찍 이 앞에 나가보면 왕연어들이 먹이 사냥하는 게 보여요. 첨벙대는 소리가 꽤나 시끄럽죠."

"가까이서 본 적이 있다고요?"

"그럼요. 몸통이 밝은 은색 암컷들이 먹잇감을 빙 둘러싸고 절벽 쪽으로 몰아붙이면 진한 구릿빛 수컷들이 사냥감 사이를 헤집고 다니며 꼬리로 마구 후려갈겨요."

"왜 그렇게 하는데요?"

"멸치나 청어 같은 녀석들을 기절시키는 거죠. 그러고서 혼절한 녀석들을 먹어 치우거든요."

낚시를 나가보면 더 기막힌 상황과 맞닥트린다고 했다.

"왕연어들은 서로 의사소통을 해요. 고개를 쳐들고 물 밖을 확인하고는 서로를 본 뒤에 배가 없는 쪽으로 달아나더라고요."

믿기 힘든 얘기였다. 그뿐만이 아니었다. 왕연어가 자신보다 몸집이 작은 은연어나 곱사연어 떼를 몰아내고 먹이가 많은 곳을 차지한다는 얘기도 덧붙였다. 몸통을 잘라보면 한쪽은 분홍색인데 다른 쪽은 흰색인 연어도 있다고 했다. '대리석 문양 연어marbled salmon'라 부른다고 했다. 20년 넘게 지켜본 것들이라니 안 믿을 수가 없었다.

연어낚시에 도움이 되는 얘기들도 한두 가지가 아니었다. 새벽 출조 때 채비를 내리기 전에 티저헤드나 플래셔를 손전등 빛에 잠깐 쪼여 바닷속으로 내려 보내면 입질이 금방 온다고 했다. 빛에 반응하는 재질의 특성을 잘 활용한 노하우였다. 3미터가 되는 긴 목줄을 쓴다고도 했다. 나는 길어봤자 2미터가 안 되는 목줄을 쓰는데 뜻밖이었다. GPS에 보이는 해저 등고선을 따라 배를 움직이면 훨씬 입질이 좋다는 경험담도 들려줬다.

안테나에 수신된 메시지

나흘째 새벽에 설핏 잠이 깼다. 시계를 보니 새벽 4시. 몽유병 환자처럼 거실로 나가 노트북을 켰다. 자판 위에 올려놓은 손가락들이 움직이기 시작했다.

'사람들은 말한다. 강으로 돌아온 우리가 신비하다고. 그러나 나는 말하고 싶다. 바다에 뛰어든 우리가 얼마나 용감했는지.'

이렇게 본문 첫 챕터 앞에 들어갈 인트로가 써졌다. 그리고 '카이가 세상에 태어난 날, 주변에는 아무도 없었다'는 소설의 첫 문장이 시작됐다.

그 뒤로 닷새가 어찌 지나갔는지 잘 기억나지 않는다. 마치 안테나에 끊임없이 정보들이 수신되고 나는 그것을 필사적으로 받아 적고 있는 듯했다. 배고프면 먹고, 피곤하면 자고, 자다가 눈이 떠지면

:: 데이비드의 부인 리사가 선물로 준 버섯에 그린 그림.
이들 부부의 도움으로 난생처음 연어를 소재로 삼아 소설을 써볼 수 있었다.

자동으로 노트북 앞에 앉아 쓰고 또 썼다. 그동안 내가 잡아 올린 수백 마리의 연어들이 영혼이 되어 내 몸을 움직이고 있는 걸까, 하는 생각이 들 정도였다. 단지 나는 그들에게 내 열 손가락을 빌려주고 있다는 착각이 들었다.

잠을 자면 꿈속에서도 다음에 써야 할 글이 나타났다. 두 번째 챕터의 인트로가 그렇게 쓰였다.

'나에게 모험은 두렵고 흥분된 여행이었다. 그리고 그 끝에는 새로운 내가 기다리고 있었다.'

연어와 내가 함께 여행하고 있었다. 계곡에서 같이 태어났고 무서운 천적들을 만나 소스라치게 놀라기도 했다. 짜디짠 바닷물에 목이 타기도 했고, 몸이 은색으로 변하고 이빨도 같이 났다. 그리고 그 두려운 바닷속으로 함께 몸을 던졌다. 사람의 눈이 아니라 그들의 눈으로, 그들의 이야기를 전하고 싶었는데, 그렇게 되어가고 있었다.

집을 떠난 지 열흘이 지났다. 눈은 침침해지고 어깨가 움직이지 않을 정도로 뻣뻣해졌지만 연어들은 계속 메시지를 보내왔다. 바다를 멍하니 보던 중에 마지막 챕터의 인트로가 불현듯 머리를 스쳤다. 그것을 옮겨 적었다.

'흐르는 물속에는 길이 없었다. 내가 가고, 나를 뒤따르는 형제가 지나가면 그곳이 길이 되었다. 그렇게 우리가 길을 만들었다.'

열하루째, 마지막 문장이 손끝을 타고 나왔다.

'양양의 날카로운 목소리가 동해의 봄바람을 타고 멀리 퍼져나갔다. 동시에 양양의 무리들이 질서정연하게 바다로 나아갔다. 양쪽으로 늘어선 두 갈래 무리가 바다로 난 길 앞에서 하나로 합쳐 힘차게 꼬리를 흔들었다. 옅은 구름이 낀 그믐날 밤이었다.'

그리고 무거운 몸을 이끌고 방으로 들어가 곯아떨어졌다. 연어들도 더 이상 나를 깨우지 않았다.

:: 수많은 연어의 영혼들이 하늘을 물들인다면 이곳 빅토리아 내항의 초저녁 하늘처럼 붉은빛일 것이다. 이 고귀한 생명체의 피는 빨갛고, 심지어 홍연어는 산란철에 온몸이 붉게 변한다. 지난 5년여 동안 내가 만난 수많은 연어들이 내 손끝을 빌려 이렇게 얘기했다. '사람들은 말한다. 강으로 돌아온 우리가 신비하다고. 그러나 나는 말하고 싶다. 바다에 뛰어든 우리가 얼마나 용감했는지.'

언어에게도
국적이 있다

앨리스 먼로 이야기

2013년 10월 10일, 새벽 4시쯤. 빅토리아에 살고 있는 팔순의 여성 작가는 요란스럽게 울리는 전화벨 소리에 깼다. 몽롱한 상태에서 수화기를 들자 낯익은 목소리가 들렸다. 이 도시에 있는 캐모슨대학에서 학생을 가르치는 그녀의 딸이었다.

딸의 목소리는 흥분되어 있었다. 딸이 전해준 소식은 그녀가 노벨문학상을 수상했다는 소식이었다.

"그 얘기를 듣고 순간 믿을 수가 없었습니다. 제 이름이 후보자에 오른 것은 알았지만, 정말로 단 한 번도 제가 수상자가 되리라는 생각은 못 했습니다.”

앨리스 먼로 Alice Munro 여사가 지역 신문에 밝힌 소감이다. 노벨상 선정 위원회는 그녀를 '현대단편소설의 거장'이라 불렀다. 그리고 이렇게 선정 이유를 밝혔다.

“먼로 씨는 장편소설의 그림자에 가려졌던 단편소설이라는 예술 형식을 선택해, 완벽에 가깝게 갈고닦았다. 단 20페이지의 작품으로 보통의 장편소설 한 편보다 더 많은 것을 말한다.”

나 역시 캐나다의 여성 작가가 노벨문학상을 수상했다는 소식이 반가웠다. 그러나 아내의 얘기를 듣기 전에는 나와는 먼 얘기라고 생각했다.

“시내에 있는 책방 주인이라지. 먼로 서점이라고 당신도 알 텐데?”

“뭐라고? 먼로 여사가 우리 동네 사람이라고?”

“그렇다니까.”

이래서 부처님 눈에는 부처만 보인다고 했던가? 정원사인 나는 어디에 가면 좋은 퇴비를 구할 수 있는지, 어느 화원에 가면 무슨 나무나 꽃을 살 수 있는지 줄줄 꿰고 있다. 물론 연어낚시에 필요한 도구나 배를 정비하는 데 필요한 부품을 어디서 살지, 심지어 배의 찢어진 차양을 수선해주는 가게도 훤히 꿰고 있다. 하지만 그 책방 이름은 금시초문이다. 당연히 앨리스 먼로라는 작가가, 그것도 노벨문학상 수상 작가가 우리 동네에 사는 줄은 꿈에도 몰랐다.

하지만 아내는 달랐다. 도서관학을 전공하고 지금껏 사서로 살아

온 아내에게 그 서점의 존재는 이미 익숙했다. 여기 빅토리아에서도 아내는 고등학교 도서관에서 일한다. 그러니 당연히 알고 있을 수밖에.

"그녀의 책들을 좀 챙겨봐야겠네. 선생님들이나 학생들이 많이 찾을 거야."

먼로 서점은 어쩌다 내가 한두 번 지나쳤을 법한 시내 중심가에 있다. 늘 다니던 한인 슈퍼마켓에서 한 블록 떨어진 곳, 종종 가보았던 백화점 건물 바로 뒤였다. 그녀의 노벨상 수상 발표가 있던 당시만 해도 이 서점은 전 남편 짐 먼로Jim Munro 씨가 직접 운영하고 있었다.

1951년에 결혼한 먼로 부부는 1963년 빅토리아 시내에 자그마한 책방을 열었다. 앨리스 먼로는 남편과 함께 이곳에서 일하며 작품 활동을 시작했다. 어느 날 그녀는 서점에 있던 고만고만한 책들을 들춰보다가 남편에게 이렇게 얘기했다고 한다.

"내가 뭐하고 있는지 모르겠네. 이런 형편없는 책들crappy books이나 팔고 있으니 말이야."

그 후로 아내의 본격적인 집필이 시작되었다고 짐 먼로는 기억한다. 직접 좋은 책을 만들어 독자에게 보여주고 싶다는 그녀의 꿈이 시작된 것이다. 당시 그녀는 서점에서 그리 멀지 않은 로크랜드라는 동네에 살았다. 그 시절에 그녀의 집에 찾아간 적이 있던 지인은 아이들이 정신없이 떠들어대는 난장판 속에서도 먼로 여사가 식탁을

:: 빅토리아 시내에 있는 먼로 서점.
안에는 앨리스 먼로 섹션이 있다.

책상 삼아 글을 쓰고 있었다고 회고했다.

　먼로 여사는 1968년에 첫 단편집《행복한 그림자의 춤》을 내놓았다. 이 소설집으로 캐나다 총독문학상을 수상했으니, 그녀의 다짐이 헛되지 않은 셈이다. 한국 독자들에게는 이 책과 함께《런어웨이》, 《디어 라이프》등이 번역, 소개됐다. 평자들은 그녀의 글에 대해 '지극히 일상적인 영역에서 삶이란 것이 우리에게 주는 찰나의 깨달음을 담은 이야기들'이라고 칭찬을 아끼지 않았다. 여기에 '요란한 수사와 복잡한 기교 없이 특유의 감미롭고도 강렬한 문장'이라거나 '단편소설이 가진 미학을 극대화시켰다'는 극찬도 뒤따랐다.

　고령의 그녀는 안타깝게도 시상식에 직접 참석하지 못했다. 먼로 여사는 지금도 고향인 온타리오와 빅토리아에서 북쪽으로 3시간 정도 거리에 있는 커먹스Comox의 집을 오가며 지낸다. 서점을 운영했던, 지금은 전남편이 된 짐은 두어 해 전에 은퇴했고 직원들에게 서점을 넘겼다. 앨리스 먼로와 함께 문을 연 지 51년 만이라고 한다.

　노벨문학상을 수상하리라고는 꿈에도 상상을 못 했다는 앨리스 먼로. 그녀의 수상 소감은 결코 과장되어 들리지 않았다. 노벨문학상 사상 첫 단편소설 작가이기 때문이다. 110번 만에 나온 첫 단편소설 작가이다. 게다가 여성 작가로는 13번째이니, 이 또한 기념비적인 일이 아닐 수 없다. 그러나 그 무엇보다 캐나다 국민들을 들썩이게 한 사실은 그녀가 '첫 캐나다 국적의 노벨문학상 수상자'라는 점이었다.

연어들에게도 국적이 있다. 인공부화장에서 태어난 연어에게는 머리카락만큼 가느다란 인식표coded wire tag가 삽입되는데, 여기에 국가 코드가 새겨져 있다. 현미경으로 들여다봐야 알아볼 정도로 작은 철심이 방류되기 직전, 새끼 연어들을 마취시킨 뒤 코 사이 물렁뼈에 심어진다. 태평양 연안국들이 수산자원을 확보하기 위해 벌이는 보이지 않는 전쟁의 일환이다.

내가 연어낚시를 위해 배를 정박시키는 마리나에는 인공부화된 뒤 돌아온 연어의 머리를 기증받는 자그마한 상자가 비치돼 있다. 잡아 온 연어를 손질하는 헛간 한편에 있다. 나도 연어를 손질하다 기름지느러미가 없는 인공부화 연어를 확인하면 그 머리를 상자에 넣어 기증한다. 맛있게 구워 먹고 싶은 마음이 굴뚝같지만 꾹 참고 그렇게 한다. 방법은 간단하다. 연어의 종류, 잡힌 지역과 기증자 인적사항을 자그마한 종이에 쓰고 연어 머리에 매달아 나무 상자 속에 넣으면 끝이다.

흥미롭게도 연어 머리를 수거해 간 수산해양부는 매년 기증자들에게 편지를 보내준다. 편지에는 내가 기증한 연어 머리에서 인식표가 발견됐는지 여부와 발견된 경우 그것이 어느 해에 어떤 부화장에서 내보낸 연어였다는 내용이 포함돼 있다. 아울러 그해에 기증된 연어 머리 가운데 몇 마리에서 이런 인식표가 검출됐는지도 알려준

:: 인공부화 연어를 잡으면 머리를 잘라 이 상자에 넣는다.
   정부에서는 그 머리에 삽입된 인식표를 빼 연구 자료로 쓴다.

다. 예를 들어 그해 수거된 연어 머리들 중 '왕연어는 4마리 중 1마리꼴, 은연어는 10마리 중 1마리꼴로 인식표가 발견됐다'는 식이다.

부화장에서 나간 연어라고 모두 인식표가 발견되는 것은 아니다. 예산이나 인력 문제 때문에 인식표를 달지 않은 경우도 있고, 자연스럽게 인식표가 몸에서 빠져나간 경우도 있다고 한다. 결국 10~25퍼센트 정도만 신원 확인이 되는 셈이다.

2012년, 나는 은연어 두 마리의 머리를 기증했고, 이듬해 1월에 회신을 받았다. 그 편지에는 내가 제공한 연어의 정보가 자세히 적혀 있었다. 한 개의 머리에서는 2009년에 태어난 연어라는 내용이 확인됐지만 다른 머리에서는 인식표를 찾을 수 없다고 했다. 확인된 것은 바다로 나갔다가 3년 만에 고향에 돌아온 은연어였던 것이다.

이 밖에도 해당 연어들이 잡힌 지역을 월별로 자세히 기록한 도표도 들어 있었다. 낚시꾼들의 적극적인 참여를 유도하기 위한 업무 처리로 보였지만, 사실 편지를 받고 보면 굉장히 감동적이다. 정부가 하는 일에 믿음이 갈뿐더러 앞장서 돕고 싶은 마음이 절로 생기게 한다. 내가 참여하는 일이 어떤 식의 결과로 나타나는지 확인한다면 누구나 그런 마음이 생길 것이다.

은연어는 한국 자생종이 아니다. 그래서 한국에서는 1969년부터 1976년까지 매년 30~300만 개의 외국산 은연어 인공수정 알을 들여왔다. 이 알들을 부화장에서 키워낸 뒤 강원도 일원의 강이나 댐, 호수 등지에 방류했다. 그러나 안타깝게도 방류지로 돌아온 은연어는 없었다. 이유는 명확하지 않다. 전문가들도 자연 조건 때문인지, 은연어의 생태적 특성 탓인지 딱 부러진 답을 내놓지 못했다.

은연어 새끼들은 태어난 계곡이나 강에서 1, 2년 동안 자란 뒤 바다로 나간다. 홍연어와 왕연어도 마찬가지다. 한국 자생종인 첨연어가 태어난 이듬해 봄에 바다로 곧장 나가는 것과 다르다. 왕연어, 은연어, 홍연어는 수산자원적 측면에서 첨연어보다 그 가치가 월등하다. 크기나 맛에서 첨연어와 비교하기 힘들기 때문이다.

학자들은 새끼 연어들이 살 수 있는 '적정수온15~20℃'에 관심을 갖는다. 그래서 냉수성 어종인 연어가 살기에는 한국의 여름 하천 수온이 너무 높다는 추론이 뒤따른다. 잦은 가뭄과 홍수라는 한국의 자연 현상도 은연어가 돌아오지 못하는 이유 중 하나로 거론된다. 이유야 어찌됐든 돌아오지 않는 은연어를 탓할 수는 없을 것이다.

국적이라는 이름표

"아빠! 우리는 언제 캐나다 국적을 얻을 수 있어?"

"영주권자들은 최소 3년 동안은 캐나다에서 거주해야 시민권을 신청할 수 있어. 그런데 왜?"

이민 생활을 시작한 지 3년이 되어가던 어느 날이었다. 당시 중학교 3학년8학년이던 큰아들의 난데없는 질문에 당황했다. 하지만 우리 부부 역시 조만간 캐나다 시민권을 신청할지 말지 결정해야 하는 상황이었고, 이 문제로 고민하던 참이었다. 아들이 묻는 이유가 궁금했다.

"그게 말이야. 지난번에 학교에서 단체로 미국 갔을 때 좀 곤란한 상황이 있었거든."

바이올린과 트롬본을 연주하던 아들이 같은 학교 음악반 단원들과 미국 시애틀로 연주여행을 갔었다. 학교에서 제공하는 버스를 타고 바다를 건너 밴쿠버에 도착했다. 밴쿠버 외곽을 통해 미국 국경을 넘어 몇 곳에서 공연을 하며 시애틀까지 가는 일정이었다. 그런데 국경을 통과하는 데 문제가 생겼던 것이다. 다른 친구들은 모두 캐나다 국적의 여권을 가지고 있어 간단한 통관 절차만으로 국경을 통과했다. 그러나 대한민국 여권을 소지한 아들은 미국으로 갈 때도 캐나다로 돌아올 때도 외국인들이 통관하기 위해 길게 늘어선 줄 맨 뒤로 향했다는 것이다. 이미 국경을 넘은 친구들이 버스 안에서 기다리고 있었다고 한다.

"40명도 넘는 애들이 한 시간 넘게 나를 기다렸어. 되게 미안하더라고."

"어쩔 수 없지 뭐. 자기 나라 국경에서 그 나라 국민들이 우대받는 건 당연하잖아."

"그게 아니라, 나 때문에 예정된 연주회 시간에 늦을 뻔했다니까. 아슬아슬하게 도착해서 얼마나 정신없이 준비하고 공연했는지 알아?"

아들은 당시의 무안했던 상황이 떠오르기라도 한 듯 목소리가 높아졌다. 그리고 앞으로도 비슷한 일들이 생길까 봐 걱정인 모양이었다. 그러지 않아도 또래 아이들 사이에서 '튀는' 것에 몹시 민감한 아들이었다. 먹는 것, 입는 옷, 신발은 물론 헤어스타일까지 '한국 아이' 티가 나는 걸 달가워하지 않았다. 부모 입장에서 이해 못 할 바도 아니었다. 이민 2세대로서 이곳에서 친구를 사귀며 살아가야 하는데 그기 위해서는 그들의 외모는 물론 사고방식이나 행동까지도 이해하고 받아들일 수밖에 없을 터였다. 그러지 못하면 자칫 아이들과 섞이지 못하고 겉돌 게 뻔했다.

언제부터인가 옷과 신발을 살 때 엄마가 아니라 친구들과 가고 싶어 했다. 엄마가 이발을 해줄 때도 까다롭게 주문했다. 도시락을 쌀 때도 볶음밥이나 유부초밥, 김밥 대신 샌드위치나 토스트를 요구했다. 좋고 나쁨이나 옳고 그름의 차원이 아니라 다른 것에 대한 호기심 어린 시선이 불편한 것 같았다. 친구들과 대화를 하기 위해 TV에서 방송하는 아이스하키 경기를 열심히 보고, 라크로스lacrosse라는 한국에서는 한 번도 본 적 없는 생소한 스포츠에 관심을 가졌다. 자기가 공을 갖고 있으면 친구들이 자기에게 모일 테니 럭비공을 사달라고도 했다. 새로운 환경에 적응하려 노력하는 모습이 대견하기도 했지만 한편으로는 안쓰럽기도 했다.

이런 아들을 앞에 두고, 대한민국에서 나고 자랐으니 우리는 계속 한국 국적을 지키며 대한민국 사람으로 살아야 한다고 고집할 명분을 찾기가 어려웠다. 그러지 않아도 엄마 아빠의 이민 결정을 전해 들었을 때도 아들은 "왜 나에게는 아무 설명도 없이 결정했어? 나는 무조건 어디든지 따라다녀야 해?"라고 반문했었다. 좋아하는 친구들을 떠나는 섭섭한 마음을 한 번도 헤아려주지 못해 미안했다. 이미 막 돌이 됐을 무렵 영국으로 유학을 떠나는 엄마 아빠를 따라가 만만찮은 유년기를 보낸 아들이었다.

일단 자격 조건이 갖춰지는 대로 시민권을 신청하기로 했다. 미성년인 아이들만 따로 진행할 수가 없었다. 반드시 부모가 신청을 하고 시험을 치러 통과를 해야 자녀에게도 시민권이 주어진다. 미성년 자녀는 부모의 것과 함께 서류를 제출해야 하지만 시험을 치를 필요는 없다.

이듬해 봄, 우리 부부는 오랜만에 책을 펴 들어야 했다. 시민권 신청서를 접수한 뒤 얼마 되지 않아 시험 교재가 배달됐던 것이다. 교재에는 캐나다 시민으로서의 권리와 의무에 대한 내용은 물론 역사, 정치제도, 법률제도, 인문 지리, 경제 산업 등을 포함한 만만찮은 주제들이 망라돼 있었다.

우리는 각자의 스타일대로 시험 준비를 시작했다. 아내는 교재를 읽으며 요점 정리를 하는 그야말로 '착실한' 방법으로 준비했고, 나는 기존에 출제된 문제들을 우선 검토한 뒤 주요하게 다뤄지는 내용을 중심으로 공부했다. 어떤 방법이든 우리는 족히 한 달가량 낑낑대며 매달렸다. 서로 질문을 주고받고 예상 문제도 풀어봤다.

307

마침내 시험 당일. 시험장은 100여 명의 응시자들로 가득 차 있었다. 30분 안에 20문항의 시험을 치러야 했고 15문제 이상을 맞춰야 합격이다. 게다가 그즈음 새로 도입된 간단한 인터뷰도 해야 했다. 다행히 두 사람 모두 합격 통지를 받았다. 20~30퍼센트의 탈락자 대열에 포함되지 않아 안도했다. 사실, 정말 기뻤다. 그러나 누구에게도 말할 수 없었다. 외국 국적을 취득한 사람은 즉시 대한민국 국적을 상실하게 되는(국적법 제15조) 현실 때문이었다. 나처럼 현역, 예비군, 민방위까지 충실하게 이행한 사람도 예외는 없다.

그해 7월 1일, 그러니까 캐나다 독립기념일에 우리 가족은 총독관저로 초대받았다. 기념행사를 겸한 시민권 수여식이 있었다. 다양한 나라에서 온 새로운 캐나다 시민들이 함께한 자리였다. 한국인은 우리 가족뿐이었다. 축하를 받고 싶었지만, 한국에 있는 그 누구에게도 말할 수가 없었다. 일종의 원죄의식 같은 게 가슴속 깊이 박혀 있다. 얼마나 많은 재일동포들이 온갖 차별을 감내하며 지켜온 국적인가? 몸은 타국에 살아도 대한민국 국민으로서 자긍심을 잃지 말자며 얼마나 많은 해외 교포들이 국적을 고집하며 살고 있는가?

캐나다 시민권을 얻었고 여권도 만들었다. 그러나 의무적으로 해야 하는 대한민국 국적상실신고는 차일피일 미뤘다. 아쉽기도 하고 심지어 억울하기까지 했다. 병역 의무를 다한 국민의 한 사람이 다른 나라 국적을 취득했다고 무조건 모국의 국적을 내놓아야 하는 현실에 속이 상했다. 모국의 법령이 '복수국적'을 인정하지 않아 어쩔 수 없었지만 답답하고 안타까웠다. 본의 아니게 양심 없는 기회주의자의 대명사처럼 쓰이는 '이중국적자'라는 낙인을 달고 살아야 될 것 같아 마음이 불편했다.

모든 나라들이 그렇지는 않다. 아니, 오히려 더 많은 나라들이 복수국적을 인정하고 대신 국민으로서의 권리와 의무를 명확히 이행할 것을 요구한다. 예를 들어 캐나다와 미국의 시민권을 동시에 보유한 사람은 두 국적을 모두 유지하기 위해 주 거주 국가와의 차액만큼 다른 한 나라에 세금을 별도로 내야 한다. 캐나다 세율은 소득의 12퍼센트이고 미국의 그것이 10퍼센트이다. 만약 미국에서 거주하는 캐나다 복수국적자일 경우, 미국 정부에는 10퍼센트를 내고 캐나다 정부에 그 차액인 2퍼센트를 납부하는 식이다. 반대로 캐나다에 거주하는 미국 복수국적자일 경우에는 캐나다에만 소득의 12퍼센트를 내면 된다.

심지어 출산율 저하와 노령화로 급속한 생산인구 감소가 지속되고 있는 유럽의 나라들은 직계 부모 가족 중 자국의 국적을 보유한 적이 있던 선대先代를 증빙하면 간단한 절차를 거쳐 시민권을 발급해주기까지 한다.

제3국으로부터 이민자를 받아들여 젊은 노동력을 확보해나가는 것 못지않은 합리적인 '국민 확보' 수단이 되는 방법이다. 일단 문화나 언어적인 측면에서 상당한 공감대를 가질 가능성이 높기 때문이다. 아이러니하게도 우리가 한국 국적 포기를 고민하고 있을 때, 아

309

내와 함께 근무하는 동료의 아이들은 네덜란드 시민권을 받아 복수 국적자가 됐다. 아이들의 할머니가 20대에 캐나다에 와서 결혼하고 정착했는데 네덜란드 국적법이 바뀌어서 그녀의 아들과 손자들도 네덜란드 국적을 취득할 수 있게 된 것이다. 유럽 여행 때 할머니의 나라에 감명받은 아이들이 국적 취득을 원했다고 한다.

결국 나는 대한민국 국적법에 저촉되지 않도록 한국 국적을 포기했다. 부모의 결정을 그대로 적용받는 미성년자 아이들도 마찬가지였다. 국적 상실 신청서를 접수하던 날, 영사를 만난 나는 하나 마나 한 하소연을 했다. 불가능한 것을 알면서도 억울하고 불합리한 점을 건의했다. 혹여라도 더 현명하고 미래지향적인 관련법 개정이 있지는 않을까 기대해본다.

:: 캐나다 시민이 된 우리 가족을 축하하며
동료 정원사 제나가 선물한 꽃다발.

2부

연어
낚시
통신

1판 1쇄 인쇄 2016년 10월 24일
1판 1쇄 발행 2016년 10월 31일

지은이 박상현
펴낸이 김성구

책임편집 김민기
단행본부 박혜라 이은정 나성우 김동규
디자인 여종욱 문인순
제 작 신태섭
책임마케팅 송영호
마케팅 최윤호 손기주 유지혜
관 리 김현영

펴낸곳 (주)샘터사
등 록 2001년 10월 15일 제1-2923호
주 소 서울시 종로구 대학로 116 (03086)
전 화 02-763-8965 (단행본부) 02-763-8966 (영업마케팅부)
팩 스 02-3672-1873 **이메일** book@isamtoh.com **홈페이지** www.isamtoh.com

© 박상현, 2016, *Printed in Korea.*

이 책은 저작권법에 따라 보호를 받는 저작물이므로 무단 전재와 복제를 금지하며,
이 책의 내용 전부 또는 일부를 이용하려면
반드시 저작권자와 ㈜샘터사의 서면 동의를 받아야 합니다.

ISBN 978-89-464-2040-3 03810

이 도서의 국립중앙도서관 출판시도서목록(CIP)은 e-CIP 홈페이지
(http://www.nl.go.kr/cip.php)에서 이용하실 수 있습니다. (CIP제어번호 : CIP2016024877)

값은 뒤표지에 있습니다.
잘못 만들어진 책은 구입처에서 교환해 드립니다.